LE PRINCE DE CRISTAL

DANS LA MÊME SÉRIE

RAINER CASTOR

LE PRINCE DE CRISTAL

ATLAN — 2

Fleuve Noir

Titre original :
DER KRISTALLPRINZ

Traduit et adapté de l'allemand
par Jean Garsztka, Michel Vannereux et José Gérard
sous la coordination de Jean-Michel Archaimbault

© 2000, Verlagsunion Erich Pabel-Arthur Moewig KG, Rastatt

© 2002 Fleuve Noir, département d'Univers Poche

ISBN : 2-265-07383-0

« *IL Y A LONGTEMPS, DANS UN AMAS STELLAIRE LOINTAIN, TRÈS LOINTAIN...* »

En 1962, la série de S.F. allemande PERRY RHODAN existe depuis déjà un an et fête son cinquantième épisode – dont l'action se déroule en 2040 après J.-C. – avec l'entrée en scène de l'Arkonide Atlan qui, très vite, va s'imposer avec succès comme second personnage principal de la saga « rhodanienne ». Cinq ans plus tard est lancée une série spécifique exclusivement consacrée à ce héros auréolé de mystère et qui révélera entre autres, à partir de 1973, les origines de ce fascinant immortel né plus de huit mille ans avant Jésus-Christ au cœur d'un fabuleux empire galactique. Bien entendu, les auteurs qui participeront à ATLAN seront en majorité ceux qui ont déjà fait leurs preuves dans l'équipe rédactionnelle de PERRY RHODAN.

Ce sont précisément les aventures de jeunesse d'Atlan que vous allez vivre à travers les volumes de cette nouvelle série pour laquelle l'écrivain de S.F. Rainer Castor (né en 1961) a remanié en profondeur – et en connaisseur accompli – les textes des épisodes initiaux. *Le Prince de Cristal*, paru en Allemagne en octobre 2000, comporte ainsi la reprise des titres suivants :

- chapitres I à IV : *Dans le Désert aux Arachnes* (Ernst Vlcek, 1973),
- chapitres V à VII : *Fuite hors du Tarkihl* (Clark Darlton, 1973);
- chapitres VIII à X : *Chasse à travers les Contrées Pâles* (Hans Kneifel, 1973),
- chapitres XI à XIII : *Le Prince de Cristal* (Karl-Herbert Scheer, 1973),

Pour des raisons purement éditoriales, sa version française est composée de deux tomes intitulés *Traque sur Gortavor* et *Le Prince de Cristal* (qui paraîtra en juin prochain), la séparation intervenant au milieu du chapitre IX du volume original. Nous avons néanmoins choisi de faire figurer dans chacun d'eux le « Petit Glossaire Arkonide » qui recense toutes les notions essentielles pour entrer dans l'univers d'Atlan.

Partons dès à présent pour l'an 10496 *da Ark*, dix mille ans avant notre époque, à la découverte de mondes baroques en compagnie de l'adolescent Atlan qui s'apprête sans le savoir à entamer un véritable périple initiatique…

NOTE PRÉLIMINAIRE

Tous les textes composant la biographie d'Atlan, dont le présent volume constitue le premier tome, ont été recueillis et consignés entre 3561 et 3565 après J.-C. par l'historien et philosophe Cyr Abaelard Aescunnar lors de la convalescence de l'immortel Arkonide sur Géa, planète-capitale du Nouvel Empire Einsteinien dissimulée au sein du nuage sombre de Provcon-Faust.

L'histoire d'Atlan commence dans un lointain passé, vers l'an 8000 avant J.-C., dans l'amas globulaire M 13 de la constellation d'Hercule. M 13 ou plutôt Thantur-Lok, dans la langue du Taï Ark'Tussan, le Grand Empire arkonide qui s'y est développé et traverse alors une douloureuse période de guerre contre des êtres à métabolisme hydrogéno-ammoniaqué, les Maahks aussi appelés Méthaniens.

Pour une compréhension plus aisée, le professeur Aescunnar a privilégié la plupart des unités de mesure du système terranien usuel à l'exception de celles relatives à l'écoulement du temps et à la chronologie. Tous les événements seront donc datés selon le calendrier arkonide tel qu'on le trouve explicité dans le glossaire en fin de ce volume. Par ailleurs, celui que l'on dénomme à juste titre le « chroniqueur d'Atlan » a jugé opportun d'utiliser assez fréquemment la terminologie terranienne lorsque le sens des concepts évoqués et de leur contexte s'en trouvait plus direct à visualiser.

CHAPITRE PREMIER

FARTULOON, L'ARRACHEUR D'ENTRAILLES

Cela m'étonnera toujours ! Plus une entreprise annoncée comme périlleuse se déroule sans incidents autres que des événements somme toute ordinaires, plus ceux qui n'ont guère d'expérience de la vie se persuadent que le pire les attend plus loin sur la route... Nous avons échappé aux pièges du Désert aux Arachnes, quelques prodiges étonnants dissimulés dans les profondeurs du Tarkihl nous ont favorablement aidés à nous tirer des griffes de Sofgart l'aveugle, les Contrées Pâles ne nous ont pas encore été fatales et voici qu'Adjover, la colonie sans foi ni loi, suscite une peur quasi panique chez mes trois compagnons. J'avoue moi-même ne pas être des plus sereins mais, par les She'Huhan, ce ne sont que des hommes qui vivent là et il y a toujours une solution pour s'imposer ! Je pense néanmoins qu'il m'incombera de la trouver : Atlan tremble déjà pour sa douce Farnathia, le Chrektor redoute à chaque instant d'exploser en myriades de cristaux de glace, ils ne me seront donc pas d'un immense recours.

Et pourtant la halte est nécessaire : notre but n'est plus très distant, notre engin va rendre l'âme d'un instant à l'autre, il nous faut un nouveau moyen de transport, sans parler des Kralasènes qui n'ont pas renoncé à la chasse même s'ils demeurent invisibles...

Non, Adjover : quoi que tu nous réserves, tu ne dois pas nous résister !

La soupape de sûreté céda. Un nuage de vapeur s'en échappa avec rage, feulant et sifflant, pour nous envelopper en même temps qu'il alertait les sentinelles postées sur les tours. Nous nous arrêtâmes face à l'entrée sud de la colonie, à proximité immédiate de l'*Œil Brûlant,* car notre Vagabond polaire n'était plus qu'à moitié capable de continuer à rouler. La température avait vraiment augmenté à chaque instant pendant les derniers kilomètres et était devenue réellement agréable, correspondant à celle des après-midi frais de la région dont nous nous étions enfuis.

— Encore un point, dit doucement Fartuloon. De l'*Œil Brûlant* jusqu'au pôle s'étend une zone où opèrent des influences étranges, depuis le sol jusqu'aux étoiles.

— Quelles influences ? demandai-je, à nouveau inquiet.

— À l'intérieur de cette zone, il n'y a pas un seul dispositif énergétique qui fonctionne. Les Luccotts non plus. C'est une sorte de barrage des plus énigmatiques !

La tour de gauche avait été à demi taillée dans la masse même du rocher noir ; plusieurs de ses créneaux et de ses encorbellements étaient des avancées juste façonnées dans la pierre. Le reste de la construction avait été complété par adjonction de blocs noirs emboîtés les uns dans les autres. Les canons des batteries énergétiques en sortaient par d'étroites fentes.

Une voix, dans un haut-parleur, nous cria :

— Qui êtes-vous ?

Fartuloon ouvrit une fenêtre et répondit sur le même ton :

— Un Carabin ambulant et apatride, avec ses enfants et une charge supplémentaire. Un gars à la morale souple, possédant beaucoup de connaissances. Vous saurez bien me trouver une utilité !

— C'est Umman qui en décidera. Vous êtes quatre ?

— Exact. Quatre dans un Vagabond polaire qui va exploser d'ici peu. Nous avons besoin d'équipement, d'animaux de trait et de quelques nuits de sommeil.

— Où allez-vous ?

— À la Vallée de Kermant !

L'autre tour était faite de blocs de pierre cylindriques à moitié imbriqués ou superposés. De la mousse, des herbes noires et rabougries, des fougères poussaient dans les larges joints des maçonneries. La route presque indiscernable débouchait dans l'étroit goulet formé par cette gorge. Les murailles qui raccordaient les tours flanquant l'entrée aux parois rocheuses abruptes et aux couches de lave étaient aussi composées de fragments taillés ressemblant à de l'obsidienne chatoyante. Tout cela exhalait une atmosphère lugubre, humide et menaçante.

— À la Vallée de Kermant ? Vous êtes fous ?

— Non, riposta Fartuloon. Nous fuyons la loi et l'ordre. C'est pourquoi nous faisons halte ici.

La réponse de la sentinelle toujours invisible révélait que l'on connaissait bien, à Adjover, le nom de notre destination. Il courait d'innombrables légendes, sur Gortavor, au sujet de la Vallée de Kermant – mais une chose était tout aussi certaine : personne n'y était jamais allé ! Et si même quelqu'un y était arrivé, en tout cas il n'en était point revenu pour informer les autres de ses découvertes. L'aura de mystère que Fartuloon avait adroitement tissée autour de nous s'avéra vite efficace.

Dans un grincement, une porte en madriers s'ouvrit près du lourd portail d'acier qui donnait sur la vallée. Une sentinelle en sortit, dirigeant vers nous une imposante arme énergétique.

— Descendez ! dit l'homme d'un ton sec. Umman doit voir tous ceux qui se pointent par ici.

Le garde se recula suffisamment pour bien nous tenir à l'œil et se protéger d'une éventuelle attaque-éclair. Nous nous trouvions à l'entrée du dernier bastion de la civilisation arkonide sur le monde de Gortavor. Par-delà l'imposant portail qu'on pouvait détruire au mieux avec des radiants lourds se dressaient les basses coupoles noires et les huttes cubiques des parias. La physionomie de la sentinelle vêtue de fourrures n'avait rien d'engageant. Nous chercherions en vain, en ces lieux, une quelconque trace de civilisation raffinée.

— Umman voit vraiment tout ? demanda le Carabin en se montrant avec Skarg, son épée, et sa cuirasse polie.

— Tout ! À l'aide de ces lentilles détectrices, là-bas.

L'apparition subite de l'étrange Chrektor, à l'allure presque infantile, ne parut pas surprendre le garde. Mais dès qu'il aperçut les bottes couleur neige que Farnathia portait depuis notre séjour à Seuder-aux-Tentes-Blanches, il ouvrit de grands yeux et resta bouche bée.

— Qui est-ce ?

— Ma sœur, et elle est malade, s'empressa de dire Fartuloon. Tu ne vois pas sa mine cachectique ?

Je portai la main à mon poignard. Le garde eut un rire aussi déplaisant que le ronronnement d'un fauve.

— Moi, ce que je vois, c'est une femme. Une belle femme. Peut-être qu'Umman va la vouloir !

Je m'adossai à une roue et mes muscles se contractèrent. Farnathia avait tressailli sous le regard brillant de convoitise de l'homme, et elle vint se réfugier près de moi. Griffe-de-Glace examina les alentours, anxieux, tandis que Fartuloon dominait la situation en adoptant l'apparence d'un commerçant mécontent mais disposé à la discussion.

— Mis à part ce morceau de choix, qu'est-ce que vous transportez d'autre ? grommela la sentinelle.

— Rien de bien intéressant. Des bidons d'huile vides, presque plus d'aliments, quelques armes au bout du rouleau, un bric-à-brac ordinaire. Ni objets précieux, ni surprises !

Derrière une des fentes, plusieurs lentilles de surveillance épiaient tous nos mouvements. Cet Umman semblait être le maître absolu de la colonie. La présence des batteries radiantes signifiait que la zone de neutralisation énergétique décrite par Fartuloon ne s'étendait pas jusqu'ici.

— Vous n'êtes pas particulièrement aimables, dans ce coin ! constata froidement mon mentor alors que le garde reculait et jetait un coup d'œil rapide sur les objectifs.

— Nous ne laissons pas entrer n'importe qui !

— Je ne suis pas n'importe qui ! rétorqua le Carabin. Il est possible que mes talents sauvent la vie à l'un d'entre vous. Je sais amputer, guérir, faire des sutures, ouvrir et refermer, je pratique aussi la chirurgie plastique, pour finir je connais de nombreuses recettes et formules de pommades curatives. Par exemple, je pense pouvoir te recommander quelque chose contre l'éruption cutanée, juste derrière ton oreille !

Le garde adressa un signe à des individus invisibles. Quelque part, des roues dentées grinçantes commencèrent à tourner et des crémaillères à se mouvoir.

— Tu peux m'aider comment ? s'enquit le garde.

Fartuloon lui ricana au nez, mais avec bienveillance.

— Par un bon conseil.

— Lequel ?

— Lave déjà ton mal avec beaucoup d'eau fraîche et du savon ! Nous pouvons entrer, oui ou non ?

— Oui. Arrêtez-vous sur la place du marché. Vous y êtes attendus. Et ne croyez pas qu'ici vous allez avoir la vie facile !

Nous remontâmes lentement dans le Vagabond et je pris le volant.

— Maintenant que nous avons fait connaissance avec toi, il n'y a pas de doute à avoir là-dessus ! assura Fartuloon, bien assis sur son siège, avec un faux air amical.

Les deux battants d'acier s'écartèrent, glissant de part et d'autre à l'intérieur des murailles rocheuses. Quelle étrange colonie ! Ce portail et peut-être d'autres semblables étaient-ils destinés à garantir Adjover vis-à-vis de visiteurs indésirables, ou au contraire à protéger le reste du monde des habitants de cet endroit honni ? Nous l'ignorions encore, néanmoins nous étions parés à toute éventualité.

Fartuloon nous rappela :

— Pensez bien à tout ce que je vous ai raconté ces derniers temps !

— C'est certain ! Y a-t-il ici quoi que ce soit qui s'apparente à une auberge ou un hôtel ?

— Pas à ma connaissance.

Mobilisant manifestement ses ultimes ressources, notre véhicule s'avança le long d'une rue tortueuse jonchée d'immondices. Le lieu tout entier semblait croupir sous une cloche de vapeur lourde. La puanteur ambiante émanait en partie des fissures du sol volcanique qui, sillonnant la contrée alentour parsemée de cratères, recrachaient des gaz sulfureux. Quant aux bâtiments, ils s'offraient tous à nos regards comme des bunkers trapus aux étroites fenêtres. Partout proliférait à l'envi une mousse verdâtre à l'aspect répugnant. Les zones de terrain où poussait de l'herbe, véritablement pitoyables, n'avaient pas dû voir de neige depuis des siècles sinon même davantage. Des objets et ustensiles rouillés y avaient été jetés en vrac et s'y entassaient. Peu à peu, sur une distance d'environ cinq cents pas, nous remarquâmes que les constructions se rapprochaient les unes des autres. Quelques dômes arrondis pareils à des igloos cendreux venaient çà et là rompre la monotonie des façades plus hautes et peu larges.

— C'est une cité laide à vomir, lâcha Farnathia, remplie de dégoût.

— Je te l'accorde, répliqua Fartuloon. Mais c'est seulement là que nous trouverons les choses dont nous avons besoin. C'est ça ou mourir de faim, sans parler du Vagabond sur lequel nous ne pouvons plus compter !

Tendus et silencieux, nous atteignîmes la fameuse « place » de cette colonie.

— Le centre est aussi sale que tout le reste ! commenta Griffe-de-Glace.

— Oui, mais c'est la saleté centrale, ironisa mon

maître. Atlan, tu endosses à présent toutes les responsabilités quant à Farnathia. Songes-y bien : ici, seule règne la loi de la terreur. Celui qui domine le fait grâce à la violence. Celui qui survit y parvient parce qu'il a été plus fort ou plus rapide.

— Je saurai m'en inspirer, lui promis-je.

Nous nous tenions à proximité d'une bâtisse à l'allure administrative. Un tiers du mur de façade arrondi était ouvert, donnant sur un terrain trapézoïdal sur lequel se dressait un des igloos les plus importants de toute l'agglomération. Au sommet de cet hémisphère s'élevait une tour creusée de niches irrégulières abritant des batteries énergétiques, des antennes de détection et de télécommunications, des haut-parleurs et même des microphones. Les bouches des armes lourdes nous gardaient en joue depuis notre apparition, accompagnant chacun de nos mouvements.

Je sautai à terre à côté du Vagabond après avoir mis en veilleuse tous ses équipements encore en état de marche. La soupape de sécurité avait fini par gripper. Dans peu de temps, si la vapeur en surpression croissante n'était plus utilisée pour alimenter la turbine, la chaudière ne manquerait pas d'éclater. Un désespoir sans fond s'était emparé de nous. Une rangée d'individus affichant tous le même air farouche et méchant s'était formée face à nous. Fartuloon débarqua du véhicule, aussi flegmatique qu'un haut dignitaire descendant de sa chaise à porteurs.

— Nous vous saluons, hommes d'Adjover ! clama-t-il d'une voix sonore.

Un silence glacial lui répondit. Le Chrektor, emmitouflé dans son manteau de fourrure au point d'être méconnaissable, sortit à son tour et se planta en arrière du Carabin, légèrement de biais. J'aidai alors Farnathia à poser pied à terre.

— Vous manquez de courtoisie ! lança mon mentor, indigné. C'est ainsi qu'on accueille chez vous les médecins ambulants ?

L'œil inquisiteur, un des hommes scruta ma compagne

qui, à mes côtés, était plus qu'indécise. Je lui saisis la main et elle s'apaisa.

— Cette fille, là ! Qu'elle s'approche ! intima notre interlocuteur.

Fartuloon éclata d'un rire cassant.

— Que voulez-vous faire d'une gamine comme elle, contagieuse de surcroît ? Elle n'est pas de votre monde et vous n'êtes pas du sien. Nous sommes ici parce que nous avons besoin de repos, de matériel et d'un traîneau pour affronter le glacier. Notre but, c'est la Vallée de Kermant.

Les hors-la-loi s'avancèrent pour nous encercler. Je plongeai la main sous ma pelisse et refermai les doigts sur le manche de mon poignard. Tant que ce serait possible, nous voulions éviter de révéler que nous possédions des armes énergétiques. Mon père adoptif et moi étions assez vifs ; quant à Griffe-de-Glace, celui qui lui tombait entre les serres n'aurait jamais plus l'occasion de se colleter à d'autres adversaires ! Les onze gaillards finirent de s'aligner pour nous barrer toute issue et nous étudièrent de la tête aux pieds. L'un d'entre eux, un Arkonide carré et de forte stature, aux traits véritablement sauvages, sembla alors avoir pris une décision.

— Il nous faut des femmes pour la colonie ! grogna-t-il. On a rarement du plaisir, par ici. Si vous comptez acheter des choses, vous en paierez la contrepartie !

Avec un rire attristé, Fartuloon riposta :

— Loin de nous l'idée de payer en nature, ou par quelque service que ce soit ! Vous avez assez de femmes à Adjover, pas question que je vous cède ma sœur. En plus, elle est malade, je l'ai déjà dit – vous ne voyez pas sa pauvre figure aux joues creuses, avec tous les symptômes de la cachexie et de la toux verte ? Et nous, nous avons encore besoin d'elle.

Un murmure de stupéfaction s'éleva. Les lentilles d'observation et les microphones directionnels étaient toujours braqués sur nous.

16

— La fille fera très bien l'affaire ici, elle va nous embellir l'existence ! s'écria un des hommes.

Il s'avança, scruta intensément Farnathia et tendit la main pour rabattre sa capuche. Je me dominais encore, pourtant le regard en coin lancé par le Carabin ne m'échappa pas. Le colon hoqueta, sidéré, comme s'il s'était attendu au contraire de ce qu'il découvrait :

— Elle est belle !

— Nous voulons louer pour quelques pragos une maison dans laquelle on puisse dormir et faire chauffer de l'eau, coupai-je.

La fureur difficilement contenue et la tension nerveuse donnaient à ma voix des inflexions rauques.

— Umman va exiger de la voir. Elle séjournera peut-être même dans son bunker, précisa le porte-parole en élevant le ton et en indiquant du doigt l'espèce d'igloo hérissé d'armes.

Fartuloon s'en mêla, approchant d'un pas du colosse.

— Vous ne toucherez pas à un seul de nos cheveux ! tonna-t-il. Je réclame l'hospitalité de droit et de fait ! Ne le perdez pas de vue !

Un déluge de rires accueillit cette tirade.

— Eh, le gros, t'es plutôt drôle ! Et tu nous amuses ! s'exclama notre interlocuteur. Ici, c'est nous qui avons tous les droits. Vous allez faire ce qu'on vous dit, et rien d'autre !

— Je suis certain que ce sera l'inverse, gronda mon mentor. Non seulement tu es sale et tu pues, mais en plus ton impudence est blessante !

Hurlant de colère, le géant se rua sur le Carabin. L'espace d'un éclair, celui-ci se débarrassa de son allure léthargique pour se métamorphoser en un être bondissant, tournoyant à une telle vitesse que sa silhouette parut devenir floue. Il agrippa le bras tendu de l'autre, pivota, se plia en deux, se propulsa légèrement de côté et fit voler son adversaire par-dessus son épaule grâce à une redoutable prise dagorienne. Peu avant que le corps massif ne s'écrase par terre, on entendit un bruit rappelant celui d'un bâton qui se cassait. La place centrale résonna d'un cri terrible et quelques femmes corpulentes qui défilaient à l'autre bout, rentrant de la corvée d'eau, regardèrent furtivement dans notre direction. Deux des hommes se précipitèrent sur Farnathia et sur moi.

— On ne bouge plus ! sifflai-je, la gorge nouée par la rage.

Je sortis mon poignard et fis un pas en arrière, m'adossant au Vagabond tandis que Farnathia se réfugiait entre deux de ses imposants pneus. Le duo ne se laissa pas intimider. Je plongeai dans les jambes du premier de nos agresseurs, le fauchai et boulai hors de sa portée. Puis j'effectuai un rétablissement fulgurant, me fendis et atteignis son comparse à l'épaule. La lame effilée traversa sa pelisse doublée de cuir, l'homme cria et recula en chancelant. Faisant volte-face, je vis l'autre se relever et marcher sur moi. Mon bras se détendit, prolongé par mon arme blanche dont la garde para le coup de l'adversaire. Puis je lui tailladai l'avant-bras et rejoignis Farnathia d'un bond. Tremblante, elle se blottissait entre les roues.

Entre-temps, enchaînant une série de bottes rapides et courtes, Fartuloon avait foudroyé un des hors-la-loi puis assommé un autre en lui cognant violemment le crâne contre sa cuirasse bosselée. Quant au frêle Chrektor, il n'était pas demeuré sur la touche : après avoir sauté sur une des brutes, il lui enserrait la tête de ses griffes translucides. L'infortuné voulut pousser un cri mais celui-ci se mua aussitôt en un gargouillis plaintif.

Les mains d'enfant de notre compagnon s'étaient refermées sur le cuir chevelu de l'Arkonide, qui se couvrit instantanément de givre blanc. Le souffle de l'homme, exhalé en un hurlement étouffé, se transforma en un petit nuage de vapeur et, en quelques millitontas, sa tête ne fut plus qu'un bloc de glace. Notre ami remit pied à terre, se faufila à toute allure entre les jambes de plusieurs autres colons et, alerté par un appel assourdi de Farnathia,

18

agrippa le bras de l'individu qui voulait se jeter sur elle. Le propriétaire du bunker-igloo ne daignait toujours pas se manifester. À nouveau un des hors-la-loi poussa un cri, se mit à secouer son bras et fila à la course. Le premier à avoir eu le malheur de connaître l'étreinte du Chrektor resta debout sur place encore un moment. Soudain, ses genoux cédèrent et il s'écroula. Il sembla tenter vainement, presque par pur réflexe, de se redresser mais sa tête retomba, heurtant durement le revêtement parsemé de trous – et elle se fracassa en une multitude de fragments vitreux.

— Arrêtez ! tonna Fartuloon, écartant un agresseur comme il eût balayé un animal importun.

Planté devant Farnathia, je lui faisais écran de mon corps et menaçais de mon poignard quiconque voulait l'approcher. Les gaillards qui nous avaient cherché des noises s'étaient figés en constatant ce qui s'était produit avec Griffe-de-Glace. Respirant avec difficulté, ils contemplaient le mort dont la tête manquait. Puis, tous en même temps, ils tournèrent les talons et s'échappèrent. Il n'y eut bientôt plus que nous sur l'esplanade centrale.

Le Carabin revint vers nous et déclara, sans s'embarrasser de détails :

– Je pense que nous allons être acceptés ! Nous ne nous attarderons pas plus de deux pragos en ce lieu.

— Où, plus précisément ? maugréai-je.

Il nous fallait un logement et quelqu'un qui veuille bien nous vendre ou nous prêter un certain nombre de choses.

Fartuloon me désigna un groupe d'hommes et de femmes qui, de l'autre bout de la place, avaient observé en silence le rapide affrontement. C'était vers ce petit rassemblement que notre comité d'accueil se dirigeait.

— Va les trouver et demande-leur. Impose-toi, Atlan !

— C'est bon !

J'adressai à Farnathia un clin d'œil rassurant et m'élançai.

J'avais à peine avancé de vingt pas que l'air résonna

d'un étrange sifflement puis des échos d'une voix sonore et grave. Toute la colonie pouvait l'entendre.

— Ici Umman, j'ai bien suivi tout votre combat ! Vous êtes prompts mais n'avez pas encore vaincu. Des batteries énergétiques vous tiennent en joue. Venez par ici !

Celui qui allait obtempérer, c'était Fartuloon. Moi, je continuai jusqu'à trois mètres du groupe.

— J'ai besoin de quelqu'un pour discuter, annonçai-je sur le ton le plus tranchant possible.

Les physionomies des Arkonides qui me faisaient face reflétaient tous les stades de la dégénérescence, des privations et de la grossièreté tout comme une haine aveugle à l'égard de ces intrus que nous représentions.

— Qui es-tu, Umman ? s'écria le Carabin. Ta menace me laisse plutôt froid ! Allons, sors et montre-toi un peu, nous avons à parler tous les deux.

De mon côté, je poursuivais ma démarche.

— Qui est votre porte-parole ? questionnai-je le groupe, toujours aussi mordant.

Sans piper mot, un de ses membres pointa du doigt sur le bunker-igloo dont les armes s'étaient mises en mouvement. Une seule décharge et nous y passions tous…

— C'est le Kergone, murmura une femme avec une crainte presque mystique.

Ses yeux allaient de Fartuloon à la construction hémisphérique sombre, vers laquelle il se dirigeait sans hâte.

— Un Kergone ? répliquai-je, décontenancé.

— Oui. Et c'est notre chef à tous.

— Ah, je comprends !

Je lui adressai un fugace sourire et m'en retournai vite auprès du Carabin. Hésitants, Griffe-de-Glace et Farnathia s'avancèrent eux aussi sur les pas de notre guide râblé et corpulent. Je lui précisai ce que j'avais appris.

— Umman est un Kergone, c'est lui qui gouverne la colonie. Apparemment il ne travaille pas, il se fait entretenir et servir.

Un rire tonitruant éclata dans les gros haut-parleurs directionnels.

— Eh bien oui, je suis un Kergone ! Et ici, cela a un sens bien particulier. Je leur commande à tous. Rejoignez-moi, nous allons négocier.

Une fois encore, il me fallut admirer Fartuloon. Levant les bras au ciel, il s'écria sur un ton suppliant :

— Ta proximité, Zhdopanda, me paraît être le lieu le plus sûr de toute cette gorge de sinistre réputation ! Pouvons-nous ranger notre précieux véhicule dans l'ombre sécurisante de ton dôme protecteur ?

— Soit !

Mon mentor me dédia un regard lourd de sens puis me désigna le Vagabond autour duquel des enfants aux mines négligées s'étaient regroupés.

— Fais chauffer à fond la machine puis conduis-la près de l'entrée, sinon on va nous piquer les derniers vivres qui nous restent et toutes nos munitions rouillées !

Pour être certain de ce qu'il voulait, je risquai une question-piège.

— Tu crois que c'est possible ? La pression est bien trop basse…

Feignant la colère, il me fusilla des yeux et s'exclama :

— Je t'ai dit de chauffer à fond, Atlan ! Tu es stupide, ou quoi ?

— D'accord, ne t'énerve pas ! répliquai-je.

J'avais tout compris. Sans me presser exagérément, je regagnai notre engin, montai à bord et ouvris tous les régulateurs au maximum.

Les injecteurs pulvérisaient un vrai déluge dans le brûleur. La chaudière, dont la soupape de sécurité n'avait pas lâché la vapeur ni réduit la pression, était complètement remplie. Les roues se mirent lentement à tourner et les crampons de la chenille à arracher des fragments au revêtement basaltique du sol. Je dirigeai le Vagabond à travers la place, longeai la « rue » puis m'arrêtai au voisinage immédiat du vantail arrondi d'arkonite qui matérialisait l'entrée du bunker. Je sautai à terre, emportant toutes nos armes et les sacs pesants qui contenaient nos biens les plus essentiels.

— Bien ! Gare l'engin quelque part par là, dit Fartuloon.

Le canon à impulsions installé sur le toit de l'igloo pouvait être orienté dans n'importe quelle direction. Seul une zone circulaire de quatre à cinq mètres de large, tout autour de l'édifice, se trouvait hors de son angle de tir. Presque par inattention, je portai notre paquetage près du bunker et le déposai à environ un tiers de la circonférence par rapport à l'avant du Vagabond.

— Attendez que j'ouvre la porte ! cria la voix dans le haut-parleur.

Tout comme moi, le Carabin calculait combien il nous restait de temps. Il nous fallait réussir une attaque-surprise. Je réfléchis rapidement puis m'écriai :

— Griffe-de-Glace ! Farnathia ! Venez par ici, il y a une fontaine ! Nous allons pouvoir boire et nous laver.

Le ton était si pressant qu'ils obéirent. Fartuloon lui aussi, après avoir jeté alentour un regard indifférent, s'approcha d'une démarche traînante. Nous suivîmes le cours sinueux du ruisselet d'évacuation, où coulait une eau très propre, retirâmes nos gants et rabattîmes nos capuches en arrière. Puis nous attendîmes…

À l'origine, les Kergones étaient des êtres pseudo-amphibiens tout aussi capables de se déplacer sur la terre ferme que dans l'eau. La taille de ces arkonoïdes était comparable à la nôtre, ils avaient le corps entièrement recouvert d'un épiderme écailleux de couleur sombre. Ils faisaient l'effet approximatif de batraciens cuirassés et doués de raison. Comment l'un d'eux avait pu échouer ici relevait d'un certain mystère. Qu'il ait su s'imposer par la seule terreur sur un groupe d'Arkonides aussi farouches et brutaux confinait au miracle. Toutefois, telle était bien la réalité : ici, au centre d'Adjover, se dressait une construction blindée au sommet de laquelle était placé un canon à impulsions rotatif, et ce bunker était le fief d'un Kergone. Au moins, pour l'instant, la bouche de l'arme n'était-elle pas braquée dans notre direction.

Penché au-dessus du miroir liquide qui reflétait sa tête cristalline, presque transparente, le Chrektor demanda dans un murmure à peine audible :

— Pourquoi nous lavons-nous ici, Atlan ?

Je me frottai les yeux et regardai subrepticement entre mes doigts, examinant le seuil arrondi et la cheminée du Vagabond qui lâchait d'impressionnantes volutes de fumée. La fin de notre engin était imminente – une question de millitontas !

— Parce que nous devons convaincre ce Kergone ! répondis-je tout aussi bas.

— Et de quoi donc, mon aimé ? souffla Farnathia.

Regardant à nouveau son visage, sa chevelure, son cou et ses fines mains déliées, je me mettais aisément à la place des hors-la-loi avides et de leur chef à l'apparence monstrueuse : ils avaient vu ma compagne, il était inévitable qu'ils la veuillent.

— De nous accorder le plein droit d'hospitalité, déclara Fartuloon.

Nous n'eûmes pas à patienter longtemps. Tandis que nous nous efforcions d'offrir l'apparence de visiteurs assoiffés et couverts d'une crasse de plusieurs pragos, se précipitant sur le filet d'eau comme sur une manne bénite, nous ne quittions des yeux ni le Vagabond ni le bunker-igloo. Soudain, par pur instinct, nous nous aplatîmes à terre. Tout le monde nous vit, sans savoir pourquoi nous agissions ainsi. L'instant d'après, la chaudière aux épaisses parois d'acier de qualité plutôt moyenne éclata sous l'intense pression intérieure. Il y eut un « boum » assourdissant puis des morceaux en tous genres s'éparpillèrent tous azimuts : roues, gros tronçons de chenille, plaques de tôle déchirées et déformées au-delà de l'identifiable… Un énorme nuage de fumée et de vapeur s'enfla, s'expansant dans toutes les directions et nous en profitâmes pour bondir, dégainant nos Luccotts, évitant tant bien que mal les fragments dangereux retombant en pluie.

— Vite ! Suivez-moi ! nous intima le Carabin.

Tels des possédés, nous nous ruâmes vers l'entrée du dôme noir. Le mur avait été enfoncé et le vantail rond, plié selon son diamètre vertical, pendait de biais sur ses gonds à moitié arrachés. Fartuloon le fit s'abattre vers l'intérieur d'une simple poussée, prit son élan et atterrit dans la salle, à peu près au tiers de sa longueur.

— Nous voici ! annonça-t-il avec un flegme presque surnaturel. Et j'avoue que je suis plutôt étonné !

Il y a de quoi ! Umman est donc invalide ! Le Kergone était tassé dans une sorte de petit véhicule individuel à ossature tubulaire renforcée par un réseau de fils métalliques, un curieux fauteuil doté de roues larges et massives, d'une douzaine de servomoteurs ainsi que d'une cellule énergétique. L'être siégeait devant un pupitre plutôt rustique dont la surface inclinée brillait de quelques témoins d'alerte. Tous les écrans étaient en panne, éteints et d'un vert sombre.

— Je ne le suis pas moins, déclara Umman d'une voix étouffée

On eût dit qu'il parlait à travers une eau épaisse et sale.

— Quoi qu'il en soit, tu te montres maître de tes réactions, Kergone, ajouta le Carabin.

À leur tour, Farnathia et le Chrektor entrèrent dans la salle. Peu à peu, nous distinguâmes d'autres servomécanismes, une sortie qui menait quelque part mais ne débouchait manifestement pas à l'air libre, une couchette et tous les équipements nécessaires à l'occupant des lieux pour y vivre agréablement.

— Je suis le prince de cette colonie, précisa Umman tout en nous scrutant intensément. C'est votre engin qui a explosé, non ?

— Sa chaudière pressurisée, oui, confirmai-je. Nous ne réclamons rien d'autre que l'hospitalité à laquelle tout visiteur est en droit de prétendre.

— Ici, c'est moi le Taï Moas ! ajouta le Kergone. Je ne travaille pas, les autres me nourrissent et me gâtent, parce qu'ils me craignent mais aussi parce qu'ils me vénèrent. C'est moi qui leur dicte leurs actes.

Fartuloon s'approcha de l'être aux écailles sombres, jeta un regard plein d'ennui sur le pupitre et bascula l'interrupteur principal. Les dernières lampes s'éteignirent juste après le déclic sonore.

— Pour les deux ou trois pragos à venir, tu te contenteras de relayer les ordres que nous te donnerons, Umman ! suggéra mon mentor avec une douceur plus que menaçante. Les princes d'Adjover, à présent, c'est nous ! Tu ne peux rien faire contre, nous sommes venus en paix.

— Je vous éliminerai dès la première occasion, gronda le Kergone dont les gros globes oculaires saillants nous foudroyaient d'une haine inextinguible.

— Nous avons besoin de sommeil et de repos, de vivres et de matériel, je te le répète, répliqua Fartuloon. C'est tout. De plus nous ne volerons rien, au contraire : nous paierons pour tout ! Et si vous avez des malades, je les soignerai.

— Les Kralasènes de Sofgart l'aveugle sont sur vos traces, rétorqua Umman en sifflant de rage.

— Voilà une vérité qui ne changera rien à la situation présente, mon prince ! renvoya le Carabin, sarcastique.

— Je suis un invalide incapable de se défendre, et vous en profitez !

— Ne compte pas sur des remords de notre part, Kergone ! le rassurai-je tout de suite. Où pouvons-nous dormir ?

Le pseudo-amphibien garda le silence, interrogeant des yeux mon père adoptif. Celui-ci attendit un bon moment puis il braqua son radiant sur une armoire ouverte dans laquelle s'entassaient conserves et rations. Nous en déchiffrions sans mal les étiquettes : il s'agissait de produits d'importation très onéreux qui, par des voies mystérieuses, avaient réussi à atterrir en ces lieux.

— Ça ne sentira pas bon si je crame tes gourmandises, ricana Fartuloon avec un rictus de fausse bonhomie, le doigt crispé sur la détente. Alors, que décides-tu ?

— Ne fais pas ça, par pitié ! Sortez et allez jusqu'à la maison à droite près de la fontaine, elle est inoccupée.

— Très bien ! le remerciai-je avant de pivoter vers mon mentor : Tu donnes les ordres en conséquence ?

Le Carabin frappa du poing contre sa cuirasse et éclata d'un rire sonore.

— Oui, Atlan ! Vous avez trois tontas devant vous. Moi, je m'installe ici et je vais faire subvenir à tous nos besoins.

— On y va, Farnathia ! Tout s'arrange pour le mieux !

L'arme à la main, nous quittâmes le sinistre bunker-igloo. Les habitants de la colonie s'étaient regroupés et formaient, à distance plus que respectable, une barrière aux poteaux vivants revêtus de fourrures. Ils contemplaient le petit cratère à proximité de la résidence de leur maître, et tous ces débris qui jonchaient le sol un peu partout. Çà et là, le lichen se consumait et de fins panaches de fumée grise montaient vers le ciel bas.

— Nous sommes tous épuisés. Espérons que nous allons trouver ce qu'il nous faut !

— Moi, c'est d'un bain bien brûlant dont je rêve, avoua Farnathia. Un bain qui n'en finisse pas !

Peu après, nous ouvrions la porte de la fameuse maison. L'espace intérieur était apparemment cubique et aménagé sur trois niveaux. Griffe-de-Glace actionna un interrupteur et le système d'éclairage, plutôt vétuste, baigna les lieux d'une lumière vacillante. Il régnait là une chaleur agréable. On se chauffait à l'énergie géothermique, soit d'origine volcanique, soit par pompage en profondeur d'eau à haute température. Même si le logis était d'une rusticité assez primitive et pas forcément très propre, il comportait tout le nécessaire pour assurer une existence simple aux occupants.

— À toi d'abord, Farnathia ! Moi…

Je pivotai en entendant bourdonner le communicateur. *Fartuloon ?* J'enfonçai la touche de mise en service de l'appareil, ancien mais en parfait état de marche – quelle surprise ! Ce fut bien le visage de mon mentor qui s'afficha sur le petit écran.

Avec un clin d'œil, il nous annonça :

— Vous allez être servis ! Des femmes arrivent pour vous apporter ce dont vous avez besoin. Je vous envoie aussi quelques-unes des gourmandises dont se régale habituellement notre prince aux sombres écailles. Atlan ?

Je levai la main, lui montrant toute ma satisfaction.

— Oui ?

— Je vais passer ici la première moitié de la nuit. Ensuite, tu prendras le relais.

— D'accord ! N'oublie pas qu'il nous faudra bientôt un attelage rapide !

Fartuloon sourit :

— Il est déjà commandé, mon garçon !

— Parfait ! Et maintenant, commençons par l'hygiène de base… me mis-je à énumérer.

Un peu moins d'une tonta plus tard, nous avions pris les uns après les autres un bain revigorant dans la grande baignoire aux bords maçonnés. Nos vêtements étaient en cours de lavage, nos bottes subissaient un nettoyage en règle et allaient être réparées là où elles avaient cédé. Plusieurs des pièces de la maison se révélèrent disposer d'un couchage confortable doté de couvertures chaudes mais d'une propreté plutôt douteuse.

J'embrassai Farnathia, nous nous allongeâmes et je lui saisis la main. Elle me regarda et sourit.

— Le repas et tout le reste – c'était bien ! murmura-t-elle. Hélas, nous ne sommes pas encore arrivés à destination.

Hochant la tête, je lui caressai les doigts.

— C'est vrai, mais nous nous sommes bien rapprochés du but ! On viendra à bout du reste du trajet, aie confiance !

— J'y crois fermement maintenant que je vous connais tous mieux. Et même bien, je peux le dire !

— Dors, à présent.

Ma compagne ne tarda pas à plonger dans le sommeil, et je n'eus aucun mal à en faire autant. Nous nous sentions sous la protection de Fartuloon qui, d'une façon plutôt insistante et impérieuse, avait su obtenir celle d'Umman. Néanmoins, nous avions soigneusement verrouillé les portes ainsi que barricadé les fenêtres basses et avions nos armes tout près de nous.

Trois tontas plus tard, le signal lancé par mon père adoptif et ami me réveilla. C'était la minuit et je m'empressai de gagner le bunker-igloo du prince momentanément détrôné par le Carabin que j'allais relever.

*
* *

Le traîneau semblait parfaitement adapté pour un périple rapide à travers ces régions où alternaient chaleur et neige, terrains enfouis sous les cendres volcaniques et zones recouvertes de plaques de glace. Cinq timons allongés, à chacun desquels pouvait être harnaché un *har'seec*, partaient d'une nacelle demi-cylindrique dont les flancs intérieurs étaient munis de larges sacoches profondes destinées à transporter le gibier ou, dans notre cas, nos bagages et nos armes. Ladite nacelle était ouverte à l'arrière, mais on pouvait cependant y adapter un filet de protection dont les mailles de bordure venaient se fixer à de gros crochets plantés dans le bois. Mais c'était le système mixte de patins et de roues qui constituait la particularité majeure de l'engin. Grâce à un simple levier, on pouvait abaisser de chaque côté un train de quatre roues lorsque le sol était carrossable et le relever s'il fallait avancer sur la neige. Le dispositif évoquait vaguement les pattes d'un insecte ou d'une arachne.

Nous étions à Adjover depuis un peu plus de trente

tontas. Et le traîneau à l'allure relativement neuve trônait à présent devant notre porte.

— Demain, dès l'aube… murmura Fartuloon.

— Personne ne doit savoir où nous allons ! Cette Vallée de Kermant… dis-je, circonspect.

— … Est suffisamment mythique pour induire quiconque en erreur, compléta le Carabin. De plus, si nous quittons la colonie par sa porte nord, il s'installera un relatif équilibre des forces entre les Kralasènes et nous. Sous un angle statistique, seule une surprise vraiment incroyable pourrait constituer pour nous un handicap ou une menace réelle.

En un rien de temps, Farnathia avait récupéré toute sa beauté éclatante. Si elle osait pointer le bout du nez hors de notre logis, je devrais continuellement la protéger des assauts des rustres qui peuplaient la colonie. Depuis le seuil, elle examina le véhicule d'un air plutôt étonné.

— Comment dois-je comprendre cela ? s'enquit-elle, méfiante.

— Impossible de continuer avec un glisseur, pour nous comme pour nos poursuivants ! expliqua le Carabin. C'est donc en traîneau que nous rallierons la Vallée de Kermant, puis mon avant-poste du pôle nord et l'*Omirgos*.

— Ah oui ! La zone de neutralisation énergétique ! rappela Griffe-de-Glace.

À la clôture voisine étaient attachés les cinq *har'seecs* : des animaux replets et horribles à voir. L'extrémité de leurs pattes s'étalait sur la neige à la manière des palmes d'oiseaux aquatiques. Leurs têtes étaient d'une effrayante couleur rouge feu, comme s'ils étaient en permanence au bord de l'apoplexie. Deux cornes massives courbées vers l'avant les surmontaient. Ils hurlaient avec force, poussant des sortes de brames lugubres sans raison apparente. Leur fourrure à longs poils était emmêlée et pendait en touffes sales. Pour les courses, ces bêtes étaient assujetties à des jougs élastiques et guidées grâce à des rênes accrochées à des anneaux. Ceux-ci, transperçant les babines de part et d'autre de la gueule, tintaient presque aussi agréablement que des clochettes quand les *har'seecs* étaient en train de manger. *L'impression visuelle compte finalement peu*, me dis-je. *Ce qui importe, c'est qu'ils tractent vite et bien !*

— Le Chrektor a raison, confirma Fartuloon. C'est bien à cause de la barrière neutralisante. Ceux qui nous traquent sont obligés d'avoir recours aux mêmes moyens que nous. Et nos chances s'en retrouvent augmentés de façon inestimable.

Je lui répondis avec une grimace.

— Un jour, plus tard, j'aurai peut-être l'occasion de raconter ou de consigner par écrit mes souvenirs. Je saurai alors exactement qui décrire pour faire le portrait d'un optimiste invétéré !

Cet homme râblé et corpulent, à mes côtés, qui maniait une lourde arme de poing comme d'autres des couverts à dessert, était une énigme ambulante. *Ancien gladiateur, Dagoriste, gourmet, amateur d'art, médecin encore exceptionnel, et disposant d'un avant-poste au voisinage du pôle... Le spectre de ses talents est bien plus large que le mien ne le sera jamais ! Mais qui est-il vraiment ? Et qui suis-je, moi, pour ainsi fuir dans le sillage de cet individu ? Que de mystères, de zones d'ombre, de singularités étonnantes...*

— J'ai bien dormi et suis parfaitement reposé, conclut le Carabin. Demain matin, très tôt, on repart. Avant de vous laisser tomber dans vos lits, rassemblez tout notre matériel. Nous n'aurons pas de temps à perdre en préparatifs de dernière minute !

Nous échangeâmes un signe d'assentiment puis il rentra à l'intérieur du bunker-igloo du « prince ». Griffe-de-Glace, Farnathia et moi commençâmes par regrouper les affaires et constituer les paquetages, avant de partager un repas bien consistant et d'aller nous coucher.

Le sommeil ne fut pas long à venir...

CHAPITRE II

FARTULOON, L'ARRACHEUR D'ENTRAILLES

Le Carabin eut un grognement satisfait. Atlan était vraiment un rusé matois qui le surprenait agréablement. Le gamin possédait assurément toute la sagesse des Gnozal ! En bref, un tel disciple eût fait la joie de n'importe quel maître.

Franchissant le seuil du dôme noir, Fartuloon murmura :

— Je vois que tu t'instruis, prince Kergone !

Entre-temps, des ouvriers étaient venus remettre en place le vantail d'accès mais, sur ordre exprès du nouveau maître, avaient soigneusement « oublié » de remonter le système de verrouillage.

— C'est encore un reproche ? Apprendre constitue un vice, à tes yeux ? s'indigna le pseudo-amphibien.

Contre son gré, il s'était adapté à la situation mais le Carabin n'en doutait pas un seul instant : à la première occasion, Umman le frapperait dans le dos et laisserait libre cours à sa fureur vengeresse. En tant que chef jusqu'alors incontesté de la colonie, l'être écailleux avait été bien trop humilié. C'était hélas Fartuloon qui, dans les profondeurs mystérieuses d'une des poches de son très long manteau, cachait la clef de commande centrale de toute l'installation d'observation et de défense.

— Pas nécessairement, répliqua l'ancien gladiateur. Plus un vice se développe, plus grandes sont ses chances de se transformer en vertu ! Ai-je payé la somme qu'il fallait ?

Cédant aux exigences de son « hôte », le Kergone avait

donné les ordres idoines. Le meilleur équipement pour une prétendue randonnée d'environ six pragos avait été rassemblé, ainsi que les *har'seecs* les plus endurants et le traîneau le plus performant. Telle était la partie visible de l'opération.

— Oui, c'est bon ! concéda Umman à contrecœur.

Il déconnecta le cube de lecture et fit pivoter son siège automoteur face au Carabin. Il suffisait au maître d'Adjover d'effleurer de la « main » un faisceau de contacts optiques pour que le mouvement de ses doigts délenche et contrôle les réactions de toute la machinerie du fauteuil.

— L'argent est important, énonça Fartuloon. De plus, tu peux envoyer un de tes sbires sur mes traces pour qu'il récupère le traîneau et les cinq animaux. Tu ne perdras donc pas grand-chose !

Il balaya les lieux d'un regard circulaire. Les provisions du Kergone avaient sérieusement fondu. D'évidence, il était plus que temps : le pseudo-amphibien devait en avoir assez de cette planète, parfois même au-delà du tolérable.

— L'argent est le sixième sens qui, comme chacun sait, suffit à favoriser l'estime par les cinq autres ! Tu n'as pas l'air de te sentir trop mal en ma compagnie, Kergone !

L'être aux écailles sombres eut un rire sans humour.

— Ai-je un choix différent ?

— Non !

En dépit de toutes ses tentatives, Fartuloon n'avait trouvé aucun moyen de repérer ses poursuivants ou au moins d'apprendre si lui et ses compagnons étaient effectivement traqués. Si les Kralasènes se pointaient maintenant, il pourrait se défendre en usant du canon à impulsions. Où, par les She'Huhan, les mercenaires rôdaient-ils en ce moment ? Sans aucun doute, Umman s'allierait aux gens de Sofgart l'aveugle par pur désir de vengeance – et dans le cas contraire, l'exécuteur des basses œuvres d'Orbana-schol traiterait le Kergone comme lui le faisait à l'instant.

Il fallait protéger Atlan et Farnathia, leur permettre de quitter Gortavor. Le terme était échu. Atlan se trouvait au seuil d'un bouleversement essentiel, une métamorphose qui non seulement allait conférer un sens nouveau au cours de son existence, mais aussi lui ouvrir une dimension spirituelle supplémentaire... Le Carabin sentait sa propre impatience croître sans cesse. Le mieux eût été de filer tout de suite. Il jeta un regard à son chronographe. Encore quatre tontas avant le matin. Oui... Il allait réduire cette durée de moitié – en s'accordant un peu de sommeil.

— Quand donc nous quitterez-vous, mon cher ami ? persifla Umman sur un ton qui suait la haine.

— Qui sait ? rétorqua Fartuloon, énigmatique.

Non, les Kralasènes ne pouvaient être plus de vingt. Trop de problèmes logistiques se fussent posés dans le cas d'un groupe d'effectif plus conséquent. En outre, les probabilités statistiques attribuaient davantage de potentialités opérationnelles, dans des situations particulières, à un individu isolé qu'à une petite armée. Et de ces situations particulières, il y en avait encore pas mal en réserve sur la route qui allait d'Adjover au cristal *Omirgos*...

J'espérais de tout mon cœur que nous réussirions à enfoncer cette porte. Nous voulions quitter Adjover, et ce au plus vite. Une fois encore, j'examinai les sangles et les attaches qui arrimaient nos armes et notre équipement au bâti du traîneau.

— Allez ! On embarque ! Vous devrez rester debout, comme Fartuloon et moi ! dis-je en aidant Farnathia à monter dans la nacelle.

À tout le moins, nous pouvions nous adosser contre le robuste filet de protection arrière. Nulle part je ne distinguais de lumières, pourtant je savais que d'innombrables yeux nous épiaient. Je regardai le ciel. Exceptionnellement, il était en train de s'ouvrir. La colonne de vapeur qui, à quelques centaines de mètres de là, jaillissait du cratère de l'*Œil Brûlant*, déviait légèrement de biais ce matin. La journée s'annonçait claire et belle. Tout ce qu'il fallait pour une promenade en traîneau du plus haut romantisme, avec pour attelage cinq bêtes littéralement puantes…

Sur ma gauche, un mouvement attira mon attention. C'était Fartuloon. Avec une large grimace, il enfouit dans une des sacoches un rouleau de ruban adhésif indéchirable. Puis il claqua des doigts.

— C'est parti ! Le prince est momentanément hors circuit !

Je supposai, point à tort, que le Carabin avait dû commencer par déconnecter l'ensemble des alimentations énergétiques avant de ligoter proprement le Kergone Umman. À nouveau, nous avions conquis une liberté de manœuvre notable.

— On peut y aller ? s'informa Griffe-de-Glace.

Pas une fois, au cours des derniers pragos, nous ne l'avions entendu prononcer un mot à propos de ses sempiternelles phobies.

— Non seulement on peut, mais on doit y aller ! En route pour l'ultime étape !

Fartuloon rajusta ses gants et sauta à bord de la nacelle. Les larges roues étaient abaissées et les patins relevés. J'arrimai les mailles latérales du filet, puis le fouet claqua sèchement. Mon mentor tenait en mains cinq paires de rênes et exerça une vive traction. Mugissant haut et fort, les *har'seecs* se mirent en marche. Nous roulâmes sur le revêtement irrégulier, traversant la place pour ensuite prendre la rue escarpée qui montait jusqu'à la porte nord de la colonie toute en longueur. Les derniers bâtiments furent vite en vue.

— À ce train-là, s'exclama le Carabin, nous atteindrons notre but en trois pragos !

— Il faudrait pour cela que nos animaux de trait soient des robots ! répliquai-je, sceptique.

Vingt pattes recouvertes de fourrure martelaient le sol sur un rythme bruyant et rapide. Un ordre d'Umman avait suffi pour que le portail massif soit relevé. Nous le franchîmes à toute allure puis abordâmes la gorge. Devant nous, en déclivité douce, s'étendait la pente extérieure du cratère qui, plus loin au nord, céderait la place au glacier figé pour l'éternité. Nos traces étaient en ligne droite parfaite. Pour les pragos à venir, ni neige, ni vent ni pluie ne les effacerait. Quiconque nous suivrait aurait la tâche facile. Plus nous nous éloignions de sa base, plus la colonne de vapeur brumeuse issue de l'*Œil Brûlant* apparaissait dans sa totalité. Derrière nous tourbillonnait un nuage de cendre pulvérulente qui ne se redéposerait pas dans l'immédiat, restant suspendu en l'air en signe de notre passage.

Ce qui se déroulait en ce moment à Adjover, nous l'ignorions complètement. Quoi qu'il en fût, nous forcions au maximum la course des *har'seecs*. Ils n'allaient nous être utiles que jusqu'aux abords de l'Asaka.

— D'ailleurs, j'ai caché deux *markas* dans une caverne en haut de ce glacier, annonça Fartuloon. Si jamais il m'arrive quelque chose, vous les trouverez en…

Il se perdit dans une description imagée des lieux constitués d'une alternance de rochers, de rideaux de glace, de profondes cavernes et de galeries qui résonnaient d'échos sinistres, de véritables herses de stalactites aussi effilées que des lames d'épées. S'il fallait que je me fie à ses paroles pour pouvoir dénicher cet autre moyen de transport, a priori une sorte de luge améliorée, je devais retenir chacun de ses mots. Ce que je fis.

— C'est la seule possibilité pour vaincre l'Asaka ? m'enquis-je à haute voix.

Nous devions crier pour dominer le fracas des roues, les gémissements des suspensions et le brame presque continu de nos bêtes de trait.

— Oui, sauf si l'un de nous est capable de voler en portant les autres ! plaisanta le Carabin.

— Tu devrais y arriver, j'en suis sûr ! lui renvoya le Chrektor, croassant sur un ton ironique.

Moi, je serrais Farnathia dans mes bras et sentais, à travers les fourrures, la chaleur qui émanait de son corps. D'une certaine manière, je vivais un moment de bonheur. Loin devant nous, distinctement visible dans la clarté matinale, j'apercevais de la neige et de la glace.

Soudain, Fartuloon déclara :

— Ne me demandez pas d'où je tiens cette quasi certitude… Les Kralasènes viennent d'entrer dans Adjover !

Je le dévisageai avec incrédulité. Était-ce là davantage qu'une simple prémonition ? Lui-même paraissait l'ignorer. *C'est pourtant vrai. Ils sont sur nos traces. Peut-être nous aperçoivent-ils déjà…* Ce fut comme une vision qui s'imposait tout à coup. Et j'étais convaincu que les choses se passaient pratiquement ainsi…

*
* *

À *Adjover*…

Le bunker-igloo était bondé. Sans mot dire, treize Kralasènes observaient leur chef en train de libérer le Kergone de ses liens adhésifs. À peine put-il parler qu'il souffla :

— Qui êtes-vous ? Des Kralasènes ? Les mercenaires de Sofgart l'aveugle ?

Les autres se turent, s'entre-regardèrent avec étonnement et écoutèrent leur meneur répondre :

— C'est exact. Nous sommes sur la piste de Fartuloon, l'arracheur d'entrailles. Il est accompagné de trois personnes. Ces bandes qui te ligotaient – ça ressemble à sa façon de procéder !

Le pseudo-amphibien hurla littéralement.

— Ce misérable *kreel* ! Cet être abject ! Il a fait sauter mon abri en garant son Vagabond des neiges devant la porte et en laissant sa chaudière monter en pression jusqu'à ce qu'elle explose ! Il m'a…

Le reste de son discours se fondit dans le tumulte croissant. Les Kralasènes s'étaient jeté des clins d'œil étonnés
avant d'éclater d'un rire sonore et gras. À présent, ils se
tapaient sur les cuisses et s'assénaient de grandes claques
sur les épaules. Umman était recroquevillé dans son fauteuil automoteur, pitoyable tas de désespoir incarné, et ne
pouvait rien produire d'autre qu'un rictus affligé. Ces quatorze individus avaient l'air de brutes totalement insensibles. Ils arriveraient à attraper ce maudit Carabin et
ramèneraient sa tête ici, à Adjover. Ces hommes de haute
stature, à la carrure impressionnante, avaient des visages
sombres tannés par d'innombrables soleils. Leurs figures
et leurs crânes chauves étaient taillardés de cicatrices. Ici
manquait une oreille, là tressaillait le sillon d'une ancienne
et profonde balafre… Un troisième avait le menton fendu,
un quatrième une brûlure en forme de trident…

— Vers où s'est-il enfui ?

Umman gémit :

— Vers le pôle ! Il est sorti par la porte nord, avec un
attelage constitué de notre meilleur traîneau mixte et de
nos *har'seecs* les plus rapides. Il veut rallier la Vallée de
Kermant.

Le meneur siffla entre ses dents. Était-ce un signe de
gratitude ou de surprise ?

— Tu vas nous aider ? Sofgart l'aveugle te récompen-
sera dignement !

Umman hocha la tête. Une rage folle l'animait au souvenir de l'opprobre qu'il avait enduré tout au long des
dernières tontas. Des tontas qui lui avaient paru sans fin…
Toute son autorité sur Adjover avait été remise en cause. Il
lui fallait frapper fort et de façon visible pour rasseoir son
emprise sur la colonie des hors-la-loi. Contre ces
hommes, Fartuloon n'avait pas l'ombre d'une chance. Le
Kergone lâcha donc, furieux :

— Oui, mais ce *kreel* a de l'avance !

— On s'en doutait ! Quand a-t-il quitté Adjover ?

Le pseudo-amphibien regrettait amèrement de ne plus

avoir la clef de son pupitre. Et il ne prêtait aucune foi aux dires du Carabin qui avait affirmé qu'il laisserait, en partant, celle de la commande centrale.

— Aux premières lueurs de l'aube, ce matin. À la plus grande vitesse possible. Et pour ça, il a nos cinq meilleurs *har'seecs* !

Les Kralasènes portaient des radiants lourds de forte puissance, de conception arkonide. Certains d'entre eux possédaient aussi des poignards, des épées, des armes explosives, voire même de petites haches de combat. Des sacoches aplaties, sur leur dos, renfermaient leurs provisions de route. Ils donnaient l'impression d'être d'une célérité et d'une résistance phénoménales.

— Il est parti pour la Vallée de Kermant, en passant par le glacier… récapitula le meneur. Tu as quelques *markas* pour nous ?

— Oui. nous en avons plusieurs, de grand modèle, cachés aux abords de l'Asaka. Hélas, nous manquons de *har'seecs* et de traîneaux mixtes pour vous. Laissez-moi réfléchir… Nous pouvons voir pour…

La porte s'ouvrit à toute volée et un des gardes de l'entrée nord fit irruption dans la salle.

— Umman ! s'écria-t-il. J'ai trouvé quelque chose ! Lorsqu'il a franchi le portail, le Carabin a lancé un truc en l'air. Je l'ai vu briller, je l'ai ramassé mais je n'ai pas tout de suite pensé à…

— Donne, Essoya ! gronda le Kergone.

Il arracha la clef des mains de la sentinelle qui, effrayée, perdit l'équilibre et tomba en arrière. Deux des Kralasènes rattrapèrent l'homme dans sa chute. Umman, lui, enfonça en toute hâte l'objet dans la fente de son pupitre. Instantanément, les instruments revinrent à la vie, les témoins se mirent à briller et à clignoter. Jouant sur plusieurs commutateurs, le pseudo-amphibien eut tôt fait de neutraliser les parasites et les interférences : pour cela, il déconnecta purement et simplement les circuits endommagés du dispositif qui assurait sa suprématie sur la colonie.

— Je vais pouvoir vous obtenir ce que vous souhaitez, annonça-t-il. Mais des gars à moi vous accompagneront, afin de ramener ensuite les traîneaux et les animaux.

— C'est d'accord, le temps presse, rugit le meneur d'un ton menaçant.

Sans gêne aucune, les mercenaires allaient et venaient dans la salle ronde. Ils allumèrent des cubes de lecture, regardèrent les titres, ouvrirent quelques-unes des boîtes de conserve renfermant les gourmandises si chères à Umman, testèrent la baignoire et certaines des autres installations.

Le Kergone s'était mis à vociférer dans ses microphones. Il acheva de terroriser la colonie en tirant plusieurs salves de son canon à impulsions et, en un temps record, parvint à faire amener les traîneaux ainsi que les *har'seecs* qu'on était allé chercher dans des enclos à l'herbe clairsemée.

— Vous savez qu'au-delà d'Adjover plus rien de ce qui est énergétique ne fonctionne ? Que ce soient les armes ou les générateurs, tout est neutralisé !

— On est au courant, Kergone ! C'est pourquoi on ira à pied – enfin, façon de parler ! Et tes gars, ils sont où ?

Le chef des Kralasènes n'était ni bon ni mauvais. On eût dit qu'il bougeait tel un pantin. C'était une sorte de robot humain travaillant en toute loyauté pour qui le payait – que ce soit pour poursuivre, attraper ou tuer. Le type même du mercenaire ou du gladiateur parfaitement organisé. Tout, jusqu'au plus infime détail venant entraver la bonne marche de sa mission, serait par lui écarté du chemin et annihilé si nécessaire. Seul le but comptait : dans le cas présent, capturer Fartuloon, Atlan et les deux autres avec eux – ou éliminer tout ce beau monde.

— Ils arrivent ! Ils m'obéissent à nouveau ! Attendez encore un instant ! gémit Umman.

— Nous savons bien que tu mets tout en œuvre pour obéir à Sofgart l'aveugle ! déclara le meneur d'un air détaché, avec une menace indéniable dans la voix.

— C'est vrai, Zhdopanda ! larmoya le Kergone.

Au-dehors résonnèrent divers bruits trahissant une activité empressée. C'étaient les traîneaux et les *har'seecs* qui arrivaient. Les colons d'Adjover sentaient derechef peser sur eux l'emprise tyrannique de leur prince aux sombres écailles, par le biais du canon à impulsions et des armes énergétiques. De plus, ils étaient indécis quant à la conduite à adopter à l'égard de ces visiteurs auxquels ils associaient à juste titre une sensation de danger latent.

— Nous vous donnerons tout ce que nous avons. Nous essaierons de vous aider à attraper le plus vite possible le Carabin et les trois individus qui l'accompagnent !

— Tel est notre seul but, tu l'as bien compris !

Les Kralasènes opérèrent vite et avec efficacité. Dès qu'ils eurent identifié de quelle manière ils pouvaient hâter les préparatifs, ils prêtèrent main-forte aux colons. Au matin suivant, trois traîneaux mixtes quittèrent Adjover à une allure démente. Le rideau venait de se lever sur le dernier acte de la traque. Le Kergone espérait de tout son cœur que les mercenaires rapporteraient la tête de Fartuloon plantée au bout d'une pique. Et par ailleurs il escomptait que la fille ne serait pas mise à mort. Les Kralasènes s'en amuseraient d'abord, c'était certain et inévitable, puis ils s'en lasseraient. Peut-être alors l'abandonneraient-ils aux hors-la-loi de la colonie qui sauraient à leur tour en faire bon usage – une fois que lui, Umman, le prince d'Adjover, serait passé le premier...

*
* *

Nous ne nous sentions pas très à l'aise. La quasi certitude que les Kralasènes pouvaient nous voir, si la chance était quelque peu de leur côté, nous inquiétait et minait notre moral. Seul Fartuloon ne semblait pas s'en émouvoir du tout. Il conduisait les animaux comme s'il avait passé sa vie sur des pistes de course. Nous avions jusqu'à présent roulé à toute allure à travers la zone vierge de glace, soulevant un panache de poussière ; puis nous fîmes halte aux abords du terrain gelé pour remonter les roues et abaisser les patins du traîneau. Les *har'seecs* ne laissaient transparaître aucun signe de fatigue.

— Nos poursuivants n'ont pas de meilleures possibilités de déplacement que les nôtres, dit Fartuloon. Ils ne possèdent même pas un glisseur rapide !

— Cependant, nous devrions encore gagner du terrain, répliquai-je. À quelle distance se trouve le glacier ?

Nous grimpâmes à nouveau dans la nacelle. Les animaux progressaient un peu moins vite sur la neige et la glace. Maintenant, le tintamarre des roues avait fait place au sifflement des larges patins. Une fois de plus, quelques-uns des étranges *har'seecs* hurlèrent sans raison.

— Si nous pouvions continuer ainsi toute la nuit, nous pourrions peut-être atteindre l'arête supérieure du glacier d'Asaka tôt demain matin, dit Fartuloon.

— Malédiction ! laissai-je échapper.

La route vers la mythique Vallée de Kermant était pénible et longue, mais nous n'avions pas d'autre choix. *Derrière nous, les Kralasènes ; devant nous, le but à atteindre – dont des dangers ignorés nous séparent encore.*

— Nous n'aurons toutefois que la lumière des étoiles pour seul éclairage, ajouta Fartuloon. Heureusement, je connais l'emplacement de chaque pierre sur ce territoire.

C'était un désert de solitude qui nous accueillait. Comparée aux paysages que nous avions précédemment parcourus, cette région était encore plus uniforme et vide. Mis à part le fait que le terrain s'élevait en pente ascendante douce pour se rapprocher du bord du glacier, elle était dépourvue de formations rocheuses marquantes, de points de repère et d'autres particularités topographiques. Il n'y avait pas le moindre moyen de s'orienter mais Fartuloon semblait parfaitement savoir quel chemin suivre. Debout dans la nacelle du traîneau, les jambes bien écartées, il maniait les rênes et le fouet avec la dextérité d'un virtuose. Nous laissions derrière nous une trace large et fortement piétinée.

— S'ils nous poursuivaient, nous devrions arriver à les voir, dit Griffe-de-Glace en essayant de couvrir la rumeur sourde des vingt pattes en mouvement.

— Nous les verrons ! répliqua Fartuloon.

Farnathia se retourna pour regarder en arrière. La piste était rectiligne, comme tracée à l'aide d'une règle. Soudain, la jeune fille parut saisie d'une fébrilité extrême et elle leva la main.

— Là-bas, loin à l'horizon… Un nuage de poussière ! Identique à celui que nous avons provoqué !

Je pivotai moi aussi. Du fait que le terrain montait depuis plusieurs tontas, nous jouissions d'un panorama grandiose. On distinguait encore l'immense colonne de vapeur de l'*Œil Brûlant*. Le ciel était d'un bleu éclatant et entièrement limpide, sans le moindre nuage. Notre trace s'étirait jusqu'à l'horizon apparemment infini et s'y perdait. Sur cette lointaine ligne à peine courbe se devinait nettement, grimpant à la verticale, un minuscule panache de poussière et de cendre. Il ne pouvait s'agir que des Kralasènes.

— Fartuloon ! criai-je. Ils sont là-bas derrière !

— C'est bien ce que je pensais !

— Ils doivent s'être bien reposés, eux ! Ils vont nous attraper ! se lamenta le Chrektor.

— Nous avons encore une bonne avance, rétorqua Fartuloon. Et eux n'ont aucune expérience du glacier. Alors que moi, je connais chaque cristal de glace là-bas sur l'Asaka !

Sa maîtrise de soi était inexplicable. Ou voulait-il simplement nous rassurer ? Nous nous taisions mais ne pouvions nous empêcher de nous retourner de temps à autres, croyant que le panache de poussière se rapprochait, que l'écart qui nous en séparait se réduisait. Notre nervosité était à son comble, notre inquiétude et notre pressentiment d'un sort funeste se renforçaient réellement. Seul mon ami énigmatique semblait, malgré tout cela, n'en faire aucun cas. Il menait les animaux, les incitant à courir à une allure constante pour gravir la pente douce. La température chutait graduellement au fur et à mesure que nous nous éloignions de l'*Œil Brûlant*.

— Si nous pouvions garder le même train... soupira le Carabin.

Il y avait déjà un moment que nous progressions à travers cette zone protégée où aucune énergie techniquement asservie ne pouvait opérer. Ici, nos radiants ne fonctionneraient point, pas plus que ceux des mercenaires. Quelque part au-delà de la courbure de l'horizon se cachait la station abritant le mystérieux *Omirgos*. Les Kralasènes étaient sur nos traces et ne nous lâcheraient plus.

— Umman nous a sûrement trahis ! s'exclama Griffe-de-Glace.

— Je ne m'attendais certainement pas à autre chose, mais il n'y avait aucune raison de le tuer, répondit Fartuloon.

Les animaux couraient toujours aussi vite sans jamais défaillir ni trébucher. Ils étaient aussi vigoureux et acharnés qu'un orage d'hiver.

— Nous aurons tes *markas* pour franchir le glacier, dis-je en détachant bien mes mots. Mais comment les mercenaires vont-ils continuer à nous poursuivre ?

Fartuloon eut un rictus farouche.

— Il te faut encore apprendre une foule de choses, Atlan ! Les habitants sans foi ni loi de la colonie d'Adjover viennent eux aussi chasser sur l'Asaka. Comme moi, ils ont dissimulé les traîneaux qui leur permettent d'y circuler.

— Parce que tu es déjà venu ici, autrefois ? se renseigna Farnathia, inquiète.

— Il est assez probable que je connaisse le chemin qui mène à ma station planétaire, non ? répliqua le Carabin, évasif.

— C'est même plus que probable, renchéris-je.

Nous continuions à filer, nous rapprochant de plus en plus de la ligne qui séparait le ciel et la terre. Au-delà commençait le glacier. Les Kralasènes, nous le voyions dans la lumière du jour qui s'amenuisait, forçaient sans merci leurs animaux de trait afin de maintenir leur allure rapide, et notre avance se réduisait lentement. Arriveraient-ils à combler leur retard sur nous ? Ce serait une erreur suicidaire que de vouloir les sous-estimer !

Il s'était mis à faire froid, un froid mordant. Un vent glacial soufflait en provenance de l'Asaka encore invisible. Nous nous enveloppâmes dans nos manteaux, fermant nos cols et nos manches. Nous étions là, debout et sans protection, à recevoir en pleine figure les projections de neige tourbillonnante et les petits morceaux de glace soulevés par les pattes des *har'seecs*. Le jour déclinait très vite et cette fois les Kralasènes avaient la partie belle : ils n'avaient qu'à suivre notre piste, elle était toute tracée !

Aucun d'entre nous ne pourrait jamais oublier cette nuit-là. Ce fut un véritable cauchemar. Nos nerfs étaient sur le point de craquer, nous avions perdu tout appétit. Seules quelques lampées de café, bues à nos gourdes doublées de fourrure, désaltérèrent et apaisèrent nos gorges nouées. Les cinq animaux étaient visiblement rendus au bout de leur endurance. Il était environ minuit. Tout comme le traîneau et nos propres forces, les *har'seecs* devraient pourtant résister encore quelques tontas. La pente du terrain augmentait. Fartuloon, qui tenait les rênes et le fouet depuis le départ, ne semblait pas avoir besoin de sommeil, ni de nourriture, ni d'encouragement. De plus, il paraissait avoir des yeux de rapace nocturne.

— Tu ne dois pourtant rien voir, dans cette complète obscurité ! objectai-je à voix relativement basse. Mes yeux sont plus jeunes, ma vue plus perçante, et cependant je ne discerne rien !

44

C'était certain, il me répondit en ricanant. Son haleine me frôla la figure, formant un nuage de vapeur aussitôt balayé par le vent mordant.

— Je me fie simplement à mon instinct pour me diriger ! Comment vont les autres ?

– Ils ont l'air de dormir, murmurai-je.

La neige miroitait indistinctement, autour de nous et sous les patins de notre engin. On ne pouvait même pas voir leurs traces ni la traînée large de la couche poudreuse piétinée par les pattes des animaux qui, maintenant, ralentissaient leur allure. Farnathia et Griffe-de-Glace étaient accroupis, blottis l'un contre l'autre, à mes pieds et à ceux de Fartuloon dans la nacelle du traîneau. Leurs lourdes capuches leur enveloppaient le visage.

— C'est bien ! Qu'ils dorment ! conclut le Carabin.

Au bout d'un moment, je lui demandai :

— Tu reconnais encore la contrée ?

— Oui, exactement, mon garçon ! (Sa voix était devenue grave, rauque à cause de la fatigue et de la tension.) À ce train, nous atteindrons dans moins d'une tonta une plaine unie. Alors commencera la dernière course.

— C'est clair !

Toujours et encore, les patins sifflaient sur la neige. Nos cinq animaux de trait reprenaient un peu de vitesse. Ils ne mugissaient plus, ils étaient probablement trop épuisés. Je voulus vérifier nos armes mais il faisait trop sombre.

— Et la caverne, il nous faudra longtemps pour la trouver ?

— Sans aucun doute ! affirma calmement Fartuloon.

Il secoua les rênes et mania prudemment le grand fouet, ce qui augmenta encore légèrement l'allure du traîneau. La montée était derrière nous, à présent une zone plus plate devait s'offrir à nos regards. Cela restait un mystère pour moi : comment un homme repérait-il si aisément son chemin dans une obscurité pareille ? Seuls les changements d'inclinaison de notre véhicule nous donnaient des indications sur notre parcours. Devant nous s'étalait une surface plane assez claire qui se fondait plus loin avec la noirceur du ciel. Là-bas, sur la ligne d'horizon, commençait le fameux Asaka : une immense masse de glace qui s'était stabilisée et ne progressait plus. Le Carabin nous en avait fourni une bonne description : de la glace lisse entrecoupée de séracs remplis de neige. Hors de la couche gelée culminaient çà et là d'énormes blocs détachés de la gangue translucide, pareils aux dents brisées d'un titan. Il y avait peu de crevasses…

— Quoi qu'il en soit, je les connais toutes ! nous avait rassurés Fartuloon.

De véritables tours surmontaient le glacier en un empilement gigantesque. À son extrémité, une imposante paroi verticale plongeait presque en à-pic sur une plaine noyée de brouillard. Ce mur était quasi infranchissable.

— Ces bêtes ne peuvent-elles pas aller plus vite ? demandai-je en me cramponnant nerveusement, inquiet de la gîte dangereuse que prenait le traîneau. Nous glissions à une allure folle au fond d'une crevasse enneigée, orientée dans la direction de notre but.

— Ce serait stupide ! Elles s'écrouleraient sans tarder, or nous ne pouvons chercher les *markas* qu'aux premières lueurs du jour. D'ici là, tu te chargerais de nos bagages ?

– Évidemment !

La température avait atteint son point le plus bas. L'Asaka devait être tout proche à présent. Nous étions transis et un peu de mouvement nous ferait du bien. Nos poursuivants étaient hors de portée de voix, mais seulement à cause du terrain accidenté. Chacun de nous aspirait à la fin de cette traque sauvage. Hélas, par-delà le glacier, nous ne devrions compter que sur nos propres jambes.

— Naturellement, j'ai encore plus d'un tour dans mon sac à leur intention… déclara Fartuloon.

Il semblait avoir perdu un peu de sa confiance et de ses certitudes. Moi, je me préparais machinalement pour une ultime bataille. Un combat inutile, vu la supériorité numérique des Kralasènes qui, de surcroît, méprisaient la mort.

— Écoute-moi, Atlan ! dit Fartuloon. S'il arrive quelque chose à l'un d'entre nous ou même à moi, il faudra que tu te débrouilles pour atteindre l'*Omirgos* car c'est une nécessité absolue pour un très grand nombre d'autres Arkonides. Je suis moins important, Griffe-de-Glace et Farnathia ne comptent pas du tout. Allons, ne sois pas si paniqué, c'est la vérité ! En cas d'urgence, tu dois nous abandonner et te sauver, toi. Tu comprendras plus tard, d'accord ?

J'étais pourtant terrifié par cette révélation, et je me cramponnai encore plus aux bords de la nacelle qui bondissait sous les chocs. Maintenant, Fartuloon menait les animaux sans aucune pitié. Quand je relevai la tête, j'en saisis aussitôt la raison. L'obscurité du ciel faisait place à une pâle lumière grise. Le nouveau jour s'annonçait déjà par les premiers signes de l'aube.

— La seule chose que je retiens de tout cela, c'est que tu t'attends à mourir ! dis-je.

— Le sage ne prend jamais le lendemain pour un acquis certain, confirma-t-il plus ou moins indirectement. Ai-je ta promesse, Atlan ?

— Quelle promesse ?

— Que tu placeras ta survie au-dessus de toute autre chose et que tu t'abstiendras d'agir uniquement selon tes désirs. Tu es important, toi ! Je t'ai élevé pendant des années et je le sais mieux que toi. Tu me le promets ?

Au bout d'un moment, lorsque mes pensées embrouillées eurent cessé de se fourvoyer en suivant les voies les plus folles, je répondis enfin :

— Je te le promets, Fartuloon !

— Bon, alors tout est clair.

Une bise hurlante se leva avec les premières lueurs du jour. Nous continuions à avancer très vite. Y voyant de plus en plus nettement, je constatai que notre trace dessinait toujours une ligne droite. Un instinct infaillible, une véritable boussole intérieure et biologique semblaient avoir guidé mon mentor. Devant nous s'élevaient des blocs de glace et de petites montagnes en dents de scie d'un blanc pur, dans lesquels les vents et les variations de température avaient sculpté les formes les plus bizarres. Çà et là se devinaient les taches sombres qui matérialisaient des entrées de cavernes.

— C'est là, quelque part en face de nous ! grommela Fartuloon. Je vais chercher pendant que tu t'occupes de tout le reste. Et en vitesse !

Nous venions d'atteindre les abords immédiats de l'Asaka et Fartuloon modifia alors le cours de notre véhicule incrusté de glace. Il conduisait en décrivant d'extravagantes courbes en zigzag pour contourner les gros blocs translucides et s'acheminait vers notre destination. Le traîneau rebondissait, grinçait et se libérait de fragments de sa gangue gelée. Griffe-de-Glace et Farnathia s'éveillèrent alors, tout d'abord très désorientés car ils ne reconnaissaient rien de l'environnement.

— L'Asaka ! s'écria finalement le Chretkor saisi de panique. Et il fait froid, un froid glacial !

— C'est souvent le cas dans les régions de glaciers, ironisa Fartuloon.

— Je vais geler ! s'excita notre compagnon transparent. Je vais me transformer en glaçon et exploser en mille morceaux si le traîneau heurte un obstacle !

— Ce n'est pas maintenant que tu en auras l'occasion ! le rassurai-je.

Notre attelage passa à les frôler le long d'arêtes tranchantes puis glissa sous des arches basses et massives.

Nous nous tassâmes instinctivement. Après avoir franchi à toute vitesse une de ces ouvertures, Fartuloon se retourna subitement. Il tenait en main un fusil de gros calibre, un modèle qui tirait des munitions à charges déflagrantes. L'arme tonna cinq fois derrière nous, faisant voler en éclats des points de soutènement essentiels à la résistance de la voûte glacée. Plusieurs tonnes de fragments vitreux s'éboulèrent sur nos traces, édifiant une large muraille défensive en travers de notre piste.

— Et voici un obstacle pour nos poursuivants ! commenta Fartuloon.

Il me donna le fusil à recharger en m'indiquant une des poches de son manteau.

Notre course folle continua. Les animaux s'étaient mis à chanceler et trébucher fréquemment, mais le Carabin n'en avait cure et demeurait inflexible. Finalement, il obliqua et fonça sur un étroit ruban de glace en forme d'arche cintrée qui menait à un énorme bloc couronné de plusieurs pics déchiquetés. Tout près de nous, à droite, béait un à-pic de quinze mètres et à gauche s'ouvrait une série de crevasses qui s'enfonçaient dans des profondeurs verdâtres et insondables. À l'extrémité du pont naturel, je pouvais maintenant distinguer une caverne ou une entrée au plafond bas... Les *har'seecs* dérapaient sur la glace polie par le vent, les patins du traîneau rasaient les bordures de l'étroite passerelle et je n'osais pas regarder sur les côtés. Nous baissâmes prestement la tête au seuil de la grotte, puis un déluge d'échos retentissants nous assaillit.

— La descente va commencer juste après ! dit Fartuloon. Dès que nous serons en bas, décharge le traîneau et fais faire demi-tour à l'attelage.

— Compris !

Le soleil se leva juste à l'instant où nous sortîmes de la galerie naturelle pour déboucher sur une surface circulaire gelée. La lumière du jour inondait le paysage blanc, lui arrachant des scintillements comme à un gigantesque gisement de pierres précieuses. Le Carabin se cramponnait aux rênes de toutes ses forces. Les cinq *har'seecs* glissèrent jusqu'au bord du plateau et s'immobilisèrent, tout tremblants. Une sueur malodorante et de la neige fondue gouttaient de leurs fourrures, mais les extrémités de leurs cornes étaient encore couvertes de cristaux givrés.

— Tout le monde descend ! s'écria Fartuloon, sautant à bas de la nacelle.

Nous réagîmes avec une étonnante vivacité. Griffe-de-Glace et moi aidâmes Farnathia à débarquer du traîneau. Je sortis nos maigres affaires et les empilai en rang, puis je distribuai les armes les plus importantes et les cartouchières avant de vider consciencieusement notre véhicule. Mon mentor s'était éclipsé quelque part en arrière, gagnant le seuil d'une caverne aux ombres peuplées d'une luminosité verte et sur laquelle donnaient plusieurs entrées d'autres tunnels plus petits.

Je jetai un rapide coup d'œil alentour. Le Chrektor et Farnathia traînèrent les bagages jusqu'à la limite de l'étroit replat circulaire, après lequel plongeait l'impressionnant à-pic du glacier. Je sautai dans la nacelle, saisis les rênes, fis claquer le fouet et accomplir un demi-tour à l'équipage. Les animaux épuisés s'élancèrent ensuite, reprenant à l'inverse le chemin que nous venions de parcourir. Je conduisis dans le tunnel sur deux cents mètres en me demandant si j'allais pouvoir sauter du traîneau avant d'atteindre le précipice. Au lieu de cela, je pus mener l'équipage sans incident jusqu'à la partie la plus étroite du pont de glace et je l'y abandonnai.

Ce sera un barrage efficace ! me dis-je en repoussant les rênes et en jetant le fouet au loin.

Puis je revins en courant, juste à temps pour voir Fartuloon émerger de la caverne avec deux longs traîneaux aux formes étranges. D'une construction inhabituelle, ils comportaient chacun deux sièges confectionnés avec du cuir et des lattes de bois. Ils étaient munis de puissants leviers de freinage et disposaient d'un petit coffre à bagages.

— Vite ! cria mon maître. Chargez les affaires et installez-vous ! J'emmène Farnathia. Tu me suis, mon garçon, et pile dans mes traces !

— Rien ne m'arrêtera, Zhdopan ! répliquai-je.

Nous eûmes tôt fait d'entasser nos maigres possessions, après avoir jeté dans une crevasse plusieurs couvertures roulées devenues inutiles. Après quoi nous fixâmes nos armes aussi solidement que possible. Fartuloon montra à Farnathia comment se placer dans le petit siège en engageant les jambes sous les arceaux de protection, en s'attachant avec des ceintures de cuir.

— Trente kilomètres de descente, Atlan ! m'annonça Fartuloon.

Le soleil se reflétait sur sa cuirasse bosselée. On aurait pu nous prendre pour des fous, des personnages légendaires issus d'un autre temps qui, sur une planète dotée de spatioports et de centrales nucléaires à fusion, allaient oser s'attaquer à une déclivité raide de trente mille mètres à bord de traîneaux à l'allure fragile – une des inventions les plus anciennes et primitives de notre espèce.

J'examinai les crampons d'acier, lourds et solides, équipant les extrémités des leviers de freinage et secouai la tête. Oui, nous étions vraiment fous !

— Tous les bagages sont rangés et arrimés ? demanda Fartuloon.

— Oui ! s'exclama Griffe-de-Glace tout en prenant place sur le siège avant de notre *marka* et en bouclant sa ceinture.

— Tout est paré, Carabin, tu peux démarrer ! criai-je.

— Je vais maintenant t'enseigner le niveau supérieur de l'art de conduire un traîneau. Regarde-moi attentivement, mon garçon !

Fartuloon rit de bon cœur. J'observai soigneusement chacun de ses gestes. Il sortit deux grandes paires de lunettes jaunes d'un sac en toile placé sous son le siège, en fixa une sur le nez de Farnathia et l'autre sur le sien. Il poussa ensuite le *marka* dans la position appropriée, au bord du plateau. Les fourchons légèrement incurvés, à l'avant des patins, supportaient un pare-brise constitué d'un treillis de tubes entrelacés. Au moment où le nez de l'engin se trouva en équilibre sur l'arête de la pente glacée, Fartuloon monta et s'attacha. Après quoi il fit s'incliner le traîneau vers le bas et s'élança dans la descente.

— Je suis engourdi par le froid, bredouilla le Chrektor d'une voix aiguë et anxieuse. Je suis raide, tout gelé et aussi transparent qu'un vieux glaçon ! Je vais éclater en un nuage de cristaux !

— Vraiment ? Je ne te dirai qu'une chose, Griffe-de-Glace : tu ne sais jamais garder tes peurs pour toi-même, le tançai-je.

Je fixai mes lunettes et poussai en avant notre *marka*. On ne voyait ni entendait absolument rien des Kralasènes.

Puis je fis moi aussi basculer mon traîneau sur l'arête. Je sentis le confort du siège en cuir, en m'asseyant, et je glissai mes bottes dans les attaches de sûreté. Tout ceci était nouveau pour moi ; mais mon ami et père adoptif, mon professeur sévère et mystérieux partenaire dans cette folle équipée était déjà venu dans les Contrées Pâles et semblait connaître le moindre cristal de glace parsemant ce chemin.

La descente commença. Je suivais scrupuleusement les traces indistinctes laissées par le *marka* qui précédait le mien. J'encliquetai à fond la large ceinture de sécurité autour de ma taille. Le déplacement d'air s'accrut et le vent se mit à me fouetter la figure, mais les lunettes me protégeaient bien les yeux. Nous descendions rapidement la pente abrupte. Avant que notre vitesse devienne critique, je me débrouillai pour enfiler et attacher solidement mes gants puis vérifiai les fixations qui assujettissaient nos armes. J'empoignai enfin les leviers des freins, les manœuvrai plusieurs fois pour les essayer, ce qui souleva derrière moi un gros nuage de cristaux de glace. Je réalisai sans tarder que je saurais me servir de ce *marka* sûrement très rapide. Loin devant moi et plus bas, je discernais l'ombre véloce et longue du traîneau qui emportait Fartuloon avec la jolie fille qui m'aimait.

— Je vais voler en éclats ! Notre engin va heurter un bloc de glace et je vais mourir ! s'écria encore une fois notre compagnon transparent.

— Arrête de me distraire ! le grondai-je.

Un instant plus tard, je n'entendais plus rien. Le vent de la course hurlait et sifflait dans mes oreilles. Les endroits de mon visage qui n'étaient protégés ni par les lunettes, ni par la fourrure à longs poils fournis menaçaient de geler. Nous dévalions la pente avec fracas et en trace directe mais des obstacles dangereux tels que petites crevasses, rochers et blocs de glace dentelés ne manquèrent pas de se présenter. Je freinais tantôt à gauche, tantôt à droite et m'efforçais de rester dans le sillage de cette tête brûlée de Fartuloon — un véritable spécialiste de la descente en à-pic ! Étaient-ce seulement des millitontas qui s'écoulaient à une allure insensée, ou bien des éternités ?

Quoi qu'il en soit, nous plongions à toute vitesse et avec une accélération continue en décrivant des zigzags amortis. Le glacier, enchâssé entre des chaînes de montagne à peine visibles, n'avait pas une si forte déclivité mais sa pente correspondait à la longue ascension que nous avions vaincue avec notre précédent traîneau. De temps en temps se présentaient de petites dépressions que nous franchissions avec crainte. Nous basculions dans les creux, plaqués au fond de nos sièges, remontions avec une véritable sensation d'apesanteur et faisions finalement un bond puissant par-dessus les bordures avant de reprendre contact avec la pente lisse. On eût dit une course à l'abîme sur un gigantesque miroir incliné, parsemé de bosses et de sillons.

Un laps de temps indéfini s'était écoulé… Je vis soudain que mon *marka* se rapprochait de l'autre. J'actionnai alors de toutes mes forces les leviers des freins et m'arrêtai enfin près du traîneau de Fartuloon. Le Carabin s'était déjà éclipsé mais Farnathia était assise là, à trembler de peur et de froid, toute désemparée, indiquant du doigt le sommet d'une saillie rocheuse.

— Il est là-haut, et il a pris une arme avec lui !

Tandis qu'elle parlait, je vis surgir l'imposant *marka* de tête des Kralasènes, dans lequel au moins sept d'entre eux étaient assis. Le véhicule fit soudain une embardée, déviant de sa course, puis il disparut dans une dépression de terrain et en ressortit pour tournoyer au-dessus de la surface gelée. Il vint enfin s'écraser violemment contre un bloc de glace qui se craquela et se brisa dans un grand fracas. Une volée de débris s'éparpilla de tous côtés, dévalant du glacier. Personne ne se montra par-delà la dépression. Il était vraisemblable que les sept Kralasènes étaient morts après que mon mentor avait réussi à tuer le préposé aux freins.

Je débloquai les crampons et avançai lentement jusqu'à ce que Fartuloon me rattrape en ligne droite puis me dépasse à une vitesse insensée pour continuer la descente. L'éblouissant cauchemar blanc reprenait. Parfois accélérant, parfois ralentissant, nous nous écartions des rochers et les contournions tout en nous rapprochant de plus en plus du bord du glacier, donc du début de la vallée. Quelque part derrière nous, là-haut, sur la pente devenue trop vaste pour que nos regards puissent l'embrasser dans son ensemble, il y avait au moins un gros *marka* rempli de Kralasènes maintenant bien décidés à venger leurs camarades morts. Nous étions trop engourdis pour avoir peur, et toute notion du temps m'avait même échappé. Le Chrektor avait perdu plusieurs fois conscience car ses phobies les plus obsédantes l'assaillaient à nouveau : l'idée de heurter un des rochers, de ne pouvoir éviter une des nombreuses crevasses ou un bloc de glace… Finalement, peu avant midi, nous atteignîmes le seul endroit du glacier où s'offrait un accès praticable jusqu'à la plaine. Nous laissâmes glisser nos traîneaux vers la fin de la pente et la descente s'acheva, par le défilé, sans autre incident. Nous étions soumis à une tension nerveuse extrême et ne voyions brusquement plus rien devant nous.

— Le brouillard ! dit Fartuloon, détachant sa ceinture et reprenant son arme en main. Farnathia est épuisée, nous allons la laisser dans le *marka* et le tirer derrière nous.

Il resta debout tandis que nous déchargions mon véhicule. Un paquet de nourriture emballé dans une peau tannée s'était détaché et perdu pendant la descente. J'enveloppai Farnathia dans quelques fourrures supplémentaires pour lui tenir chaud. Fartuloon n'avait pas anticipé en vain : peu après, le second *marka* qui avait suivi nos traces jaillissait du défilé. Aussitôt, le canon du fusil du Carabin expulsa un petit nuage de fumée et j'entendis claquer la détonation sèche. Une des silhouettes imprécises bougea, se pencha en arrière à demi hors de son siège et s'affaissa. Mon maître avait touché le préposé aux freins et son exploit se réitéra : le traîneau grand modèle se renversa avant d'avoir quitté le défilé de glace, éparpillant ses occupants. Ils atterrirent tous, morts ou blessés, au pied du glacier. Nous reprîmes une fois de plus notre fuite, et immédiatement l'épais brouillard nous enveloppa.

Fartuloon glissa la main dans sa poche, en retira un objet rond et plat. Après avoir examiné un instant le cadran, il déclara :

— Tout droit devant !

Griffe-de-Glace se cramponnait fermement à l'extrémité arrière du traîneau et poussait de temps à autre. Fartuloon et moi tirions le *marka* à travers la brume dense. Quant à Farnathia, elle s'était endormie. Les nébulosités jaunâtres et opaques étouffaient tous les sons.

Nous nous dirigeâmes à la hâte vers la Vallée de Kermant, toute enveloppée de brouillard. La voie semblait sans danger mais elle s'étirait comme pour un trajet infini. Nos pieds nous faisaient mal au point qu'il nous fallait dépenser bien plus d'énergie, à cause de la douleur, que n'en requéraient les efforts pour tracter le *marka* et aller de l'avant

— Encore quelques tontas et nous serons sauvés, Atlan. Je le sais ! dit Fartuloon.

Epuisé par une nuit blanche et amaigri par l'épreuve, je le scrutai de mes yeux irrités et ne lui fis pas la grâce d'une réponse.

*
* *

Nous ne nous rendions plus compte de rien. Après cette marche forcée dans une plaine baignée d'un brouillard persistant, nous errions tous dans un état d'indifférence totale. Nous progressions en chancelant comme des somnambules. Si nous avions perdu Griffe-de-Glace en route, il est possible que nous ne nous en serions même pas aperçus.

— Quelques tontas… Est-ce bien vrai, ou encore un mensonge ? demandai-je du bout de mes lèvres gercées et parcheminées.

— Non, Atlan ! Regarde par terre !

Fartuloon n'avait pas remis la boussole dans sa poche et continuait à avancer droit devant lui en trébuchant parfois.

J'examinai le sol. De plus en plus de taches de mousse brune apparaissaient sur la surface jusqu'alors uniformément enneigée. Le brouillard s'épaississait.

— La neige, elle a fondu, constatai-je.

— Normalement, la Vallée de Kermant est protégée de la neige et de la glace par la présence de la brume, murmura Fartuloon.

Il me rappela alors un certain immortel de légende dont les forces vitales ressuscitaient tandis qu'il se rapprochait de sa patrie.

— Mais ce brouillard peut aussi être dangereux et dissimuler des Kralasènes, objectai-je faiblement.

— Encore un dernier effort, mon garçon ! Tu t'es si

bien comporté, tout à fait comme le frère d'armes d'un vieux gladiateur à la peau calleuse tel que moi !

Avec un certain embarras, il me dédia une grimace qui me sembla être un pâle sourire. Sa figure était terriblement marquée par la fatigue et des gouttes de sang perlaient aux cicatrices provoquées par l'impact de petits glaçons pointus. Des cristaux de glace s'accrochaient à sa barbe.

Il me vint à l'esprit que je n'étais probablement pas en meilleur état.

— Il n'y a pas que les Kralasènes à surveiller ! Il nous faut être prudents à l'approche du centre de la Vallée, répondit Fartuloon.

— Pourquoi ?

— *Spectres des neiges*, Kralasènes et autres périls… Tout un vaste répertoire ! Cette planète est un monde maudit. Le danger et la violence y croissent à la place des plantes et des fleurs ! renchérit Fartuloon. Si on l'a appelée le Combat de Tavor, ce n'est pas pour rien !

— Cela me rassure énormément, répliquai-je, anxieux.

Nous nous arrêtâmes et déchargeâmes le *marka* malgré nos échines endolories et nos muscles tremblants, puis nous prîmes Farnathia entre nous avant de repartir en chancelant. Plus nous nous approchions du centre invisible de la Vallée de Kermant, plus j'étais étonné par notre environnement. La mousse et l'herbe coloraient progressivement le sol d'émeraude pâle. À mon grand émerveillement, je voyais des plantes et des fleurs éclatantes pointer parmi le vert terne et soutenu du sol humide de brume. Nous poursuivîmes un moment notre route d'une démarche vacillante et, brusquement, Fartuloon s'arrêta. Il posa son sac à terre, me confia Farnathia et se pencha.

— Des traces ? murmurai-je.

Il tourna la tête et me fit signe de baisser la voix. Opinant du chef, il m'indiqua quelques empreintes sur le terrain moussu.

— Des traces de *spectres des neiges*, oui ! chuchota-t-il. Prépare les armes !

Griffe-de-Glace, le Carabin et moi prîmes les fusils que nous portions à l'épaule, vérifiant les chargeurs et enlevant les crans de sûreté. Puis nous ramassâmes nos sacs avant de nous remettre en route l'un derrière l'autre.

Fartuloon allait en tête, suivi par Farnathia et le Chrektor tandis que je fermais la marche. Nous ne devions pas nous quitter des yeux, sinon nous nous serions perdus dans l'épais brouillard.

Mon mentor était devenu plus prudent. Il était certain, vu sa longue absence, que sa base secrète avait dû faire les frais de tentatives de pillage. Si les *spectres des neiges* rôdaient par ici, le danger n'était pas aussi important, mais les Kralasènes pouvaient très bien les avoir devancés. Tout était possible.

Nos trois armes prêtes à tirer, nous poursuivions notre marche en ligne droite. Le Carabin nous avait dit qu'aux abords immédiats de la station, le brouillard était éliminé grâce à un artifice technique spécial. L'herbe était plus haute, on voyait davantage de fleurs et plusieurs petits arbres poussaient çà et là. Quelque part, l'eau d'un ruisseau clapotait.

Fartuloon leva la main.

— Halte !

Il attira notre attention sur un repère indiquant le chemin, une pierre cubique émergeant de la brume opaque, entourée de plantes multicolores.

— À quelques mètres là-bas commence la zone sans brouillard. Soyez prudents ! chuchota-t-il.

— C'est compris !

Nous restâmes sur place, tendant l'oreille. On ne captait pas le moindre bruit suspect. Le doux clapotis du filet liquide berçait nos sens. Un zéphyr tout juste perceptible agitait la brume comme une nuée de voiles diaphanes, mais elle demeurait désagréablement dense. Je distinguais à peine les épaules de Fartuloon et sa capuche : pourtant, il était à moins de dix mètres de moi. Il leva le bras en guise de signal et nous reprîmes la marche, lentement, en silence. Nous entendîmes alors des éclats de rire stridents. À proximité, quelqu'un courait dans le brouillard et proférait des invectives en une langue inconnue. Mes doigts se crispèrent convulsivement autour du canon de mon fusil. Puis les brumes se diluèrent soudain, s'éclaircirent, baignées de soleil et nous émergeâmes enfin de la barrière laiteuse.

— Là-bas… Notre salut ! murmura le Carabin, tendant le bras en avant.

J'étais muet de surprise. Une scène idyllique s'offrait à nous, au centre d'une zone circulaire délimitée par un mur de brouillard. Je voyais des arbres verts en fleurs, portant des fruits mûrs, le cours du ruisseau et un petit pont. Droit devant s'élevait un édifice bas aux murs blancs, avec un toit sur lequel poussait de l'herbe. La construction semblait avoir été bâtie avec d'énormes blocs de pierre recouverts d'une substance dure et vitreuse. Il n'y avait pas de fenêtres, une seule plaque d'arkonite tenait lieu de panneau d'accès et on l'abordait par un étroit sentier blanc. Évidemment, la centaine de *spectres des neiges* ne s'harmonisait pas du tout avec ce spectacle apaisant ! Ils formaient un cercle irrégulier autour du bâtiment. Ils étaient armés de lourds quartiers de roc et de gros gourdins. Revêtus de leurs fourrures à longs poils jaune clair, ils correspondaient vraiment à l'idée qu'on pouvait se faire de ces créatures. Environ cinq cents grands pas nous séparaient de l'entrée du refuge.

— Que fait-on maintenant ? chuchotai-je.

— On va les surprendre en tirant une salve, marmonna Fartuloon. Après, suivez-moi aussi vite que vous pourrez !

— Je suis prêt !

Les *spectres des neiges* tentaient par tous les moyens de s'introduire dans l'édifice bas. Nous pointâmes nos armes et fîmes feu. Presque chacun de nos projectiles atteignit une des silhouettes jaune clair. Griffe-de-Glace vida son chargeur en une rapide série de coups et se remit très vite à couvert derrière nous. La bande de créatures furieuses commença alors à réagir. Si certaines s'étaient écroulées, d'autres, en proie à l'affolement, s'égayaient en courant dans toutes les directions. Les blessés se traînaient pour gagner une protection dérisoire sous les arbres. Nous espacions maintenant nos tirs afin qu'ils soient plus précis. Farnathia se tenait entre nous deux et le Chrektor resurgit du brouillard avec son arme fraîchement rechargée. Soudain, je trébuchai et tombai en avant ; j'entendis alors du bruit derrière moi, puis un cri de douleur.

Je me retournai, mais mon arme n'était pas orientée dans une direction favorable.

— Farnathia ! m'écriai-je.

Tout se joua avec la rapidité de l'éclair. Je vis deux silhouettes vêtues de fourrures se précipiter sur la jeune fille. Griffe-de-Glace fit volte-face mais il se trouvait dans la ligne de mire de Fartuloon. Presque aussitôt, je me jetai à terre pour éviter les salves d'un troisième homme qui venait de jaillir du brouillard et qui m'ajustait dans son viseur.

— Atlan ! Au secours ! Ils m'emmènent… hurla-t-elle.

Les Kralasènes se fondirent vite dans la brume épaisse, encadrant Farnathia qui se débattait avec frénésie. Je fus saisi d'un furieux accès de colère. Je me relevai, calai mon arme et fis feu sur les autres ennemis. Puis je baissai mon fusil, impuissant.

Fartuloon toucha le troisième Kralasène en pleine tête. C'était celui qui avait tiré sur moi. Je me déchaînai et plongeai dans le brouillard.

— Atlan… halte !

Le ton impérieux de mon mentor me rappela ma promesse. Je connaissais cette voix, mieux que toute autre, et je percevais nettement ses diverses inflexions. Le Carabin était tout à coup quelqu'un d'impitoyable, empli d'une autorité sévère. Dans ce cas, mon maître de toujours exigeait de moi une obéissance sans réserve et il saurait m'imposer ses ordres. Quand Fartuloon parlait sur ce ton, je savais ce qui se cachait derrière cette dure et froide détermination. Je me figeai en plein élan. Puis je revins sur mes pas et contournai Griffe-de-Glace qui canardait encore la bande des *spectres des neiges* en déroute. Le recul de l'arme lourde ébranlait à chaque coup sa frêle corpulence.

Le fusil de Fartuloon était pointé vers mes jambes.

— Je vais te tirer dans les genoux si tu continues à lui courir après ! gronda-t-il.

— Mais… Ils l'ont enlevée ! Je dois les poursuivre… Je… J'aime Farnathia !

— L'amour est une chose éphémère ! dit-il. Ils ont réussi d'une façon ou d'une autre à nous suivre jusqu'ici. Oublie la fille !

J'étais hors de moi. Je n'étais plus capable de penser clairement, pourtant la voix de mon inflexible père adoptif m'aida à recouvrer ma lucidité.

— D'autres tâches t'attendent, ajouta-t-il. En route ! Il nous faut rejoindre le bâtiment, et tes émotions passionnées entravent notre dernière chance ! Les Kralasènes qui se cachent dans le brouillard peuvent nous tirer dessus sans problème.

Je baissai la tête et obtempérai.

— Je comprends, concédai-je, assommé et en réalité bien incapable de comprendre quoi que ce soit.

Nous visâmes un par un les êtres qui s'interposaient entre nous et le seuil en faisant mine de nous attaquer. Finalement, les *spectres des neiges* s'enfuirent et nous nous précipitâmes vers la station. Fartuloon jeta un ordre pour moi inintelligible, le panneau coulissa de côté et nous pénétrâmes dans l'avant-poste. Nous étions sauvés.

— Il est temps, grand temps, même ! Les devoirs et les responsabilités qui t'attendent sont beaucoup plus importants que la perte d'un amour ! dit Fartuloon, posant une main consolatrice sur mon épaule.

Je ne pouvais me départir d'un soupçon : la zone de neutralisation énergétique s'étendant entre l'*Œil Brûlant* et le pôle ne devait son existence qu'au Carabin, appuyé par des moyens mystérieux, afin d'empêcher que l'on découvrît la Vallée de Kermant. La porte massive se referma en glissant après notre passage ; ici, à l'intérieur de l'édifice, régnaient la lumière et une douce chaleur. Les installations étaient hautement techniques ; en fait, pour le Chrektor et moi, elles apparurent déroutantes dès le premier abord. *En ce lieu, l'énergie n'est donc pas neutralisée ?*

— De quels devoirs parlais-tu ? Et que signifie tout cela ? Comment as-tu acquis ces choses, toute cette science et ce matériel ? demandai-je en enchaînant les questions.

Avec un sourire condescendant mais bienveillant, Fartuloon balaya du regard, en maître averti, l'agencement intérieur de sa forteresse puis tourna les yeux vers nous. Il fit un vague geste embrassant son domaine.

— Il y a certaines choses tellement secrètes… que moi-même je ne m'en parlerais pas ! déclara-t-il, énigmatique. Plus tard, mon garçon, plus tard !

Je n'étais plus capable de penser de manière cohérente. Farnathia avait été capturée et allait devoir affronter un destin que je me refusais à imaginer. Nous étions arrivés au but, au milieu de ces équipements déroutants, étincelants et reluisants : c'était le terme d'une longue fuite acharnée. *Quelle est notre prochaine destination ?* Dans une pièce partiellement séparée du reste, je pouvais apercevoir un cristal géant qui mesurait a priori au moins huit mètres de diamètre. Il reposait sur un socle, rayonnait d'un feu intérieur à la couleur dorée et émettait des pulsations rythmées. J'abaissai mon arme. Même Griffe-de-Glace était totalement bouleversé. Nous ne comprenions rien à tout cela. Alors Fartuloon se mit lentement à expliquer…

— Dans ce cristal se concentrent mille vingt-quatre champs de force de l'*Omirgos*, principe grâce auquel nous allons pouvoir quitter Gortavor pour toujours. Tout de suite, dans quelques instants.

Je lui chuchotai d'une voix haletante :

— C'est donc cela, l'*Omirgos* ?

— Oui. De toute façon, il nous fallait tôt ou tard fuir cette planète, et j'avais tout préparé dans ce sens. Maintenant, il est essentiel que toi, Atlan, tu subisses ta première véritable épreuve puis que tu t'engages et luttes pour tes droits à ton héritage légitime. Nous sommes attendus sur Zhoyt… à dix mille trois cent soixante-sept années-lumière d'ici !

Sur Zhoyt ? Attendus ?

Il avait annoncé cela avec une gravité solennelle que je ne lui connaissais guère. Ses paroles vibraient d'un soup-çon de fierté, mais aussi de douleur. Par la pensée, j'étais encore avec Farnathia. Elle me manquait beaucoup. Je l'aimerais toujours, et jamais de la vie je ne pourrais l'oublier. Fartuloon sembla deviner ce qui me torturait, aussi montra-t-il à nouveau le cristal gigantesque. Celui-ci brillait de plus en plus, et le rythme de ses pulsations augmentait. Mon mentor me prit la main, la serra à me faire mal et dit :

— Viens ! Gortavor… c'est déjà le passé !

Dans la confusion de mes sentiments et de toutes ces considérations contradictoires, le ton chaleureux de sa voix était la seule consolation qui me restait. Griffe-de-Glace nous suivit en silence. Nous nous approchâmes du cristal, plongeâmes au cœur de sa lueur dorée puis traver-sâmes sa surface qui, en vérité, n'avait rien de solide. Puis…

Je me mis à trembler en réalisant l'impact de ce qui nous arrivait, à tous les trois. Un futur inconnu se ruait à ma rencontre, tendant vers moi des serres griffues, glaciales et acérées. J'eus une prémonition : toutes mes aventures antérieures n'avaient été qu'un zéphyr doux et chaud, comparées à l'ouragan d'événements qui m'attendaient au fil des innombrables pragos à venir. Sur Gortavor, nous avions sans doute été dématérialisés par une sorte de transmetteur. Mais où étions-nous maintenant ?

Sur Zhoyt ?

CHAPITRE III

FARTULOON, LE CHIRURGIEN IMPÉRIAL

[Mille cent trente-deuxième note positronique, mémorisation compressée et codée selon la clé de cryptage de l'Empereur légitime, ouverture consécutive au passage en phase décisive. La protection par irradiation énergétique en cas d'accès non autorisé est activée. Fartuloon, médecin personnel et confident de Sa Grandeur Omnisciente aux Mille Yeux Vigilants, Gnozal VII d'Arkonis. En date du 100ᵉ prago du tarman, en l'an 10497 *da Ark.*]

Rapport de l'Initié. Qu'il soit pris note : au moment de son entrée dans la vie d'adulte, lors de sa dix-huitième année et en l'an 10497 standard d'Arkonis (d.A.), Atlan s'est présenté devant le Petit Cercle. Après une profonde réflexion, je me suis décidé à envoyer le Prince de Cristal sur le plus important des cinq mondes-épreuves : Largamenia, dans l'amas stellaire Cerkol, proche de Thantur-Lok.

Telle en est la raison : le comportement des chasseurs kralasènes et de leur commanditaire, l'empereur en titre Orbanaschol III, nous permet logiquement d'affirmer qu'Atlan est déjà recherché dans toute la galaxie, à l'exception de cette planète. Les investigations de ses poursuivants s'y étendront certainement à l'avenir mais il aura pu gagner du temps, c'est là le plus important !

Selon mes dernières informations, les caractéristiques physiques du jeune Prince de Cristal et successeur de l'Empereur, relevées à l'âge de quatre ans, ont été retirées à temps des mains de la police secrète, le Tu-Gol-Cel et de l'oncle d'Atlan, Orbanaschol III. Une identification rapide lors des difficiles épreuves sur Largamenia est elle aussi exclue. Tanictrop, le brillant chef de file des naturalistes arkonides, discret, plein d'esprit et faisant preuve d'une grande bravoure, continuera à m'aider. Son fils Macolon – sa mort n'est connue que de rares personnes de confiance – n'aura jamais la chance d'être testé afin de pouvoir accéder à l'Ark Summia tant convoitée.

Atlan va prendre son rôle, déployer toutes ses facultés physiques et psychiques pour réussir le troisième niveau. L'activation du cerveau-second existant chez presque tous les Arkonides adultes en dépend : un avantage inestimable pour un futur souverain ! Atlan n'est toujours pas informé de sa véritable origine. Mon serment de fidélité prêté à son père assassiné, mon seigneur, m'en empêche. Même si cette promesse s'est souvent révélée dépassée après la mort de Gnozal et semble mal adaptée à ma noble mission, je ne l'ai pas brisée ! À présent, il est temps de dévoiler la vérité au Prince de Cristal.

Son tempérament fougueux, sa grande sensibilité et sa nette inclinaison à placer la sécurité de l'empire arkonide avant tout autre intérêt me donnent un espoir prudent. Tenir en bride le jeune prince s'est avéré difficile ces dernières années. Mes méthodes psychologiques ont constamment changé par la force des choses, pouvant souvent sembler empreintes d'amateurisme, mais elles ont atteint leur but. Les incessantes questions d'Atlan quant à sa véritable origine m'ont fréquemment mené au bord de l'épuisement nerveux et physique.

Il est inflexible envers lui-même, intelligent et honnête. Après l'arrivée sur la planète Zhoyt – cela remonte maintenant à trois périodes arkonides – ma décision de le soumettre sur Largamenia à l'épreuve de maturité, la dernière et la plus dure, a plongé le jeune homme dans l'euphorie. Mais il recommence à m'assaillir de questions. Il a été très ardu de lui faire entendre qu'il devait se présenter sous un pseudonyme, oublier temporairement *son identité et passer pour un autre Arkonide. Le Prince de Cristal a finalement accepté, à condition que plus rien ne lui soit caché après la conclusion des examens. J'ai donné mon accord. Le temps du silence est révolu.*

L'opération consistant à faire coïncider les caractéristiques physiques de Macolon et celles du Prince de Cristal s'est révélée très difficile, presque irréalisable. S'il avait été techniquement possible de modifier la fréquence cellulaire d'Atlan, le problème de fond aurait été aussi aisément résolu que celui de son apparence. Les tentatives dans ce sens ayant lamentablement échoué, j'ai dû me décider à effectuer un échange, une méthode longue et inconfortable.

Macolon, officier de l'Astromarine arkonide, chef avant sa mort du trente-quatrième lakan de l'escadre offensive de Tanterym, était connu et apprécié de tous. Son dossier était naturellement mémorisé dans la grande positronique de l'état-major central de la flotte sur Arkonis III, ainsi que dans plusieurs cerveaux P annexes. Mes fidèles amis – parmi lesquels de nombreuses personnes influentes – et moi-même sommes parvenus à l'effacer et à le remplacer discrètement par celui du Prince de Cristal. Ce fut une entreprise hasardeuse et périlleuse pour beaucoup de mes contacts, quatre Arkonides furent abattus par les dispositifs automatiques de défense des systèmes manipulés.

Nous devons tous supporter cette perte douloureuse car l'enjeu est la chute de l'empereur criminel Orbanaschol III. Avant que cet objectif audacieux puisse être atteint, Atlan doit devenir adulte et recevoir l'Ark Summia. Un souverain sans cerveau-second activé par processus paraphysique est chose impensable. Il est connu que plusieurs d'entre eux échouèrent aux examens de par le passé, ce qui ne les empêcha pas d'être traités en raison de leur origine et de leurs hautes responsabilités. Le résultat fut en général lamentable ! En tant que médecin expert, je puis assurer qu'un Arkonide ne s'acquittant pas des épreuves avec succès n'est en aucun cas apte à accéder au niveau supé-

rieur de l'Ark Summia. Mais cela a déjà été fait dans l'intérêt du Grand Empire. Mon rôle n'est pas de juger les motivations politiques de mes prédécesseurs.

Atlan, toutefois, doit réussir. J'ai créé toutes les conditions préalables. Je lui ai livré de nombreuses connaissances, lui transmettant discrètement l'héritage de son père. Maintenant, ce qui pouvait sembler impossible s'est même produit. Le Prince de Cristal de l'Empire, successeur légitime de l'empereur Gnozal VII, est arrivé sur le monde-épreuve de Largamenia. Il s'est acquitté des examens scientifiques avec la facilité que j'attendais de lui. Mais maintenant commence la période de tests sur la valeur de sa personnalité. Les critères sont différents. Je suis partisan des mises en situation réelle, même si les voix s'élevant contre de telles méthodes jugées primitives sont nombreuses. Selon elles, un combat à l'épée est tout à fait obsolète pour des Arkonides au stade de la navigation spatiale. Beaucoup partagent ce point de vue.

Je crois toutefois que les efforts physiques ne sont ni déplacés ni primitifs. Même moi, j'ai autrefois passé ces épreuves. Si le concept de vaillance peut être interprété de nombreuses façons, j'ai néanmoins appris l'importance d'endurcir tant le corps que l'esprit. Maintenant, il me reste encore l'espoir qu'Atlan se comportera comme prévu. Je ne me fais pas de soucis pour sa personne, or, un hasard malencontreux est toujours possible. Que se produirait-il s'il venait à rencontrer un homme connaissant très bien Macolon, un astronaute ayant vécu des événements communs ignorés de tous, hormis d'eux ?

Cependant, ce n'est qu'une des difficultés envisageables. Le Prince de Cristal du Taï Ark'Tussan ne devrait pas, à mon avis, être mis en danger par les examens de maturité autant que par la malignité du sort. Mais Atlan est préparé à de tels incidents. Sa vive intelligence pourra surmonter des situations en apparence désespérées, il l'a fréquemment prouvé sur Gortavor. Cependant, je saisis plus clairement que jamais la diffi-

culté non seulement de conserver en vie et en bonne santé un homme traqué, mais aussi de le faire rester sur le chemin tracé. *Comme j'aimerais pouvoir aider le jeune Gos'athor en lui parlant de sa véritable origine et des qualités de son honorable père ! Hélas je ne peux pas, pas encore !*

Atlan devra ainsi suivre la voie périlleuse ; je veillerai toutefois dans l'ombre. Il doit gagner l'Ark Summia ! Il nous est impossible d'obtenir autrement l'activation de son cerveau-second. Et un biais détourné serait aussi trop préjudiciable pour l'assurance du jeune homme.

L'arbtan était ivre ! Plus ivre que Fartuloon ne l'avait jamais été – et il fallait le faire. L'astrosoldat appartenait certainement à l'équipage de l'escadre qui venait de se poser sur Largamenia, les propulseurs pratiquement grillés, les chambres de munitions vides et à bout de provisions. Nous avions entendu parler du combat lourd en pertes livré par cette flotte dans le secteur de Persypty. Celui-ci se situait en plein cœur de la zone sous le contrôle des Méthaniens.

Rien d'étonnant, donc, à ce qu'on tolère chez ces gens certaines libertés normalement réprimées. J'observai l'individu de haute taille d'un œil amusé, puis intéressé. Il m'apparut négligé et indiscipliné. La combinaison de bord lui serait très bien allée si elle n'avait été crasseuse. Mais cet arbtan de haut rang titubait…

— Il ne te quitte pas du regard, dit mon ami et compagnon d'examens Tirako Gamno. Nous devrions y aller avant qu'il ne mette en application la volonté de t'attaquer encore enfouie dans son inconscient.

Le jeune homme, grand et d'aspect fragile, soupira à mon hochement de tête.

– Ça t'excite ? ajouta-t-il. Typique ! Tu vas réussir avec éclat l'Ark Summia ou la subir. Oui, c'est le terme exact pour ce comportement d'Arkonide primitif. Affreux ! Ne devrions-nous pas y aller, très honorable Macolon ?

Je souris. *Le subtil Gamno ! Intelligent, presque avec excès, cultivé et doté d'un humour fin, il a de nouveau peur de complications éventuelles. Je n'arrive pas à comprendre pourquoi son père, pourtant quelqu'un d'expérience, estime si mal les qualités de son fils !* Tirako Gamno avait passé les examens du premier et du deuxième niveau avec l'appréciation générale « excellent », mieux que moi. Il le devait à son esprit vif et à sa soif inextinguible de connaissances. *Mais maintenant, il doit franchir le troisième stade. Par les mondes d'Arkonis, comment va-t-il s'en sortir ?*

— Allez, viens, me pressa-t-il. C'est un géant. Plus grand que toi, et en outre d'une carrure bien plus large. Qu'est-ce qui t'excite tant dans ce comportement grossier ?

— Ses yeux ! rétorquai-je. Ils sont trop clairs et trop vifs pour un ivrogne. Oh, le voilà qui rapplique !

La rue était ancienne et étroite. La capitale planétaire pouvait retracer son histoire sur sept mille ans. La première pierre de la ville de Tifto avait été posée en 2550 *da Ark* par l'empereur Quertamagin IV mais à la suite des nombreuses hyper-tempêtes qui avaient sévi durant les siècles suivants, correspondant au début de la Période Archaïque, le contact avec les autres mondes avait été perdu et les colons de Largamenia étaient retombés à un stade primitif pré-technologique.

La « cité » de Tiftorum, née des ruines de Tifto aux alentours de 3460 *da Ark*, constituait le seul centre de civilisation ; elle était devenue l'agglomération principale de la planète et plus tard le siège de l'École Faehrl. La Rue des Tavernes se situait dans un des nombreux quartiers historiques. L'éclairage était à l'avenant, médiocre et démodé, mais il n'en allait pas de même pour les multiples auberges, échoppes et bars louches. Là, des lampes modernes rayonnaient de toutes les couleurs du spectre.

L'étranger se rapprocha, impressionnant par sa taille et sa musculature. On ne voyait plus maintenant ses yeux, cachés sous des paupières mi-closes. Avait-il noté leur éclat traître ? L'enseignement de Fartuloon, souvent répété, était gravé dans ma mémoire : « Ne fais jamais confiance à un étranger trop discret ou trop provocateur ».

— À coup sûr, il ne supporte pas les orbtons. Si ça se trouve, il les hait.

Tirako essayait de me persuader de partir.

— On connaît ce genre de type. Des hommes habitués au combat qui oublient leur éducation, même quand ils regagnent la civilisation.

— Oui, bien sûr, affirmai-je, fidèle au rôle de Macolon que j'avais endossé.

Il avait raison. L'arbtan s'arrêta devant moi en vacillant. Plusieurs passants marquèrent le pas, regardant avec intérêt. Il ne vint toutefois à l'idée de personne de nous prêter main-forte, nous qui étions manifestement importunés. Les candidats à l'Ark Summia se devaient de se protéger eux-mêmes. Une loi tacite l'exigeait. L'homme scruta mon uniforme immaculé, taillé sur mesure. Selon le règlement de l'Institut, il était vert mousse, les bandes rouge vif partant des épaules se rejoignaient près de la boucle de ceinture. Tirako tendit la main vers son arme de service.

— Enlève tes doigts de là ! murmurai-je. Tais-toi et regarde ! Cette expérience pourra t'être utile.

L'astronaute saisit soudain mon bras gauche.

— Ah, un petit gars du Faehrl, l'institut pour les fils de demi-dieux, les génies, les escrocs et les planqués !

Son visage s'approcha du mien.

— Sa Grandeur a-t-elle déjà respiré les odeurs mêlées du plastique et des cadavres carbonisés, hein ? L'a-t-il déjà fait, le gamin ? Non, certainement pas ! Mais il a des bandes rouges sur les épaules. Prêt pour le troisième examen, hein ? Et ensuite ? Sa Grandeur commandera des hommes comme moi. Sans expérience tactique, sans sentir la situation mais avec de belles paroles, de jolies manières et l'Ark Summia. Et quand ça chauffe, Sa Grandeur se met à l'abri. Les Méthaniens tirent bien, hein ? Au moins, ça, on le lui a appris au Faehrl de Largamenia. Je vais te rosser, oui, avant que tu aies une chance d'être mon supérieur ! Cela m'épargnera une lourde punition.

Il rit aux éclats et saisit mon autre bras. Je voulus employer une prise typique de Fartuloon pour mettre fin à cette situation mais il se produisit alors ce que j'avais instinctivement attendu.

Ses yeux étaient vraiment trop clairs pour un homme ivre, et un murmure parvint à mes oreilles.

— Message de Fartuloon. Danger ! Un officier de l'*Argosso*, Tschetrum, est arrivé avec nous. Il vous connaît bien. Lisez la lettre, regardez la photo puis agissez ! Et maintenant, balancez-moi !

Il parla de nouveau à voix haute et m'agonit d'insultes. Je revins de ma première frayeur, le saisis rapidement à bras-le-corps et lui fis perdre l'équilibre. Il bascula cul par-dessus tête en criant et tomba si rudement sur le dos que je retins mon souffle. Je constatai heureusement alors qu'il s'agissait vraiment d'un bon soldat. Il roula sur lui-même avec agilité, simulant des blessures. Il resta étendu là, gémissant et jurant.

Il était temps pour moi de prononcer quelques paroles appropriées.

— Sauf erreur, arbtan, une patrouille aérienne de votre escadre de combat va se poser dans une décitonta. Votre commandant ne désire certainement pas de rixes, non ? J'oublierai vos paroles et nos chemins ne se croiseront plus. Je suis Macolon, récemment responsable du trente-quatrième lakan de la flotte de Tanterym. J'ai déjà senti l'odeur de matières synthétiques et organiques calcinées ! Vous pouvez y aller !

Il fut très vite dégrisé et, encore plus rapidement, se redressa sur ses jambes. Les spectateurs s'éloignèrent en hâte. À l'écart, sous le porche de l'une des tavernes illuminées, un homme maigre commença à rire. Il tenait dans le creux du bras un paralysateur lourd – la nouvelle arme équipant les effectifs de la flotte.

— Je m'appelle Morenth, si vous permettez, Zhdopanda.

L'individu s'inclina et porta la main droite au sein gauche, en signe de salutation.

— J'avais l'intention de vous venir en aide si le besoin s'en était fait sentir. Qui aurait pu se douter que l'arbtan commettrait une telle erreur ?

— Attention, murmura encore le soldat. Je disparais ! Je suis votre serviteur !

Il se retourna et s'enfuit en courant.

L'homme émacié rit de nouveau. La gueule évasée de son arme de choc reposait contre le sol. Je l'observai avec méfiance. Son apparition soudaine m'étonnait. Était-ce un contact des Kralasènes, ou même un agent en titre de la police politique secrète d'Arkonis ? Si cela s'avérait, il me lancerait bientôt une invitation. Et de fait, ce fut le cas.

— Zhdopanda, me ferez-vous l'honneur de visiter cette taverne ? Je serai votre hôte. J'ai à proposer des raretés venues de toutes les régions de l'Île Solitaire.

— Et des boissons enivrantes transformant des hommes disciplinés en idiots, intervint Tirako Gamno. L'arbtan n'est-il pas sorti par cette porte ? Ou me trompé-je ?

Le rire de Morenth retentit encore. Je ne l'appréciais guère.

— Vous ne vous trompez pas. Je le suivais, m'attendant à des désagréments. Du reste – il indiqua le paralysateur – j'ai une licence pour cela.

— Un escroc, constata mon ami à voix basse. Tu n'as pas l'intention d'accepter l'invitation ?

— Si.

— Pure folie, rétorqua-t-il. Quel esprit malfaisant m'a pris de t'accompagner dans ces bas-fonds ?

Je ne répondis pas, pensant à autre chose. *L'arbtan est sorti de la taverne. Son propriétaire apparaît juste à cet instant. Très vite, il lance son invitation. Sans véritable raison, il me semble. Pourtant il doit y en avoir une. Veut-on me tester ? L'officier dont on m'a manifestement avisé au dernier moment de l'arrivée m'attend-il là-dedans ? Ou va-t-il être immédiatement informé de ma présence pour venir vérifier discrètement mon identité, ou plutôt celle de Macolon ? Comment cet homme pouvait-il savoir que je comptais visiter ce quartier aujourd'hui même ? Disposerait-on d'une bonne source de renseignements à l'École Faehrl ? C'est une possibilité. De toute façon, le passé est le passé, inutile de chercher des explications. Je dois accepter l'invitation.*

La certitude de savoir que la totalité des candidats serait testée pour le troisième niveau me soulageait mais pourquoi en voulait-on précisément à moi, Atlan ? Cette question me taraudait de nouveau. Qui étais-je vraiment ? D'où venais-je ? Les souvenirs de ma première enfance se perdaient dans le vague. Fartuloon n'en parlait jamais.

— Maudit soit ce pied-plat, dis-je, bouillant d'une colère interne. Ce…

— Qui, le propriétaire de la Taverne Rouge ?

Tirako rit à cette idée.

— Honte à toi, mon ami ! Un élève du Faehrl, un véritable hertaso, ne doit jamais proférer de tels jurons. Par les trois mondes étincelants d'Arkonis, où me suis-je aventuré ?

Je le dévisageai des pieds à la tête. Il sourit – oui, il sourit. Mon ami à l'esprit subtil donnait dans l'exubérance. Et je me rappelai qu'à l'instant du danger il avait voulu se saisir de son radiant.

— Tu aurais tiré ? lui demandai-je, intéressé. Sur un arbtan en service de l'Astromarine arkonide ? Tu l'aurais fait ?

Il balaya le soupçon d'un geste majestueux de la main.

— Où as-tu la tête ? Jamais de la vie ! Mais j'avais repéré l'homme armé près de la taverne. Peut-être même serait-il maintenant mort si je n'avais pas reconnu un paralysateur inoffensif. Je serais naturellement devenu inconsolable.

Morenth ne riait plus, soudain. Stupéfait, il regardait le Luccott de Tirako, un radiant énergétique à impulsions. La bandoulière détachée de la crosse pendillait le long de l'étui.

— Tu t'améliores, mon ami, dis-je, reconnaissant ses mérites. Je n'avais pas remarqué combien notre hôte était amical. Allons-y…

Vaste, la taverne s'enfonçait dans les profondeurs. Ici, on pouvait acquérir toutes sortes de marchandises et savourer en secret les alcools les plus divers. Les colons arkonides du type de Morenth étaient tout aussi aimés que haïs. Tout dépendait de l'utilité qu'on en avait. Quelques centitontas s'étaient écoulées depuis l'incident. La police militaire de la flotte avait fait son apparition au-dehors. La rapidité avec laquelle ces hommes pistaient tous les délits possibles m'étonnerait toujours. En tout cas, nous ne fûmes pas dérangés par l'officier de garde. Notre hôte douteux s'était proposé avec zèle pour remettre de l'ordre dans les « affaires ». Il m'offrait ainsi l'occasion rêvée de me retirer quelques instants.

Je m'arrachai aux coussins pneumatiques situés dans une sorte d'alcôve, puis m'excusai auprès de Tirako Gamno et des deux jeunes femmes mises à notre disposition.

— Je reviens tout de suite, j'ai un peu mal à la main. Y a-t-il du désinfectant dans les toilettes ?

Mon ami plissa le front, étonné. L'égratignure sur le dos de ma main droite ne nécessitait aucun traitement. Une des filles m'indiqua le chemin et me confirma la présence de produits aseptisants. Je m'éloignai.

Les salles communes de la taverne étaient bondées. Les astrosoldats de l'escadre qui s'était tout récemment posée se montraient bruyants et excités. Je pouvais les comprendre, après quatre périodes arkonides passées sur le front avancé du secteur de la Nébuleuse.

J'atteignis les toilettes, renvoyai un robot zélé et entrai dans une cabine. Une fouille rapide ne donna rien. Il ne semblait pas y avoir de caméra de surveillance. J'ouvris la petite bobine que l'arbtan m'avait discrètement enfoncée dans la main et en tirai une feuille mince couverte d'une écriture lisible. Le message provenait sans le moindre doute de Fartuloon. Je dépliai d'abord la photographie. En couleur et tridimensionnelle, elle présentait le même homme sous trois angles différents. De taille moyenne, avec un visage quelconque dénué de trait particulier. J'enregistrai tous les détails. Je *devais* le connaître. Le message de Fartuloon était lourd de conséquences.

*Tschetrum, deuxième officier de garde à bord de l'*Argosso, *compagnon de Macolon durant trente-six pragos. Il vient juste d'arriver sur Largamenia. Mes informations sont tirées de l'ordinateur de l'astroport où sont enregistrés les rôles d'équipage de la flotte de guerre. J'ai interrogé Tanictrop qui me l'a confirmé. L'enquête a suivi. D'où avertissement à la dernière millitonta. Nous avons besoin de temps. Prudence lors de la prise de contact ! Tschetrum a accompli une mission spéciale avec Macolon. Tenir compte des données suivantes…*

Je lus le texte deux fois de suite avec attention. Fartuloon avait magnifiquement travaillé. Je ne comprenais toujours pas comment il se construisait de telles relations, ni qui pouvait avoir bâti et financé ses nombreux dépôts secrets. Quelqu'un capable de voir loin dans l'avenir devait s'en être mêlé. Mais qui ? Mon véritable père ? Des groupements politiques ? Le choix ne manquait pas. J'avais étudié des milliers de fois les nombreuses hypothèses, les ayant pour ainsi dire disséquées, mais de nouveaux éléments s'étaient toujours fait jour. Sans informations supplémentaires, je ne pouvais aller plus loin.

Fartuloon semblait toutefois sortir de sa réserve, depuis

quelque temps. Il me prévenait, donnait des détails exacts et trahissait les possibilités dont il disposait. Probablement se trouvait-il lui aussi sur Largamenia. Je ne m'étais certainement pas toujours appelé « Atlan », bien que j'aie grandi à ses côtés sous ce nom. Et si on me cherchait maintenant, que ce soit de puissantes organisations d'État comme la police politique officielle ou même les Kralasènes, c'était parce que j'avais dû en porter un autre au temps de ma naissance. Il n'était certainement pas idiot au point de m'appeler partout par mon véritable nom ! C'eût été le meilleur moyen pour nous trahir sur-le-champ.

Je cessai de me creuser la tête et détruisis la bobine contenant le message, obéissant aux instructions. Elle se consuma dans le lavabo avec de vives flammes. Je fis disparaître les dernières traces, me vaporisai un peu de désinfectant sur le dos de la main et revins auprès de Tirako. Il me jeta un clin d'œil interrogatif. En voyant mon égratignure, il eut un sourire à peine perceptible mais ne prononça pas un mot. Mon prétexte ne l'avait naturellement pas berné.

Notre hôte s'approcha, riant de nouveau.

— Le cas est réglé, Zhdopanda. L'officier de faction s'est montré satisfait de mes explications. Vous ne vouliez pas porter plainte pour injures ?

Je fis un geste négatif.

— Absurde ! Il était ivre. Demain, il pensera à autre chose. Et maintenant, Maître de la Taverne Rouge ?

— Laissez-vous surprendre, Zhdopanda. Mes cuisiniers viennent de différentes parties de l'Île Solitaire et pas seulement de planètes arkonides. Je vais vous…

Il s'interrompit, ayant remarqué mon attention soudain éveillée. Il s'écarta sur le côté avec une ostensible délicatesse, sans pouvoir s'empêcher de suivre mon regard.

L'officier qui se trouvait là n'était autre que l'homme dont je venais de voir le portrait. Après avoir franchi le seuil de la taverne, il examinait les lieux d'un air hésitant, semblant ne pas savoir à qui s'adresser. À l'instant, je compris que l'ancien officier de garde en second de l'*Argosso* avait mis les pieds dans un jeu dont il ne connaissait pas les règles.

Ce n'est qu'un pion. On a dû l'alerter et lui ordonner de fouiller la Taverne Rouge. C'était à moi de jouer maintenant. Je me levai d'un bond, agitai les mains et criai à travers la salle.

— Tschetrum ! Eh, vieil ami, qu'est-ce qui t'amène ici ?

Il m'aperçut aussitôt. C'était l'instant décisif ! Morenth souriait, affichant nettement son manque d'intérêt, et il se poussa de nouveau sur le côté. Bien sûr. En cas de nécessité, il voulait libérer l'angle de tir pour les trois hommes silencieux que j'avais déjà remarqués depuis quelque temps. Sous leurs larges capes, typiques des marchands itinérants, ils portaient des armes à canon court. Probablement des Luccotts modernes. Je ne leur prêtai pas attention et lançai encore une fois le nom de Tschetrum. Je riais comme un homme heureux de revoir une vieille connaissance après une longue séparation. L'orbton hésita un bref instant, me dévisagea d'un air interrogateur puis commença bientôt à sourire. Il me tenait pour Macolon, c'était gagné. Les trois pseudo-marchands se retirèrent discrètement, restant toutefois à portée d'écoute. Quelques instants plus tard, j'étreignis l'homme en uniforme, prononçant de nouveau son nom, et le présentai à Tirako Gamno.

— ... et voici Tschetrum, compagnon d'examens, mon ancien officier de garde en second sur le vieil *Argosso*. Tous les deux, nous avons mené à bien une mission dont je dois absolument te parler. Prends place, Tschetrum ! Et ta blessure à la jambe ? Complètement guérie ?

Il se montra bien trop surpris pour s'apercevoir des petites irrégularités sur mon visage refait par biochirurgie. Pour lui, j'étais Macolon, et il prononça enfin mon nom.

Le maigre propriétaire de la taverne finit alors par s'éloigner, non sans ajouter d'un ton amical :

— Quand on rencontre de vieux amis et compagnons de combat, il y a beaucoup à se raconter. Zhdopanda, permettez-moi de venir m'informer de vos désirs d'ici un moment.

Il s'éclipsa pour de bon et je poussai un soupir. Tirako, cet observateur soudain si perspicace, plissa de nouveau le front. Il désigna discrètement les trois inconnus qui suivaient notre hôte. Il les avait aussi remarqués. Il me jeta un regard bizarre mais resta muet.

Je m'entretins presque une tonta durant avec l'officier si soudainement apparu. Il buvait trop, parlait avec enthousiasme et à aucune occasion il ne lui vint à l'idée que je puisse ne pas être son ancien commandant. Les autres hommes avaient disparu. Manifestement, j'étais identifié.

Peu avant la deuxième tonta du matin, Tirako insista pour partir. Il semblait craindre mon humeur devenue exubérante. Morenth se trouvait toujours à proximité. Aucun des détails connus exclusivement de Macolon et Tschetrum ne pouvait lui échapper.

Mon ami me tira par la manche.

— Il se fait tard, toi qui prétends à la plus belle distinction pour un Arkonide. Demain commencent les séances d'instruction préparatoire aux épreuves. Si on considère qu'il vaut mieux aborder de telles choses avec la tête aussi claire que possible, il serait temps maintenant de…

Tschetrum éclata d'un rire sonore et l'interrompit.

— Oh, si vous saviez ce que peut supporter Macolon, vous n'insisteriez pas autant ! Jadis, nous avons connu bien pire sur Arbtzuk, un monde implacable.

Ma prudence refit brutalement surface. *Arbtzuk* ? Ce nom ne m'évoquait absolument rien. Même un homme comme Fartuloon n'était pas omniscient. Qu'avaient-ils donc tous deux vécu sur cette planète ? Je détournai la conversation embarrassante et, peu après, nous nous apprêtâmes à partir.

Tschetrum me murmura alors, inquiet :

— As-tu une idée des raisons de ma présence ici ? Pourquoi ne m'a-t-on pas dit que je t'y rencontrerais ? C'eût été plus clair !

Je dus de nouveau improviser.

— Oublie ça ! J'ai fait jouer certaines relations. Je savais naturellement que tu étais arrivé avec la flotte de guerre. Mais pas un mot là-dessus !

— Je vais me surveiller.

Il rit discrètement et ajouta :

– Ma permission était déjà terminée. Bien, merci encore. Ainsi, je suppose que mon chef vénéré a eu pitié de moi pour m'envoyer à la Taverne Rouge !

Cela m'apparut important. Il serait donc venu sur les ordres du commandant de son croiseur. L'information intéresserait Fartuloon. Nous nous séparâmes à la troisième tonta et Tschetrum s'éclipsa à bord d'un glisseur de ramassage pour permissionnaires. Nous, nous demandâmes un taxi.

— Le modèle le plus vieux et le plus lent possible, précisai-je, la langue chargée. Je voudrais encore profiter des lumières nocturnes de Tiftorum avant qu'on me cuisine, qu'on me rôtisse et peut-être même qu'on m'étripe !

Morenth se montra soudain pressé, sa mission manifestement terminée. Il refusa qu'on le paie pour ses services, arguant qu'il m'était redevable : finalement, c'eût été à lui de ramener à temps l'astronaute ivre à la raison. Nous sortîmes. Un ascenseur anti-g cohabitait avec les escaliers archaïques, raides et patinés. Dehors, le glisseur nous attendait déjà. Ce modèle, effectivement ancien, disposait heureusement d'un guidage robotisé. Tirako Gamno pianota l'adresse sur le clavier du pilote automatique et la machine s'éleva. Je me demandais comment l'arbtan avait fait pour arriver à temps près de la taverne afin de m'avertir. Pour être plus précis : près de la *bonne* taverne. Je cessai de me creuser la tête, mais décidai d'éclaircir cette question par la suite. *Fartuloon est probablement mêlé à l'affaire !*

— Il va bientôt faire jour, constata mon ami, interrompant mes pensées.

Largamenia, la deuxième des cinq planètes du soleil Larga, tourne sur elle-même en 15,49 tontas. Pour les astronautes ayant visité des centaines de mondes dans leur vie, utiliser le temps standard arkonide se révèle bien plus pratique que de s'adapter à chaque fois. L'heure locale ne s'affiche qu'en deuxième ou troisième position sur les indicateurs des bracelets multifonctions.

Des dômes d'énergie brillaient à l'horizon. C'était là qu'auraient lieu les tests pour l'obtention du dernier degré de l'Ark Summia. Divers environnements exotiques pouvaient être simulés avec l'aide de la technologie. Sous chaque coupole se trouvait un paysage différent, glacé ou brûlant, rempli de gaz toxique ou doté d'une gravité supérieure car on attendait beaucoup d'un hertaso, un prétendant à la suprême dignité. Il devait pouvoir s'affirmer, qu'importe le lieu. Spatiandres et équipements de survie nécessaires seraient bien entendu à sa disposition. Même les maîtres du Petit Cercle, la commission d'évaluation, ne pouvaient envoyer un homme sans protection dans une atmosphère d'hydrogène et d'ammoniac.

Le matériel seul ne suffirait évidemment pas. On devait savoir l'utiliser de façon appropriée et lors de situations de crise. Le pourcentage d'échecs était extrêmement élevé. Rien d'étonnant, donc, à ce que sur les trente-cinq mille postulants aux épreuves du premier et du deuxième niveau, seuls huit cents se présentent au troisième. Beaucoup ne l'avaient fait que sous la pression de leurs ambitieuses familles. Après les examens médicaux détaillés et d'autres tests d'aptitude, concernant essentiellement le futur cerveau-second à activer, seuls trois cent quarante-deux prétendants restaient en lice. *Combien d'entre eux s'en sortiront ?*

Tirako Gamno semblait avoir lu dans mes pensées. Il répliqua comme à brûle-pourpoint :

— Moi pas !

— Quoi ?

— Je n'y arriverai pas ! Une pesanteur de deux unités gravitationnelles suffira pour que je m'effondre.

— Absurde, mon ami ! Tu es plus fort que tu ne penses.

— Pour que je m'effondre mentalement, je veux dire. Je ne parviens pas à comprendre ou même à admettre qu'on doive torturer un jeune Arkonide, uniquement pour justifier son droit ou non à l'Ark Summia. Nombreux sont les génies de notre peuple qui auraient mérité l'activation mais qui ne l'ont pas supportée physiquement.

Je me retournai dans mon siège étroit et le dévisageai d'un air interrogateur.

— C'est un point de vue révolutionnaire, mon ami.

Il sourit et regarda fixement devant lui, là où les dômes d'énergie brillaient à l'horizon tel du feu liquide.

— N'en parlons plus. Oublie ça, Macolon ! Par ailleurs, tu es devenu très nerveux depuis que Tschetrum a parlé de la planète Arbtzuk. On pourrait croire que tu n'y as jamais mis les pieds !

Je maudis en silence son sens aigu de l'observation.

CHAPITRE IV

FARTULOON, LE CHIRURGIEN IMPÉRIAL

[Mille cent trente-quatrième note positronique, mémorisation compressée et codée selon la clé de cryptage de l'Empereur légitime, ouverture consécutive au passage en deuxième phase décisive. La protection par irradiation énergétique est de nouveau activée. Toute consultation non autorisée de mes archives est exclue.]

Qu'il soit pris note : la nuit dernière, sur le monde-épreuve Largamenia, le Prince de Cristal de l'Empire arkonide, Atlan, a dû surmonter la première difficulté inhérente à sa fausse identité. Un orbton du croiseur lourd Argosso, Tschetrum, a fait une apparition imprévue. Ceci, suite à son transfert à la neuf cent-quatrième flotte de guerre de l'amiral Genomarp, à l'insigne de len'sheonis.

Ma mission la plus importante consiste à contrôler les astrosoldats susceptibles d'avoir connu personnellement le fils de Tanictrop, car ils présentent un risque pour Atlan durant la période des épreuves. La mesure s'est révélée justifiée. Grâce à elle, Tschetrum a été découvert. Son passé commun avec Macolon s'est laissé facilement reconstituer, permettant au Prince de Cristal d'étudier à temps une partie importante de leurs missions.

Un arbtan nommé Unkehtzu – un de mes hommes de confiance aù cœur de la flotte arkonide, depuis des années – a fourni des indications vitales sur l'ancien officier de garde en second de l'Argosso. Il aura droit à une récompense. J'ai appris que le Prince de Cristal comptait se rendre dans le vieux centre ville de Tiftorum. Là où le guettait le danger ! Le connaissant, il allait certainement visiter la célèbre *Rue des Tavernes*, aussi l'arbtan y fut envoyé porteur d'un message approprié. Morenth, le propriétaire de la *Taverne Rouge*, jouait un rôle important, constituant probablement l'élément le plus décisif dans mes calculs. C'est un contact de Sofgart l'aveugle !

Si la rencontre devait vraiment avoir lieu, ce ne pouvait être que là. L'arbtan reçut l'ordre de devancer d'éventuelles manigances du maître des lieux, d'attendre l'arrivée escomptée d'Atlan et d'entrer immédiatement en contact avec lui. Il y est parvenu. Le Prince de Cristal a pu être averti à temps et informé de la présence de Tschetrum. Ce jeu risqué dépendait d'une série de facteurs inconnus. Non seulement Morenth était prêt à effectuer une vérification d'identité, mais il disposait en outre des moyens nécessaires. L'arbtan a pu prendre les devants de justesse. Sinon, Atlan aurait été attiré dans la taverne sous un quelconque prétexte. Afin que mon plan réussisse vraiment, restait à savoir si Morenth et les autres hommes de main de Sofgart l'aveugle avaient une raison particulière pour contrôler Atlan d'une manière aussi complexe et poussée.

Le danger désormais derrière nous, mes amis ont appris que tous les hertasones du troisième niveau de l'Ark Summia ont vécu des expériences singulières. Je suis soulagé de savoir qu'Atlan n'était pas un cas isolé, mais seulement un sur trois cent quarante-deux. Il en ressort nettement que les dogues d'Orbanaschol œuvrent dans l'obscurité. Les nouvelles récentes des quatre autres mondes-épreuves confirment que là-bas aussi les prétendants ont été méticuleusement examinés. On recherche le Prince de Cristal du Taï Ark'Tussan car on sait qu'il doit maintenant franchir le dernier niveau.

Tant que mes ennemis et ceux d'Atlan partent du principe qu'il est encore en vie et essaiera de s'emparer du trône d'Arkonis avec l'aide d'amis influents, l'Ark Summia n'est pas seulement une piste importante mais aussi *un moyen aisé de le repérer. Une meilleure occasion ne se présentera pas deux fois. Naturellement, l'Empereur criminel sait parfaitement que le Gos'athor constituera un risque très sérieux après l'activation réussie de son cerveau-second. À partir de là, je puis affirmer qu'Atlan n'a jamais été autant en danger qu'à l'heure actuelle. La plus extrême prudence est indispensable.*

**
* **

Trois officiers de la commission de Faehrl m'avaient accompagné sur le lieu de la première épreuve. Deux robots-huissiers les surveillaient. Les orbtons, des scientifiques et techniciens hautement qualifiés possédant l'expérience de l'espace, se montrèrent polis et corrects. C'était tout ce que je pouvais en espérer. Le plus petit indice sur une solution possible, pour la mission qui m'attendait, les aurait condamnés à de lourdes sanctions et moi à l'exclusion immédiate. Inutile, donc, de poser des questions embarrassantes. Les robots contrôlèrent à plusieurs reprises la bande d'identification à mon poignet gauche. Elle était indéchirable et reliée au tissu cellulaire. Même un accident entraînant une mutilation ne l'aurait pas endommagée. Le robot afficha le symbole violet.

— Identifié, accès libre pour la position un, déclara un des officiers. Hertaso Macolon, veuillez vous avancer.

J'obtempérai et fis face aux trois hommes. Le responsable local des épreuves m'observa méticuleusement.

— Vous sentez-vous mentalement et physiquement prêt pour accomplir la mission qui vous attend ?

— Oui, Zhdopan.

— Bien. Malgré les instructions qui vous ont été données durant votre formation, il est traditionnellement de mon devoir de vous avertir de nouveau. Votre santé corporelle et psychique est en jeu ! Cela vous est-il connu dès le départ ?

— Oui, Zhdopan.

— Vous serez livré à vous-même, hertaso Macolon. La logique qui vous a été enseignée vous permettra d'agir avec les sens en éveil et de ne pas avoir recours à vos réserves physiques. Vous savez manier un bateau primitif ?

Je jetai un rapide regard à l'embarcation. Elle était construite en bois, même pas en polymère. En dehors de deux rames détachables, d'une puissante pagaie et d'une très longue perche, je ne distinguai aucun équipement. Cela ne m'avait pas été dit, mais je compris qu'il me faudrait atteindre le but *avec* cette barque. Tout postulant à l'Ark Summia se devait de saisir ce genre de sous-entendu. S'il en était incapable, toute sa force corporelle et son habileté lui seraient de peu d'utilité.

Suite aux nombreuses séances d'instruction, chaque hertaso savait que le courage et l'agilité n'étaient pas seuls à être testés. Il s'agissait de mener à bien une mission en coordonnant tous les facteurs disponibles. Ainsi, on pouvait venir à bout d'un problème apparemment insoluble en assimilant à temps les autres variables. La règle de base affirmait : « N'oublie jamais de mobiliser ton intelligence et ta perspicacité ! Quelle que soit la mission, les situations extrêmes ne se révèlent désespérées que si seules la force musculaire et les ruses primitives sont employées ».

Je ne pensais pas affronter de cette façon l'épreuve qui m'attendait. Il devait exister de meilleures possibilités. Le bateau était un des facteurs – c'était certain. Il me fallait aussi atteindre l'objectif. Comment, par contre, cela restait à déterminer. L'officier relut le règlement, terminant par ces mots :

— Vous avez jusqu'au coucher du soleil. La pression atmosphérique et le taux d'oxygène se situent à trente-cinq pour cent en dessous de la norme. Les efforts physiques épuiseront rapidement vos réserves. Vous pouvez utiliser tous les moyens qui vous sembleront appropriés pour venir à bout des obstacles et des dangers. Vous devrez affronter des êtres vivants de toutes sortes. Le scénario correspond à un naufrage sur un monde étranger. À vous d'agir tout en préservant les intérêts du Grand Empire. Les mesures de précaution, la compassion et la discrétion sont inutiles. Dans le cas présent, la simulation repose sur un atterrissage involontaire en territoire ennemi. Vous n'êtes vêtu que d'une combinaison de bord normale, sans arme. Votre objectif est un dépôt secret de l'Astromarine. Vous devez l'atteindre ou vous serez porté disparu.

— J'ai compris, Zhdopan.

— C'est ce qu'on attend de vous. Que vous vous en sortiez sain et sauf importe peu. Le dépôt ne servira pas seulement à vous maintenir en vie, mais aussi à transmettre des messages stratégiques. Les unités stationnées dans l'espace attendent vos renseignements. Agissez en conséquence. Cette carte vous identifiera, elle contient vos fréquences et caractéristiques personnelles.

J'en pris possession et dis :

— Ma vie pour Arkonis, Zhdopan !

Ainsi se terminèrent les formalités d'usage. Les quelques informations fournies me suffisaient. Je devais opérer comme si je me trouvais sur un monde étranger occupé par des ennemis. Cela ne voulait pas toutefois dire que je devais donner la préférence aux méthodes brutales. Les épreuves du troisième degré se situaient à plusieurs niveaux. Naturellement, on désirait savoir l'usage que ferait un futur officier de la flotte de son entraînement physique. Mais, bien plus important, comment emploie-rait-il son intelligence ? Les longs affrontements contre les Méthaniens nous avaient enseigné qu'il valait souvent mieux négocier avec des peuples étrangers neutres que de s'en faire des alliés douteux suite à l'emploi des armes.

La réputation des Arkonides était celle de conquérants durs et implacables. C'était justifié. Nous n'hésitions pas longtemps quand la victoire était en jeu. D'autres peuples se conduisaient différemment, mais ce comportement rigoureux correspondait tout simplement à la mentalité arkonide. Cela ne nous empêchait pas, toutefois, d'être des psychologues avisés. Le Petit Cercle, la commission supérieure d'évaluation, accordait naturellement beaucoup de valeur à la façon dont un candidat de l'Ark Summia abordait des principes que les commandeurs de la flotte arkonide et les politiciens ne comprenaient pas toujours. Maîtriser l'exopsychologie constituait depuis peu un but digne d'efforts pour toutes les élites.

Le grand glisseur de transport décolla loin devant moi, près de la muraille rocheuse se dressant à la verticale. Il emmenait les trois officiers, de même que les petits robots de contrôle. J'étais désormais seul, seul dans l'environnement artificiel d'une coupole d'énergie de dimensions considérables. Le taux d'oxygène de l'air suffisait encore. La pression atmosphérique ne me posait pas non plus de problème. Cela changerait vite, dès que je commencerais à fournir des efforts physiques. La chaleur et l'humidité se révélaient plus gênantes, cette dernière atteignant environ quatre-vingt-seize pour cent.

J'examinai les alentours avec attention. Le point de départ avait été soigneusement choisi. Il se situait dans une cuvette montagneuse encerclée par des falaises escarpées. Les escalader aurait constitué une pure idiotie. Il ne restait donc que le bateau, amarré sur la rive d'un lac d'altitude, lui aussi entouré de parois abruptes. Du nord de ma position me parvenait le bruissement d'une cascade tombant dans les profondeurs. Le torrent arrivait de l'autre côté et s'écoulait là après avoir traversé le lac. Il s'engouffrait dans une gorge étroite. C'était ici que commençaient les difficultés. L'ouverture dans la roche était trop petite pour les masses d'eau tumultueuses, l'obstruction provoquant un violent tourbillon.

Je regardai encore une fois l'aire vitrifiée d'atterrissage du glisseur de transport. Plus d'un hertaso avait dû en descendre pour être envoyé sur le chemin incertain de l'aventure ! La question de savoir si des appareils-espions dissimulés me surveillaient en permanence m'importait peu pour l'instant. Personne ne pouvait, ni même ne devait, m'aider. Tout comportement incorrect se traduirait par l'obtention de points négatifs, le calcul étant assuré par des cerveaux-robots. Je savais qu'ainsi les candidats seraient évalués selon une méthode purement mathématique et logique. Cela me réconfortait. Au moins, je ne dépendais pas de l'humeur ou même de la partialité d'un juge soi-disant objectif.

J'aspirai une bouffée d'air, prudent. Une odeur de moisi dominait. Le terrain semblait s'élargir au-delà de la gorge où se déversait le torrent. Je m'attendais à des jungles, dont j'ignorais l'étendue et la nature. L'indication sur des « êtres vivants de toutes sortes » me revint en mémoire.

Par association d'idées, je pensai soudain à mon ami Tirako Gamno, parti une tonta avant moi. Que pouvait-il lui être arrivé ? J'ignorais si tous les hertasones commençaient l'épreuve de la même façon, par cet étrange voyage sur la rivière. Vu qu'on nous avait parlé d'une totale égalité des chances, mon ami s'était lui aussi probablement immobilisé là, dans la brume maussade, se posant mille questions. Si cela se trouvait, il s'accrochait désespérément à un rocher en aval, escomptant de l'aide.

De l'aide… ! À ce sujet, quelle est la procédure prévue ? Que faisait le Petit Cercle en cas d'accident ? Qu'avait-on décidé pour conserver sain et sauf un candidat ayant échoué ? L'abandonnait-on vraiment à un sort incertain ? Ne pensait-on effectivement pas à le mettre en sécurité ? C'était ce qu'on nous avait affirmé. Je n'en croyais pas un mot ! On ne pouvait laisser si facilement succomber les héritiers de grands noms, mais il fallait compter avec des accidents mortels.

Je m'imaginais aisément nombre de situations où même le sauveteur le plus aguerri arriverait trop tard. Je chassai ces idées de ma tête et me concentrai sur la mission qui m'attendait. Je devais atteindre un lac paisible, dans la plaine. Un dépôt y avait été construit, comme ceux installés par les logisticiens de la flotte arkonide sur d'innombrables mondes. Il me suffisait d'y arriver pour gagner, ou plutôt de découvrir au plus vite la station certainement camouflée et d'en trouver l'entrée.

Je m'avançai lentement vers le bateau. Les flancs assez hauts, il était long et étroit avec une étrave et un plat-bord arrière à l'extrémité émoussée. Il disposait aussi de rames et d'une barre. Pourquoi, au fait ? Je me figeai. Un calme intérieur et un équilibre étonnants m'envahirent soudain. Que faire d'un gouvernail si je devais soit ramer, soit pagayer ? Après tout, je n'avais que deux bras et deux mains…

*
* *

L'individu surgit brusquement près de la falaise, sortant de derrière un rocher à hauteur d'homme. Il tenait une arme dans ses mains petites mais nerveuses, un imposant Luccott. De taille élevée et puissamment bâti, tout en lui paraissait négligé et sale. Seul son équipement semblait adapté à ses intentions. Il portait l'armure mi-lourde des troupes de débarquement, avec un générateur énergétique et un casque fendu. L'appareil de vol fixé à l'unité dorsale, destiné aux opérations à l'intérieur d'une enveloppe atmosphérique, était brisé. Des dégâts dus à des impacts de tir se voyaient sur les deux rotors opposés, à moitié fondus. L'inconnu parlait le dialecte difficilement compréhensible d'un colon arkonide. Il se mouvait avec décontraction, faisant toutefois preuve d'énergie.

— Tu ne devrais pas essayer ça, noble Arkonide, dit-il. Je me suis déjà réservé le bateau. Il faut bien sortir de ce trou d'une façon ou d'une autre, non ?

Il jeta un rapide regard à son propulseur devenu inutilisable. Le geste qu'il esquissa avec le canon du radiant me suffit. Sans un mot, je descendis de l'esquif, le tirai sur la terre ferme par la proue et m'assis sur le plat-bord.

— Je comprends, gamin du Monde de Cristal ! clamat-il. Tu crois maintenant que mon humble personne n'est qu'un élément de ton épreuve, pas vrai ? Erreur ! Je n'en fais pas partie. Je suis tout à fait réel, en fuite devant un commando de recherche et, naturellement aussi, bien décidé à échapper à la chambre de désintégration. À ton avis, où un déserteur intelligent pourrait-il se rendre sur ce monde ? Bien entendu, dans une bulle d'énergie offrant des conditions de vie à peu près supportables ! Il ne reste plus qu'à attendre et à espérer. On verra bien, ensuite. Réfléchis, mon petit gars, j'en ai assez de votre Guerre des Méthaniens. À un moment donné, il faut forcément décrocher, non ?

Il eut un léger rire, mais sans me quitter des yeux. Les premiers doutes s'éveillaient en moi. S'il s'agissait d'un robot programmé, en quelque sorte d'un niveau de difficulté supplémentaire, je voulais bien m'appeler Macolon pour de bon. Aucune machine ne pouvait être réglée pour se comporter de cette façon !

Je me mis debout.

— Déserteur ? répétai-je en traînant la voix. On va te faire griller vif, astrosoldat.

— C'est ce que tu dis, déclara-t-il, mais seulement si on me trouve. Je suis ici depuis une demi-année planétaire. Les recherches courent toujours. De quoi ça a l'air, dehors ?

Je repris place sur le bord de l'embarcation, les coudes posés sur les genoux.

— À ton avis, astrosoldat ? On te traque.

Il haussa les épaules, resserra la prise sur son arme et dirigea de nouveau le canon dans ma direction.

— Debout, et remue-toi ! Oui, approche, mon gars !

Je devais gagner du temps. Les doutes quant à l'authenticité de sa personne n'étaient pas encore totalement levés.

— As-tu au moins pensé aux appareils de surveillance ?

Il cracha par terre.

— J'étais arbtan dans un commando de débarquement. Ma spécialité : les charges silencieuses à attrition. Ne raconte pas de bêtises, alors ! Je suis un expert, mon gars. Tu n'as pas entendu ? Je suis là depuis cinq périodes. J'ai vu plus d'hertasones que tu ne penses. Il n'y a pas de surveillance ici, les points de départ en sont rarement équipés. Et tu sais pourquoi ? Parce que beaucoup de types comme toi ont l'idée de fouiller les alentours dès le décollage du glisseur de transport dans l'espoir de trouver des informations ou du matériel utile. Comparé à ces idiots, tu es un homme intelligent ! Tu n'as pas perdu de temps. Debout, remue-toi !

Il se rapprocha de quelques pas. Je le regardais fixement. Je sentais tout mon corps se crisper. L'épreuve à peine commencée allait-elle se terminer ainsi ? Apparemment, ce déserteur représentait un facteur que même le Petit Cercle n'avait pu prévoir. *Il est réel, ou il peut l'être !* Je savais que quelques membres d'équipage d'astronefs mûrs pour une révision avaient pris la fuite sur Largamenia. *Tout concorde, avec lui. Les insignes de rang sont irréprochables. Les codes d'identification, les symboles d'unité, l'armement et l'équipement. Rien ne manque. Son entrée en scène négligée peut difficilement être simulée. Il pue ! Il ne s'est pas lavé depuis longtemps. Des taches de sang séché collent à sa combinaison de combat, elles sont probablement dues à des animaux abattus puis dépecés.*

L'arme était activée, le faisceau réglé sur une dispersion large. S'il se montrait prêt à tout, je n'avais aucune chance. Si, une minuscule ! Il avait besoin du bateau. J'allongeai les jambes et me laissai tomber en arrière. Puis je jetai un œil par-dessus le plat-bord. Il jura dans un jargon propre à la flotte. Je ris :

– Arbtan, je te fais une proposition. Non, pas de folie. Je ne suis intéressé ni par toi ni par ton sort. Nous passons la gorge ensemble puis je te laisse filer. Je ne t'ai jamais vu. Qu'en dis-tu ?

Il cracha de nouveau par terre et s'avança.

— Attention ! le prévins-je. Tu es un bon combattant

au sol, ça, je le sens. Tu devrais donc comprendre que tu ne peux pas me tuer et me désintégrer sans détruire aussi l'embarcation. Alors ?

Il regarda autour de lui, soupçonneux, observa le canot et eut un léger sourire.

— Pas mal argumenté, noblaillon. Tu calcules juste mais tu m'as sous-estimé. Avant de mourir, dis-toi que tu aurais probablement reçu avec éclat votre foutue Ark Summia. Petit, je vais m'occuper de toi et du bateau.

Il modifia le réglage du faisceau. Le scintillement de la gueule de l'arme devint plus faible. Je n'attendis pas qu'il ait terminé. Avant qu'il ait pu viser et ouvrir le feu, j'enjambai le bord et me laissai rapidement glisser dans l'eau, emportant avec moi la grande pagaie. La coque me protégeait entièrement.

— Tu dois maintenant tirer à travers deux flancs, soldat ! criai-je. Tu ne pourras pas colmater les brèches. Des réparations provisoires seront inutiles. L'eau, dans la gorge, est tellement tumultueuse qu'elle arrachera instantanément tout bouchon de bois ou motte d'herbe. Ou as-tu de meilleurs matériaux sous la main ?

Il jura encore et s'approcha de plus près. Il me fallait l'énerver. L'homme était déterminé. Je ne devais pas lui laisser le moindre temps de réflexion.

— Le bois va immédiatement s'enflammer : un autre problème, soldat ! Peut-être réussiras-tu à éteindre l'incendie mais, avec les impacts, il va te rester deux trous fumants d'au moins une tête de diamètre. Tu ne pourras pas sortir de la cuvette sans cette embarcation. Ou crois-tu pouvoir encore utiliser ton propulseur grillé ? Dans la ligne de mire de qui t'es-tu retrouvé, au fait ? Une fine gâchette du commando de recherche ?

— Non, un damné idiot de ton espèce ! rétorqua-t-il, agacé.

— Ah ! Et d'où tenait-il son radiant énergétique ?

Il ne répondit pas cette fois, il bondit. Je vis ses jambes passer par-dessus la proue. Il voulait gagner le flanc opposé à la rive et me viser depuis là. Sur la terre ferme, il pouvait naturellement se déplacer plus vite que moi, handicapé que j'étais par l'élément liquide. Impossible de plonger sous le bateau, trop incliné par rapport à la berge. Je ne disposais pas de suffisamment de profondeur. Je m'étais attendu à sa manœuvre, l'anticipant même. Il sauta cependant directement dans l'eau, dans l'espoir de bénéficier aussitôt d'un bon point d'appui. Il m'offrait ainsi une bien meilleure possibilité d'attaque que je n'avais espéré. L'éducation de Fartuloon portait ses fruits. J'agis à la vitesse de l'éclair. La pagaie terminée en pointe se transforma en arme. Avant que le déserteur ait recouvré son équilibre, j'étais solidement campé sur le fond rocheux.

Quand il se pencha et tendit la main droite vers l'esquif à la recherche d'une prise, je le frappai du bord tranchant de la rame. L'articulation de son coude se brisa sous la fureur du coup. Il recula en vacillant et poussa un grand cri. Il tomba sur le dos, à moitié sur la rive. Il ne pouvait plus rien faire. Avant qu'il ait pu braquer sur moi le Luccott, de sa main gauche intacte, je lui enfonçai la pointe aiguisée dans la gorge. J'aurais pu me servir de la pagaie comme d'une lance mais je n'aurais pas eu assez de temps pour un deuxième jet. Il était trop loin.

Une salve énergétique éblouissante jaillit et se perdit dans le lac noyé sous la brume. Elle frappa la paroi rocheuse de l'autre côté, formant une marque de la taille d'une balle d'où commença à goutter de la matière incandescente, tel du magma. J'enjambai l'homme mourant et récupérai tout d'abord son arme dangereuse. Elle était mouillée, mais cela n'avait jamais perturbé un Luccott. Je tentai ensuite en vain de calmer la violente hémorragie. Je ne pouvais lui être d'aucune aide.

Et maintenant ? Arrêter l'épreuve en restant simplement sur place ? Non, c'est hors de question. Toute compassion ne m'est-elle pas interdite ? Je n'arrivais pas à réprimer mes sentiments – cet homme m'inspirait malgré tout pitié. Il m'avait forcé à accomplir un acte auquel je me serais normalement strictement refusé. Je le tirai à terre et cherchai autour de moi un endroit pour l'enterrer. C'était impossible. Où que je regarde, je ne voyais que de la roche. Finalement, mon cerveau recommença à fonctionner logiquement. Je ne devais pas perdre de temps avec le mort. Par contre, il pouvait m'être utile. *Exactement ! Cette épreuve correspond à une mission périlleuse en milieu hostile. Normal, donc, que je m'intéresse à son équipement. L'arme et toute la tenue de combat peuvent me rendre des services inestimables.* Je me mis à le déshabiller. *Il fait exactement ma taille et… !* Je m'arrêtai en plein milieu de cette réflexion et jurai. *Par quel hasard est-il aussi grand que moi ? Pourquoi n'est-il pas petit et trapu, ou élancé et décharné ? Je dois donc gagner son équipement au prix de périls prouvant mon intelligence, mon agilité et ma détermination ?*

J'arrachai le poignard vibrant de l'étui blindé fixé à ma jambe. La lame d'arkonite bourdonnante traversa avec facilité la solide plaque osseuse au niveau du sein gauche. Je vis alors que j'avais ôté la vie synthétique d'un robot androïde. C'était l'assemblage le plus génial de biochimie et de cybernétique de mouvement que j'aie jamais vu. J'ouvris le crâne. Il ne contenait que des appareils de communication, mais aucun cerveau P indépendant.

Ainsi, notre jeu de questions-réponses avait été dirigé par radio par un instructeur de l'École Faehrl ; probablement un psychologue. On m'avait offert avec habileté l'occasion de me procurer une arme et un équipement de combat complet, je devais les prendre. Il ne faisait plus de doute pour moi que je ne pourrais jamais réussir l'épreuve sans ce matériel. Des dangers dont je n'avais aucune idée me guettaient certainement derrière la gorge. Un postulant à l'Ark Summia incapable de s'en sortir face à un « déserteur » aurait mieux fait d'abandonner.

J'enfilai rapidement l'armure. Maintenant, je savais pourquoi elle m'allait si bien et pourquoi le propulseur dorsal était endommagé. Je débouclai le harnais et le jetai de côté. L'unité de vol n'aurait fait que me gêner. Je me souciai ensuite de l'arme. N'était-ce qu'une imitation ? Non, il s'agissait d'un véritable Luccott, qui plus est chargé. *Et on glisse ça entre les mains d'un androïde ? Ce sont des êtres artificiels élevés pour le combat. Si on n'avait pas fait parler et agir mon « ami » par radio, la vérité m'aurait immédiatement sauté aux yeux.*

Je poussai le bateau dans l'eau et sautai à bord. Il me restait encore du temps avant le coucher du soleil.

*
* *

D'autres éléments me parurent plus clairs une fois que j'eus entamé la traversée de la gorge rocheuse servant de déversoir au lac. Certes, le débit était impressionnant mais il n'aurait jamais mis en danger un postulant à l'Ark Summia, à moins bien sûr que celui-ci ne commette de graves erreurs. À présent, deux tontas après mon départ, je voyais les choses autrement. Je venais d'arriver dans un deuxième lac étroit, cerclé de falaises abruptes, impossibles à escalader sans moyen approprié. Je dépendais toujours autant de l'embarcation.

Le large bassin permettait au torrent sauvage de se calmer, ce qui me facilitait la tâche. Les masses d'eau turbulentes pouvaient aisément s'écouler, reprenant un rythme plus tranquille. La dérive me poussait nettement vers la berge opposée, s'accentuant à mesure que je m'approchais de la falaise vertigineuse. J'accrochai les deux rames aux tolets fixés sur le plat-bord et revins rapidement à la poupe. Bien entendu, le bateau ne réagissait pas au gouvernail. Rien d'étonnant, avec ce courant ! Je devais m'y prendre autrement. La pagaie allait maintenant m'être utile. Je m'agenouillai, la plongeai dans l'eau et réussis à contrôler ma course par de puissantes poussées. Bien, au moins ça marchait. J'entendis quelqu'un rire et tressaillis.

Il me fallut un moment avant de réaliser que c'était moi. Dès lors, je veillai à conserver mon sang-froid.

Malgré mes efforts, je n'avais pas encore trouvé où disparaissait la rivière. *Elle doit bien sortir quelque part, par les grands fondateurs d'Arkonis !* Je me redressai de nouveau sur le bateau et là, enfin, je découvris l'endroit. Cette fois, je jurai à voix haute. *On ne m'épargne rien !* Loin devant, à peine visible entre les masses rocheuses noyées sous l'eau écumeuse, je distinguai une ouverture basse mais allongée. Elle faisait penser à une arche gigantesque s'élevant tout juste au-dessus de la surface. La hauteur était telle que je devrais vraisemblablement m'accroupir dans le canot pour ne pas me fracasser contre la paroi. Le courant croissant m'attirait inexorablement vers la porte du monde souterrain, sans la moindre possibilité d'y échapper. Je me penchai aussi bas que l'autorisait le maniement de la pagaie. En aucun cas, je ne voulais renoncer à ce précieux instrument me permettant au moins de modestes corrections de trajectoire.

Peu avant d'entrer dans le gouffre tumultueux, à seulement quelques encablures, je remarquai le véritable piège : de la vapeur s'échappait de la gueule rocheuse, accompagnée d'une odeur piquante et pénétrante. Mes poumons furent secoués de contractions. Je n'allais pas tarder à étouffer. La douleur se fit plus intense, la brûlure insupportable. La puanteur augmentait tandis que je m'approchais de l'ouverture dans la pierre. Il s'agissait de nuages d'ammoniac très concentré, un gaz toxique tel celui qu'exhalent les Maahks non-Arkonides et leurs peuples apparentés après avoir respiré l'hydrogène vital à leur métabolisme. Tous deux étaient mortels pour nous. Nos ennemis devaient leur nom simplifié, Méthaniens – ou Méthanés – à la proportion non négligeable de méthane qui polluait leur souffle délétère.

Je comprenais maintenant pourquoi on avertissait si sérieusement les postulants à l'Ark Summia : on ne nous faisait aucun cadeau. À une telle concentration, l'ammoniac ne pouvait être que produit artificiellement et injecté sous haute pression dans la caverne. On ne le trouvait normalement dans la nature que sous forme de traces, en résultat de la décomposition de liaisons azotées organiques lors de la putréfaction de matières animales et végétales. Jamais, au grand jamais, une telle quantité ne pouvait être d'origine naturelle. Le Petit Cercle s'attaquait sérieusement à ma vie et à ma santé.

Ma main droite frappa le dispositif de secours de l'armure, un réflexe mille fois répété. Les hommes de mon peuple réagissaient instinctivement à la présence d'ammoniac gazeux à cause de la guerre contre les Méthaniens qui durait déjà depuis quarante ans. L'unique chance de survie consistait à activer sur-le-champ le circuit d'oxygène autonome de sa tenue de combat. Pour cette raison, il n'existait pas un seul équipement de mission arkonide qui ne soit doté d'un système de renouvellement de l'air à déclenchement instantané. *Il devait en être différemment par le passé, mais les Maahks nous ont donné d'amères leçons.*

Le casque hermétique constitué d'une feuille résistante de matériau composite se déploya à toute vitesse. Totalement transparent, il me recouvrit la tête et le visage avec un bruit crépitant tout en adoptant sa forme hémisphérique. Le bord magnétique inférieur s'enclencha dans la glissière ronde assurant la jointure à hauteur du cou. J'avais retenu mon souffle, bien que j'eusse l'impression d'avoir les poumons brûlés par le poison absorbé. Je n'expirai qu'au moment où je perçus le sifflement de l'oxygène qui se mettait à circuler. La protection se gonfla jusqu'à devenir étanche, par chargement électrostatique et sous la pression interne créée. Enfin, je pouvais respirer. Impossible, par contre, de réprimer l'étranglement spasmodique, la nausée typique et la toux résultante. De toute façon, cela n'aurait pas été bon.

Mon armure avait aussitôt analysé le gaz toxique entrant. Les astronautes, en particulier les hommes des troupes de débarquement, n'étaient généralement plus capables d'activer eux-mêmes la douche absorbante après un empoisonnement inopiné à l'ammoniac. Un système automatique devait donc s'en charger, et le mien se lança immédiatement. De la vapeur à faible teneur en acide fut ajoutée au gaz respiratoire. Elle atténua rapidement l'atroce brûlure. Au niveau de ma cuisse droite, la seringue à haute pression incorporée à ma tenue siffla. Des médicaments destinés à stabiliser la circulation sanguine furent injectés dans les tissus.

Mon état s'améliora tout de suite. Les cercles rouges devant mes yeux s'évanouirent. Je me redressai en haletant. Je me trouvais maintenant à l'intérieur d'une profonde caverne. Le plafond se situait à seulement quelques pieds au-dessus de ma tête. Le courant était fort, le bruit assourdissant. Loin devant, j'aperçus une tache de lumière qui grandissait très vite. Ce devait être la sortie du monde souterrain empoisonné.

Je jetai un œil sur les témoins lumineux de l'armure. La concentration d'ammoniac était toujours aussi élevée. Tout homme non équipé aurait déjà trouvé la mort. Je pensai de nouveau à Tirako Gamno. *Comment a-t-il surmonté cette torture ? Est-il lui aussi parvenu à s'emparer d'une tenue protectrice ? S'en est-il tiré avec l'androïde télécommandé ? Si ce n'est pas le cas, il a dû souffrir d'indicibles tourments dans la caverne. Peut-être est-il déjà mort ?*

Mon embarcation jaillit soudain en plein jour. Le lit de la rivière s'élargit et le courant impétueux diminua. Une lumière violette s'afficha. Tout danger d'empoisonnement était passé, l'atmosphère alentour se révélait de nouveau respirable. Je vérifiai encore une fois les contrôles d'analyse et ouvris le casque. La feuille transparente se replia avec plusieurs claquements et reforma un étroit bourrelet d'apparence insignifiante sur ma nuque. Mes jambes souffraient des crampes dues à ma position. Je me redressai en gémissant, râlai à voix haute et rampai vers l'avant pour rejoindre les rames. Je ne voulais pas perdre de temps. Le soleil, à peine discernable au milieu de la brume omniprésente, approchait du zénith.

Une fois prêt, je jetai un œil prudent en aval, où devait se trouver mon objectif. Le découragement dont avaient certainement souffert nombre d'hertasones avant moi m'envahit alors. Les maîtres du Petit Cercle étaient soit des monstres insensibles, soit des scientifiques fanatiques testant sans cesse de nouvelles méthodes d'évaluation.

Pourquoi, pourquoi doit-on ainsi tourmenter un jeune homme qui a manifestement tout pour gagner l'Ark Summia ? Pourquoi ne respecte-t-on pas plutôt son intelligence et ses connaissances en les prenant en compte ? Je maîtrise déjà tant de domaines ! J'aurais donc pris tant de risques pour me retrouver brusquement face à un obstacle impossible à franchir ?

Loin devant, mais parfaitement visible, un affluent modifiait l'écoulement des flots ! En raison de mon amère expérience, personne n'avait besoin de me dire que des astuces technologiques étaient en jeu. Je n'avais de toute façon encore jamais vu d'embouchure *s'opposant* au sens du courant. La nature était ici détournée : un petit mais turbulent torrent de montagne jaillissait par-dessus un rocher, formant une cascade. Conformément aux lois physiques, les masses d'eau prenaient ensuite une vitesse considérable. Un lit de ruisseau probablement artificiel les canalisait alors pour les détourner en aval où elles rencontraient à angle obtus la rivière sur laquelle flottait mon embarcation branlante.

Le résultat de ce phénomène était une véritable barrière aquatique. Telle une vague déferlante, elle cassait le courant descendant jusque là à mon avantage. Apparemment, l'eau ne s'écoulait plus devant moi sur une centaine de mètres, bloquée par un ressac tumultueux de flots déchaînés. Même un bateau moderne serait devenu le jouet des forces qui s'affrontaient. Je réprimai ma colère et décidai de marquer d'abord une pause. Mon cou me brûlait toujours. L'air ténu et la faible teneur en oxygène se faisaient peu à peu sentir. La fatigue me gagnait. J'amenai le canot jusqu'à la rive gauche pour… Je m'arrêtai en pleine réflexion. Qu'est-ce que c'était ? De l'autre côté, à droite, je remarquai une tache brunâtre au milieu du mur bleu-vert de plantes tropicales inconnues. Il me fallut quelque temps avant que je puisse l'identifier comme une embarcation, ou du moins *l'épave* d'une embarcation.

Je réfléchis un moment. *Suivant le principe de l'épreuve, je suis censé être un astronaute naufragé devant atteindre un dépôt. En quoi un canot fracassé peut-il m'intéresser ?* Mon instinct l'emporta sur la logique. Je ramais déjà de toutes mes forces vers le lieu de ma découverte avant même d'avoir pris une décision raisonnée. Il me fallut une décitonta pour y arriver. L'esquif était déchiré sur le flanc droit, les bordages brisés, l'étrave enfoncée. Une des rames et la pagaie manquaient.

Je sautai à terre, tirai mon embarcation sur la berge et libérai le cran de sûreté du radiant. Une forêt dense et primitive s'ouvrait devant moi. Il semblait que j'en avais fini avec la montagne et ses obstacles. Quels dangers me guettaient-ils au sein de cette épaisse végétation ? Je cherchai des traces de pas et en trouvai. Les empreintes aisément reconnaissables étaient celles de bottes, partie de l'équipement standard d'un étudiant. Un de mes prédécesseurs s'était échoué là : un hertaso probablement envoyé ici peu avant moi. Je suivis les traces jusqu'à découvrir une éminence rocheuse peu élevée. Mon collègue avait été suffisamment prudent pour quitter la rive marécageuse et se mettre à l'abri sur cette hauteur pauvre en végétation. J'entendis un faible cri.

Je fus en haut en quelques bonds et là, j'identifiai mon ami Tirako Gamno. Naturellement, il ne portait ni spatiandre ni arme. Comment, non protégé, avait-il pu traverser les nuages d'ammoniac ? Je me penchai sur l'homme à moitié inconscient et l'aidai à se relever. Son visage normalement maigre et lumineux me parut émacié et décomposé. Il affichait la marque des tourments endurés. Il gémissait et pleurait tout en même temps.

Je parlai peu. Pour le coup, j'oubliai complètement la simulation ! Je croyais réellement me trouver sur un monde occupé par des forces ennemies. J'ouvris la poche à pharmacie de mon vêtement pour administrer à Tirako les médicaments prévus en de tels cas. Je devais stabiliser son état et lui donner un coup de fouet artificiel. Les moyens de ce type ne manquaient pas. Ils opéraient de véritables miracles au niveau de la force corporelle, mais un effondrement était inéluctable par la suite. Tout homme raisonnable se devait de les refuser. Dans certaines situations, toutefois, on ne pouvait s'en passer. J'enfonçai le bouton de la seringue à haute pression après avoir choisi la substance désirée et réglé la dose prescrite. Je disposais de six microfioles remplies de préparations extrêmement efficaces.

Tirako revint à lui. Comme dans un rêve, il avait dû m'entendre et m'avait appelé. Ses yeux brillèrent à nouveau. Il reprenait des forces. Un faible sourire se dessina sur ses lèvres.

— Oh, le héros a naturellement réussi ! Luccott, tenue de combat – la totale !

Il toussa et grimaça sous la douleur. Je jetai un œil à la ronde. Un vaste paysage marécageux s'étendait tout autour de nous. Ici et là, de la vapeur s'élevait de l'eau bouillonnante. Des cris d'animaux nous parvenaient, montant de cette terre sauvage. La crise de Tirako se calmait sous l'effet des médicaments.

— Il faut poursuivre sur la rivière, mon ami ! Je suis allé voir. Uniquement des marais sans fond. Un monstre m'a presque dévoré. C'est ce qui se passe quand on rate tout dès le début !

— Absurde, le tranquillisai-je. Je t'emmène avec moi. Nous irons au bout d'une façon ou d'une autre.

— C'est du feu liquide que tu m'as injecté ? Bon, ça devrait m'être égal maintenant. Contrairement à toi, je ne suis pas arrivé à vaincre l'étranger à l'air sauvage. Comment as-tu fait ?

Je le lui expliquai en quelques mots. Il hocha la tête, résigné.

— Oui… Alors, c'était ainsi qu'il fallait procéder ! Les candidats partis avant moi semblent s'en être tirés. En tout cas, je n'en ai vu aucun. Cet androïde doit apparaître à chaque fois, tu n'es pas de cet avis ? Toujours le même jeu. J'ai pris la fuite devant lui, terrifié. Je l'avais remarqué bien avant toi !

— Ah !

Il rit de nouveau. Ses forces revenaient vite.

— Tu peux en être certain. Je l'ai tenu pour une menace sérieuse et j'ai réussi à lui échapper dans les plus brefs délais. J'ai couru jusqu'au bateau pour décamper avant même que le glisseur ait décollé. J'ai ainsi pu m'éclipser, vu qu'il ne pouvait se montrer plus tôt, du moins c'est ce que je croyais. Très bête, non ?

Je hochai la tête. Après tout, la réaction de Tirako n'était que l'une des nombreuses envisageables. D'autres hertasones se seraient jetés sur l'homme armé à mains nues, auquel cas ils n'auraient même pas eu l'occasion de quitter le point de départ. *Qu'advenait-il d'eux ?* Tirako se leva et s'étira encore.

— Je suis de nouveau prêt pour l'action, mon ami, mais ça ne va pas te servir à grand-chose. Il faut abandonner sur place un ancien compagnon d'examens qui a déjà raté l'Ark Summia suite à un comportement d'empoté ! Et oui, on viendra bien me chercher.

Je fis un geste de refus et observai de nouveau les alentours tout en me renseignant :

— Comment es-tu passé à travers la caverne d'ammoniac ?

— Je m'attendais à la question. Aucune idée, mon ami. J'ai cru mourir et j'ai retenu mon souffle aussi longtemps que possible. C'était horrible. Puis j'ai perdu connaissance. Je ne sais pas comment je suis arrivé jusqu'à la berge.

Je le scrutai avec attention. Il hocha la tête, pensif, et claqua des doigts.

— Oui, je sais ce que tu vas dire. Quelqu'un m'a aidé, sinon je ne m'en serais pas sorti. On ne laisse apparemment pas les candidats mourir. Mais ça ne me sert pas à grand-chose. J'ai déjà tant de points négatifs que je ne peux plus réussir. Toi, si tu continue à te comporter aussi excellemment, cette balade sur la rivière sera ta première et ta dernière épreuve.

— Impossible ! m'exclamai-je.

Il posa le bras sur mes épaules et m'attira à lui, amical.

— Si, tu sauras y parvenir ! Chacun de nous a besoin de dix mille points positifs. L'Ark Summia est alors gagnée. Peu importe le nombre de missions, mais chaque candidat n'a droit qu'à cinq tentatives. S'il obtient ce score dès la première fois, il n'a plus besoin de participer aux autres épreuves. Tu as vraiment de bonnes chances.

Il rit et se courba en avant sous l'effet d'une nouvelle crise de toux. Il finit ainsi par arracher le poignard à lame vibrante de l'étui blindé sur ma jambe droite. Il était rapide, très rapide même. Je le fus cependant davantage ! Un coup violent que je lui assénai du coude le fit chanceler en arrière. Cela me permit de me dégager. Le bourdonnement ultrasonique de la lame vibrante me parvint. Tirako se jetait sur moi après avoir repris l'équilibre. Je ne voyais plus de son arme qu'un trait lumineux. Je tirai sans dégainer. Le rayon d'énergie bleu-blanc le toucha à hauteur de la ceinture et le projeta de côté sous la force de l'impact. Un deuxième tir l'acheva : il parut s'enflammer, et ce fut la fin du soi-disant Tirako Gamno.

La majeure partie du corps de l'androïde fut réduite en cendres. Je balayai le souffle chaud des masses d'air et récupérai mon poignard. Il lui avait échappé juste avant sa mort. Les restes me confirmèrent qu'il s'agissait bien d'un être synthétique composé de tissu biologique et d'éléments cybernétiques.

Mon illumination avait été soudaine. Ceux qui utilisaient mon attachement pour Tirako afin de me piéger avaient omis certains détails. Déjà, claquer des doigts n'était pas du nombre de ses habitudes. On avait aussi négligé de lui faire remettre en cause les méthodes des épreuves. Mon véritable ami se serait étendu sur la question, lui – c'était garanti ! Le dernier indice, décisif pour moi, avait été son étreinte. Son corps affaibli n'aurait jamais pu exercer une telle pression. L'attaque n'avait donc pas été si surprenante

J'éclatai de rire. Les grands maîtres du Petit Cercle étaient rusés mais, jusque-là, ils n'avaient pas pu me placer dans un embarras sérieux. Qu'était-il advenu de l'authentique Tirako Gamno ? J'étais persuadé que l'androïde avait dit la vérité – plus précisément l'instructeur du Faehrl s'adressant à moi par le haut-parleur de l'imitation. À en juger par ses paroles, il ne lui était rien arrivé de bon. *Où est-il ? Il doit se trouver à proximité !*

Je le découvris de l'autre côté de la rivière. Ses aventures correspondaient bien à celles présentées par l'androïde : il avait vraiment fui devant le « déserteur » et traversé la grotte emplie d'ammoniac. Là, quelqu'un avait dû le sauver. À l'inverse du bateau de son double, le sien était en parfait état.

Je le remis sur pieds avec le reliquat de mes médicaments. Il nous restait encore à affronter le contre-courant et son mur d'eaux tumultueuses. Tirako était effondré, comprenant qu'il avait désormais perdu. Je le savais aussi, mais je n'abordai pas le sujet. C'était un homme d'esprit, préférant toujours une conversation intelligente à un combat à l'épée dagorienne, même si celui-ci avait lieu avec des armes d'exercice comme le katsugo. *Pourquoi ne lui donne-t-on pas une chance d'exprimer ses talents ?*

J'avais décidé de l'emmener avec moi pour lui éviter la honte – *en est-ce vraiment une ?* – d'être récupéré par une équipe de sauvetage du Petit Cercle. Je lui annonçai mon intention.

Il me sourit. Bien sûr, il avait tout de suite compris mes raisons.

— Cela pourrait t'amener des points négatifs, Macolon ! N'oublie pas que tu dois simuler un naufrage avec toutes ses particularités. Comme je ne suis pas une bête domestiquée pouvant t'être utile à tout moment, ce serait… Oh, excuse-moi ! Je t'ai blessé avec ma remarque irréfléchie. Naturellement, je ne nous considère ni dressés ni semblables à des bêtes.

Je ris. Je retrouvais bien Tirako Gamno !

— Oublie ton idée, jeune homme. Il est vraiment dommage que tu ne sois pas l'Empereur. La Guerre des Méthaniens serait probablement déjà terminée.

— Pas de sacrilège ! m'écriai-je. Orbanaschol est irréprochable et infaillible dans ses décisions. Loué soit-il pour l'éternité.

Il leva les yeux vers la barrière d'eau et toussota.

Je tirai le micro-enregistreur autonome de l'une des poches de l'armure. Il faisait autant partie de l'équipement standard que le poignard à lame vibrante. J'annonçai, fidèle à mon rôle :

— Ici Macolon, commandant du croiseur lourd *Argosso*. J'enregistre ceci pour un futur usage : je suis parvenu à me poser sur la planète ennemie Largamenia, ma chaloupe ayant été abattue en pénétrant dans l'atmosphère. Je dois atteindre le dépôt secret de la flotte. En chemin, j'ai découvert un officier du croiseur de reconnaissance *Takatika* porté disparu depuis plusieurs pragos, l'orbton Tirako Gamno. Il se soumet temporairement à mon autorité et est considéré comme digne de confiance. J'ai décidé de prendre cet officier à mon service pour mener à bien la mission. Il reçoit dès maintenant l'ordre de m'aider au péril de sa vie dans l'objectif d'arriver au dépôt, quelles que soient les circonstances. C'est nécessaire dans l'intérêt de la flotte de débarquement en attente orbitale. Que vive Arkonis ! Terminé.

Tirako me dévisagea, les yeux grand ouverts. Je souris. Si ma mission était vraiment évaluée par analyse purement positronique, on ne pouvait reconnaître mon choix que comme un atout supplémentaire. Deux personnes avaient nécessairement plus de chances d'atteindre le but donné qu'une seule. Des ordinateurs intègres devaient juger cette initiative positivement.

Tirako dit avec ironie :

— On pourrait te prendre pour le rejeton doué d'un escroc galactique !

Là, il avait visé juste ! Je réalisai que je le regardais fixement d'un air presque menaçant. Involontairement, je me remis à penser à ma mystérieuse origine, à mon maître et éducateur, le Carabin Fartuloon ; à mon ami Griffe-de-Glace et naturellement aussi à Farnathia, la fille ensorceleuse du Tato de Gortavor. C'était là-bas que j'avais passé mon enfance et le début de mon adolescence, jusqu'à l'apparition de Sofgart l'aveugle et de ses chasseurs, les Kralasènes, qui avaient mis fin à l'idylle. Farnathia, la jeune fille de mes rêves, où pouvait-elle être ? *Qu'a-t-on fait d'elle ? Vit-elle encore au moins ?*

— Tu trembles, mon ami ! entendis-je la voix de Tirako comme s'il s'exprimait de très loin. T'ai-je offensé ? Ma remarque était un peu acide, pardonne-moi !

Je chassai mes vieux souvenirs. Tirako avait vraiment l'air consterné.

Il se faisait des reproches sans se douter qu'il avait touché mes plus profondes blessures. Je le frappai cavalièrement sur l'épaule.

— J'aimerais avoir tes soucis, plaisantai-je. Viens, il est temps. Il faut passer le barrage.

— Comment, et par où ? Avec le bateau brisé ? C'est

exclu ! Personne, pas même un géant, ne pourrait remonter le courant et surtout traverser le ressac.

C'était d'ordinaire un observateur avisé, mais la pratique semblait lui échapper. Pourquoi n'avait-il pas remarqué les traînées à quelques encablures en amont de notre position ? Juste avant, sur la rive, plusieurs buissons étaient calcinés. La piste ne se voyait qu'à peine, l'épaisse végétation s'étant déjà refermée dessus. Je vérifiai les armes, réglai le faisceau du radiant sur dispersion moyenne et m'avançai sans un mot.

Naturellement, personne ne peut ramer contre ce mur d'eau artificiel. Les maîtres du Petit Cercle le savent aussi. Quelles conclusions attendent-ils donc des postulants à l'Ark Summia ?

Il me fallait trouver une solution adaptée à la situation. On m'avait déjà fourni une armure. Bon, des épreuves de ce genre étaient considérées comme exceptionnelles. Celui qui n'en tenait pas compte ne réussirait jamais à les franchir avec succès. Je me doutais de ce que le Petit Cercle attendait de nous – non, je le savais depuis longtemps. L'intelligence devait dominer, se mêlant à l'audace et au courage physique.

— Macolon !

L'appel ne reflétait pas un état d'urgence. Je fis toutefois volte-face, l'arme prête à tirer. Tirako Gamno avait voulu me suivre mais il n'y arrivait pas. Je remarquai avec étonnement qu'il luttait contre un obstacle invisible, stable et élastique. Il se jeta en avant, poussa de l'épaule contre une barrière fantôme sans pour autant pouvoir faire un pas supplémentaire.

Un miracle se produisit alors : mon homme d'esprit jura comme un astrosoldat confirmé. Je ne parvins plus à me maîtriser et éclatai de rire. Puis Tirako abandonna. Il me fallut longtemps pour oublier son regard chargé de reproches.

— Et tu te moques, en plus ! me blâma-t-il. Non seulement je dois affronter le déshonneur mais il faut aussi que je me fasse remarquer. Qu'est-ce que c'est ?

— Demande aux anciens dieux ! déclarai-je sans m'arrêter de rire. Où se cachent tes connaissances hyperphysiques ? C'est un écran énergétique souple reposant sur un champ de force, mon ami.

— Oh…

Il comprit immédiatement qu'on ne désirait pas qu'il poursuive son voyage. J'en avais aussi compris les raisons. Ma petite astuce consistant à prendre des notes me vaudrait peut-être les faveurs de la « psyché » de l'ordinateur juge, mais les observateurs secrets de la commission d'évaluation n'étaient pas du tout d'accord avec mon initiative. Ils avaient depuis longtemps éliminé Tirako Gamno. Ils voulaient savoir comment *moi*, j'allais me comporter. De même qu'il avait dû remarquer certaines choses qui m'avaient échappé, on nous faisait comprendre qu'il devait rester sur place.

Très bien. La situation commence à m'amuser.

— Orbton Tirako Gamno, je vous ordonne maintenant de demeurer ici pour surveiller l'embarcation. Je vais aller voir seul ! lui criai-je. Mettez-vous à l'abri, au cas où je doive me replier.

— Oui, Zhdopan ! confirma-t-il, résigné. J'ai saisi.

Il me coûtait de jouer à ce petit jeu avec les examinateurs. En ce moment, ils étaient vraisemblablement confrontés à davantage de difficultés que moi. Eux non plus ne devaient pas oublier leurs calculateurs positroniques. L'ordre donné à Tirako me vaudrait de nouveau quelques points positifs. Pour les robots, rien de plus normal qu'un explorateur laissât une sentinelle derrière lui. Après tout, le bateau était indispensable en cas de danger.

Je pris la route, le radiant dans le creux du bras, et prêt à tirer.

Le panneau extérieur du sas du glisseur blindé était grand ouvert. Ses moteurs ne tournaient plus. En conséquence de quoi l'engin, destiné uniquement à intervenir sur des planètes pourvues d'atmosphère, s'était à moitié enfoncé dans le profond marais. Au fur et à mesure de ma progression au cœur de cette contrée sauvage, il m'avait été de plus en plus difficile de libérer ma botte de cette boue aspirante. C'était une preuve supplémentaire de l'impossibilité de contourner la barrière d'eau.

J'étais finalement tombé sur ce véhicule, une construction arkonide destinée à des opérations commando sur des terrains impraticables. Le *Rotco-19* ne pouvait pas voler, et il ne disposait pas non plus de projecteurs antigrav qui l'auraient soulagé de son poids. Les unités de ce type se devaient d'être légères, maniables et rapides. Pour cela, on avait renoncé aux chenilles de secours équipant les autres modèles. Les glisseurs de cette série avaient uniquement besoin de gaz qui, expulsés sous forte pression, servaient de base portante selon le vieux principe des coussins d'air. Que les injecteurs nécessaires ou les turbocompresseurs, d'une construction simple et solide, soient endommagés et ils cessaient de fonctionner, ne servant plus à rien.

Tel semblait avoir été le sort de l'appareil que je venais de découvrir. Le petit détecteur incorporé à mon armure n'avait pas réagi, preuve que les générateurs d'énergie ne fonctionnaient plus. Le *Rotco-19* ressemblait à deux coquilles posées l'une sur l'autre. Sa surface lisse n'était interrompue que par la tourelle rotative abritant un petit canon à impulsions. Aucune trace des membres d'équipage. L'appareil paraissait reposer dans cette jungle chaude et humide depuis déjà longtemps. Le blindage extérieur en arkonite se révéla intact, bien entendu dépourvu de rouille. Les alliages densifiés par des irradiations hyperénergétiques et des liaisons moléculaires modifiées au moyen d'une compression par bombardement neutronique résistaient à presque toutes les agressions extérieures.

Je m'avançai prudemment, m'enfonçant à chaque pas. Ce glisseur blindé n'était naturellement pas là par hasard : les élèves pouvaient et devaient le trouver, sinon on n'aurait pas laissé sur la rive une trace infime mais néanmoins repérable. Je compris pourquoi certaines plantes avaient été calcinées. Derrière la tourelle de tir, à peine perceptible, j'aperçus le revêtement bosselé de la turbine à réaction. Elle fonctionnait aussi avec des gaz naturels qui, expulsés sous une forte pression expansive, assuraient la propulsion. Leur échauffement, quelles que soient leur structure et leur composition chimique, se produisait dans le brûleur à plasma de la chambre à turbocompression. C'était un moteur primitif mais sûr d'emploi.

J'examinai l'ouverture des tuyères décolorées par la chaleur. Elles ne semblaient pas avoir été utilisées depuis longtemps. Ma première idée avait consisté à démonter ce moteur rudimentaire pour l'installer sur le bateau. Quelques regards me convainquirent toutefois qu'il ne disposait pas de source d'énergie autonome, par exemple sous la forme d'un micro-réacteur. Les masses de gaz aspirées par les turbines ne pouvaient être portées à haute température que par les installations du bord. Sans échauffement, pas de dilatation. C'était voué à l'échec. La solution devait être tout autre. Les maîtres du Petit Cercle étaient vraiment inventifs ! Mon instinct, développé par une jeunesse difficile et grâce à Fartuloon, sonnait l'alarme. Le vantail du sas grand ouvert ne m'inspirait pas.

Je fis prudemment le tour du glisseur. Et bien m'en prit. La bête, semblable à un serpent mais pourvue de nombreuses pattes, paraissait m'attendre. Elle jaillit brusquement de derrière le panneau. Sa rapidité et sa détente ne suffirent toutefois pas pour m'atteindre dès la première attaque. Je perçus un mugissement rageur. Le corps puissant se dressa sur son tiers inférieur et je remarquai la corne d'un mètre de long prolongeant le crâne cuirassé.

J'ouvris le feu sans hésiter et le souffle ardent du Luccott toucha l'animal en plein bond, juste derrière sa tête allongée. Séparée du corps fumant, elle fut projetée sur le côté. Je patientai jusqu'à la fin des derniers soubresauts du monstre et fis preuve d'une prudence accrue.

Quand je me penchai sur les restes de l'animal, mesurant au moins dix mètres de long, je constatai avec frayeur que je m'étais trompé. La commission d'évaluation ne plaisantait pas. Il ne s'agissait pas d'une créature artificielle télécommandée mais d'un être vivant issu d'un autre monde. Subitement pris d'une panique naissante, je fis volte-face à un bruit suspect et ouvris le feu dans la jungle. Quelque chose s'éloigna en toute hâte. Je perçus un faible appel. Ce devait être Tirako. Il avait naturellement entendu la décharge énergétique. Je ne répondis pas et ne tirai pas en l'air pour lui signaler que j'étais toujours en vie. La mission avant tout ! Si je m'étais vraiment trouvé sur un monde occupé par des ennemis, mitrailler pour me défendre aurait suffi à me trahir.

J'avais déjà abandonné le rêve d'un réacteur peut-être récupérable. Il se serait pourtant merveilleusement associé au gouvernail. Ou avait-on fixé celui-ci à l'arrière de l'embarcation uniquement pour me tromper ? Je commençais à croire les examinateurs du Faehrl capables de tout. Cette fois, ils avaient nettement joué avec ma vie. Ou la sortie du monstre ophidien du blindé était-elle imprévue ?

À l'intérieur, je découvris la solution du mystère. L'engin servait tout simplement d'habitat à l'animal. Les cinq œufs rougeâtres n'avaient que quelques tontas. Apparemment, l'un d'eux venait même tout juste d'être pondu, sa coquille était encore relativement molle. La violente attaque s'expliquait aisément : la bête avait voulu protéger ses petits. Ne désirant pas les détruire, je les emportai dehors un par un et les déposai au creux des racines d'un arbre. Dans cette chaleur moite, ils seraient comme couvés, à condition bien sûr de ne pas être dévorés par des ennemis dont l'existence ne faisait aucun doute.

Une odeur bestiale régnait à l'intérieur du glisseur de combat exigu, uniquement prévu pour cinq hommes. Je n'y prêtai pas attention mais me concentrai sur l'étude des générateurs d'énergie. Il fallait bien que je m'en sorte d'une façon ou d'une autre. Si le réacteur était définitivement hors d'usage, il ne subsistait qu'une possibilité. Je devais trouver un moyen pour rendre sa mobilité au *Rotco*. Je ne pourrais jamais franchir la muraille d'eau en furie avec une barque primitive. Quelles solutions me restait-il ?

Une décitonta plus tard, je pris place sur un des sièges, déçu. Devant moi, la trappe d'entretien s'ouvrait sur la salle des machines. La puissante turbine d'aspiration et de compression servant à générer le coussin d'air était hors d'usage. Volontairement démolie, bien sûr ! Je ne pourrais ainsi jamais arracher le blindé aux marais pour atteindre le dépôt avec son aide. Le petit réacteur à fusion se trouvait derrière l'écran anti-radiations. J'aurais pu sans difficulté le mettre en route et démarrer.

Dans ces circonstances, à quoi peut donc me servir sa puissance ? Les lourds moteurs à électropropulsion n'en ont plus besoin. Le canon à impulsions est de toute façon alimenté par un autre circuit et... Alors que je pensais à ce dernier, le découragement me quitta soudain et je l'examinai avec attention, empli d'espoir. Sa massive culasse cylindrique se terminait juste au-dessus de ma tête, hébergeant la chambre à réaction et à fusion nucléaire. Sous la tôle de revêtement de forme conique se logeaient les appareils vitaux pour son fonctionnement : la pompe d'injection pour le combustible, le transformateur pour l'alimentation autonome des champs d'isolation thermique et de confinement, ainsi que les circuits de refroidissement. *Le transformateur – voilà ! Il ne convertit qu'une partie de l'énergie libérée en courant électrique, nécessaire pour produire les champs de force.*

Bien entendu, aucun matériau n'aurait pu résister à la

température dans la chambre de réaction, aussi élevée que celle régnant à l'intérieur d'un soleil. Il en fallait donc pour canaliser le feu nucléaire et le projeter sous forme de faisceau dans une direction donnée. L'alimentation autonome du canon était une solution palliative. On pouvait bien sûr tirer, mais en n'utilisant qu'une partie de l'énergie autrement disponible. La règle élémentaire affirmait : « Plus les champs sont chargés, plus le tir est puissant ».

Voilà pourquoi il fallait un générateur de grande capacité. Devais-je utiliser le canon ? Avec tout ce que je pouvais récupérer de la chambre de réaction ? Si oui, sur quoi faire feu ? Des ennemis imaginaires ? Une unité robotisée placée exprès dans les parages ? Ou autre chose ? Je bondis sur mes pieds, me collai à la culasse et arrachai le volet de la tourelle pour regarder à l'extérieur. Des plantes et encore des plantes, ce fut tout ce que je vis. Plus à droite, sur l'autre berge de la grande rivière, je reconnus l'embouchure « inversée » du bassin montagneux et la cascade déferlante. Je me retirai dans le blindé, pris place dans l'étroit fauteuil du commandant et pianotai sur le clavier du canon.

Les voyants s'illuminèrent. La mire holographique de l'acquisition optique de cible fonctionnait impeccablement, de même que l'écran tridimensionnel de la détection simplement luminique. La tourelle pivota elle aussi sans problème, son réglage en hauteur ne me posa aucune difficulté. Contrairement aux autres appareils, le canon à impulsions était en parfait état de marche. Je remarquai alors quelque chose sur le moniteur : l'image était fidèle, en relief et en couleur. Un quadrillage en filigrane recouvrait l'objectif.

J'appuyai sur le commutateur de calcul automatique de distance. La valeur s'incrusta dans l'angle supérieur droit. J'observai avec attention la singulière formation rocheuse. Elle faisait penser à un antique pont de pierre allongé, au milieu duquel on aurait enlevé un morceau. Le zoom continu me montra des détails intéressants. Il ne s'agissait certes pas d'un pont mais de deux larges surplombs rocheux se rapprochant à quelques mètres au-dessus du torrent tumultueux. En tendant des troncs en travers de la fissure béante, on aurait pu s'en servir comme passerelle.

Une toute nouvelle pensée me hantait. Qu'est-ce qui m'avait frappé en premier lieu ? Qu'y avait-il de si singulier ? Au cours des millions d'années écoulés, le torrent avait creusé la falaise jadis massive, finissant par la traverser pour créer une voûte rappelant un pont. C'était tout. Il n'y avait rien d'autre. Une idée se fit soudain jour en moi, me délivrant de mes doutes. Ce n'était *pas* tout : l'agrandissement maximal de la mire me révéla la solution du mystère. L'arche de pierre pouvait avoir été complètement creusée par les flots là où ils mugissaient mais pas à vingt mètres au-dessus, là où probablement jamais une goutte d'eau n'était tombée. Quelqu'un avait donc aidé la nature avec des moyens technologiques, les maîtres du Petit Cercle bien entendu, et altéré le torrent à mon désavantage.

Je me mis à rire. Une joie sans limite s'empara de moi. La position du soleil m'indiquait que j'avais déjà perdu assez de temps. Le processus de fusion à froid commença. Je poussai le réglage de l'injection à fond et visai mon objectif. Si je pouvais provoquer l'effondrement des masses rocheuses en surplomb, cela devrait avoir comme conséquence l'établissement d'un barrage. Je verrais alors ce qu'il adviendrait de l'obstacle constitué par la barrière aquatique dans « ma » rivière.

Je fis feu. Une fournaise ardente se rua hors du canon, canalisée par un champ d'énergie en spirale. Le rayon déchira l'atmosphère sur sa trajectoire, transformant l'eau qu'elle contenait en vapeur. Cet étrange « tuyau » était connu sous le nom de feu follet. Les forces déchaînées frappèrent là où l'excroissance de gauche se séparait de la paroi. Du magma fluide jaillit, provoquant une détonation typique. Le tonnerre dû aux masses d'air s'engouffrant dans la dépression fut assourdissant. Je saisis rapidement une protection auditive bien rembourrée pendant à côté et m'en recouvris les oreilles.

Mon cinquième tir énergétique, cette fois avec un faisceau plus large, s'enfonça dans le bouillonnement incandescent et sépara la saillie rocheuse de la falaise. Elle s'effondra dans un vacarme tonitruant et s'écrasa dans le lit de la rivière. La structure se brisa alors en mille morceaux. Cela ne me suffisait toutefois pas. Je visai la proéminence de l'autre côté.

À la huitième reprise, la chambre à réaction bloqua le bouton de tir. Impatient, prêt à tout, je brisai du coude renforcé de mon armure le couvercle en plastique au-dessus du commutateur d'urgence et enfonçai le pouce, court-circuitant la sécurité. À présent, plus rien ne m'empêchait d'être atomisé avec le canon mais j'allais risquer le tout pour le tout ! Ma dixième salve provoqua l'effondrement du reste des blocs de pierre et le nouvel obstacle ainsi créé arrêta enfin le torrent. La cascade située en aval se réduisait maintenant à un mince filet d'eau. Je pris mes jambes à mon cou. C'était désormais une course contre la montre, et ce pour deux raisons : d'abord parce que j'avais déjà suffisamment perdu de temps, et ensuite parce que la culasse du canon, d'un blanc incandescent, conseillait une fuite rapide. Quand il exploserait, un soleil artificiel se lèverait au-dessus de la forêt primitive.

Complètement épuisé, je rejoignis Tirako Gamno. Il ne posa aucune question superflue, ayant pu voir ce qui se passait. Il avait déjà préparé mon bateau en le tirant sur l'eau et s'était assis à l'avant. La muraille aquatique infranchissable avait disparu, les derniers remous vaincus par le puissant débit de la rivière. Quand Tirako voulut commencer à ramer, je l'en empêchai. C'était à moi de le faire. Il me céda la place sans un mot et je mis le cap sur le milieu du cours d'eau. Arrivés là, nous nous laissâmes entraîner par le courant. Quelques instants plus tard, nous passâmes l'endroit où un obstacle naturel bloquait encore récemment notre progression.

— Du travail hors pair ! me félicita Tirako quand j'eus repris mon souffle. L'idée ne m'en serait jamais venue. Peut-on savoir de la bouche du génie ce qui s'est passé dans l'obscurité de la forêt ?

— Un drame, jeune homme, affirmai-je, respirant profondément. Je sais maintenant que nous sommes les premiers. Aucun hertaso n'est entré dans ce blindé à part moi.

— Un blindé ?

Je lui expliquai tout et il opina du chef, pensif. Un sourire ironique s'afficha sur ses lèvres.

— À mon avis, le serpent n'était pas prévu. Attendonsnous à d'autres surprises, commandant.

Nerveux, je dirigeai mon regard vers l'aval. Le canon du blindé ne semblait pas avoir éclaté, sinon nous l'aurions entendu depuis longtemps. *De la chance, ou pas ?* J'eus un rire sarcastique. *Naturellement, un ordre à distance du Petit Cercle a empêché l'explosion !*

Les surprises se faisaient désirer. Nos hypothèses de départ se révélaient manifestement fausses. Si les examinateurs du Faehrl prévoyaient d'autres tracasseries mettant nos vies en danger, ce ne serait pas durant la suite du voyage sur la rivière. Ils étaient trop intelligents pour cela. Ils ménageaient leurs effets.

Nous avions atteint l'objectif de l'épreuve, un petit lac, à peine une tonta et demie après avoir franchi la barrière d'eau. De nouveaux dangers nous guettaient, je le sentais instinctivement. Nous étions déjà en pays de plaine, ayant laissé derrière nous les montagnes après une dernière traversée de rapides tumultueux. Je distinguais alentour un vaste terrain vallonné, pauvre en végétation. La forêt primitive avait soudain disparu et une savane s'offrait à nos regards. Ici et là, je remarquais des bosquets et des taillis étendus. Ils s'intercalaient de façon pittoresque entre des collines basses et des prairies débordantes de vitalité.

Ma première pensée se porta sur l'impossibilité de trouver un abri. Ici, on ne pouvait ni se cacher hors de vue ni se faufiler subrepticement vers un but quelconque. C'était voulu. La lumière du jour jouait encore en notre faveur. Au coucher du soleil, je devais avoir gagné le dépôt si je voulais réussir l'épreuve harassante – et pour l'instant j'étais sur la bonne voie. Maintenant, soit il s'agissait d'une question de vie ou de mort, soit le reste de la mission serait d'une simplicité désarmante bien qu'elle fût considérée comme une difficulté de premier ordre. L'expérience venant, les candidats à l'*Ark Summia* s'attendaient probablement à des tracas supplémentaires. Je ne me laissai pas influencer. Il était tout à fait possible que, si près de l'objectif, on ait donné l'avantage à la simplicité.

Tirako était parti de son côté, désirant chercher seul, dans l'espoir de collecter peut-être quelques points positifs. Il voulait surtout s'écarter de mon chemin, craignant me gêner par sa présence. J'avais moi aussi quitté le bateau pour étudier les environs. Pas la moindre trace de dépôt. Le contraire eût été étonnant : ayant été construit selon les règles de la flotte, il était forcément camouflé.

Loin devant, la rive par ailleurs abrupte du lac descendait en pente douce vers la surface de l'eau. Le lieu d'accostage idéal, adapté de plus au débarquement de matériel. Quelques traces à peine discernables partaient de là pour disparaître à l'intérieur des terres. Tirako les avait suivies. Je n'arrivais pas à comprendre qu'un homme doté de si grands dons intellectuels et des capacités de réflexion fondées sur une logique éprouvée se laissât *vraiment* guider par des indices aussi flagrants. C'était probablement un piège et il devait l'avoir pressenti. Lui, qui n'avait plus la moindre chance, voulait m'aider. *Il court sciemment à la catastrophe pour me rendre service.*

J'avais activé le petit appareil de détection qui équipait l'armure. Sous une forme ou une autre, il devait bien exister une piste quelconque menant au dépôt, sinon personne ne pourrait jamais le retrouver. La moindre signature énergétique m'aurait suffi pour repérer son emplacement approximatif. Mais je ne voyais absolument rien. Pas une seule machine ne devait tourner dans la base. C'était une mesure de précaution, fondamentale en cas de danger.

Je grimpai d'un bond sur une éminence proche et me tapis à l'abri derrière un arbre. Tirako était déjà loin. Il suivait les traces qui s'amenuisaient au fur et à mesure qu'il avançait dans la savane. Je lui avais remis mon poignard à lame vibrante. Bien utilisée, celle-ci, longue, extrêmement fine et composée d'arkonite densifiée, constituait une arme dangereuse. Oscillant à une fréquence élevée, elle pouvait même trancher en deux des polymères stables.

Rien ne bougeait. Je notai seulement, au sud de ma position, quelques animaux qui broutaient là pacifiquement. Ils étaient trop petits pour présenter un danger. Je m'étais plutôt attendu à l'apparition imprévue de robots de combat maahks ou d'autres engins automatiques. Rien de tel ne se produisit. On semblait vouloir mettre à l'épreuve la patience des candidats. Qu'est-ce que Fartuloon disait toujours ? « La réflexion doit tout prévoir. Voir et comprendre, c'est l'art du bon combattant ».

Mon ami s'approchait d'un bosquet. Il hésita et activa son couteau, ce que je remarquai à la réaction immédiate de la détection énergétique. Il poursuivit sa route. Un éclair flamboya soudain entre deux arbres et un artefact grillagé jaillit du sol. Il se condensa aussitôt pour former un champ scintillant qui enveloppa Tirako. L'instant d'après, celui-ci disparut, de même que la cage. Je jurai sans retenue, cédant aux soucis que je me faisais pour lui. Ne l'avais-je pas alerté ?

Toute mon attention se concentra sur le senseur. Une grande quantité d'énergie avait été libérée par la formation de lignes de force certainement dues au champ de transport d'un transmetteur de matière. L'instrument avait réagi, mais je ne m'en souciai pas. Bien plus importante était la question de savoir où se situait le générateur à leur

119

origine. Le dépôt devait s'y trouver lui aussi, à condition bien sûr que le dispositif soit alimenté depuis là. J'enregistrais toujours une forte émission de radiations énergétiques, visible aux séries de chiffres défilant furtivement derrière la petite fenêtre. Elle diminuait toutefois rapidement et les indications lumineuses retombèrent à zéro.

J'en avais assez vu. Ce dont je venais d'être le témoin correspondait exactement à la présence d'un réacteur à fusion nucléaire. La valeur n'était montée à un niveau élevé que lors de l'alimentation du transmetteur. Le résultat du repérage s'affichait sur la positronique. Mon objectif était localisé vers le sud, non loin du piège destiné à toute personne imprudente suivant les traces. Je courus vers le bosquet proche, toujours à la recherche d'une bonne couverture. Je m'arrêtai net à environ quarante mètres de là.

Une idée me tracassait. Il me fallait assurément encore gagner quelques points. Pour obtenir le score nécessaire de dix mille, je devais impérativement faire un sans-faute dans chaque situation. Je pensai aux ordinateurs d'évaluation. On ne pouvait jouer au plus fin avec eux qu'en employant une logique toute robotique. Les deux arbres entre lesquels s'était volatilisé Tirako me perturbaient. Je préférais ne pas les avoir dans le dos mais, d'un autre côté, je voulais que mon comportement soit jugé de façon positive.

L'idée me parut bonne : je me glissai de nouveau dans le rôle d'un astrosoldat arkonide naufragé et saisis le micro-enregistreur.

— Ici Macolon, commandant du croiseur lourd *Argosso*. Je note ceci aux fins d'une future exploitation : mon compagnon a été pris dans un transmetteur-piège. Le dépôt que je dois atteindre dans l'intérêt du Taï Ark'Tussan est désormais parfaitement localisé. J'ignore si le transmetteur appartient aux systèmes de défense de l'avant-poste ou s'il a été activé par d'éventuels ennemis dans l'intention d'éliminer tout Arkonide en approche. D'autres installations de ce type peuvent exister. Si tel est le cas, elles seront disposées en cercle. Par mesure de précaution, je vais détruire le point de distribution énergétique que j'ai repéré. Terminé.

J'enfouis l'appareil dans une poche extérieure et pris en main le radiant. Les buissons se mirent soudain à bouger dans la forêt, non loin des deux arbres. Quelqu'un s'éloignait en toute hâte. Je ne pouvais voir personne mais, si c'était un observateur de la commission d'évaluation, il portait naturellement une armure dont le déflecteur assurait son invisibilité. Je pressai le bouton de tir avec un sourire. Le rayon énergétique frappa juste au-dessus des racines d'un arbre qui s'enflamma aussitôt puis explosa dans son tiers inférieur. Un générateur y avait donc été dissimulé. Je courus à travers bois, contournai les taillis en feu et jetai un œil sur mon détecteur. Je ne devais plus être loin du dépôt, maintenant ! Ce qui impliquait la présence de rayonnements résiduels. Je trouvai rapidement et facilement l'accès. *Encore un arbre. On aurait pu s'attendre à quelque chose de plus original pour la conclusion d'une épreuve d'aptitude aussi difficile !*

Il ne me fallut pas longtemps pour découvrir les lignes à peine visibles dans l'écorce grossière. La porte d'acier se cachait là-dessous. Je reculai et soulevai le Luccott, mais je le laissai vite retomber en réalisant que j'allais agir de façon primitive. Ouvrir de force le panneau aurait constitué une grossière erreur, me valant certainement quelques points négatifs. Il existait une solution élégante : je tirai ma carte d'identification, qui contenait toutes les données me concernant. Cela devait suffire pour « persuader » le système de me reconnaître comme un Arkonide.

Je la posai à l'endroit derrière lequel je supposais la présence de la serrure. La porte ainsi que le revêtement d'écorce pivotèrent, et une lumière s'alluma. Devant moi, des escaliers en colimaçon s'enfonçaient dans le sol. Cette station ne semblait pas disposer d'ascenseur. Je jubilai intérieurement mais conservai toute ma prudence. Comme examinateur, j'aurais placé là une ultime difficulté, juste avant l'objectif. J'atteignis l'entrée d'un couloir. La station radio devait se situer au-delà. Les nerfs tendus, je patientai. Rien ne bougeait.

Puis la solution m'apparut. On était monstrueusement retors ! Il n'existait plus d'obstacle dangereux par ici, mais on s'attendait à une réaction pertinente des élèves. Par prudence, ils pouvaient perdre trop de temps à quelques pas du but. C'était ça, le piège. À l'extérieur, le crépuscule tombait. Je ne devais pas gaspiller une seule millitonta à des mesures de précaution inutiles. Je me précipitai vers l'émetteur, activai les appareils et pressai la touche d'appel. Le grand écran s'illumina aussitôt et le visage connu d'un instructeur du Faehrl se dessina. Bizarre… Pourquoi n'avait-il plus de cheveux ? Il me regardait d'un air extrêmement renfrogné. Puis je remarquai quelques grosses cloques. Se serait-il tenu près de l'arbre sur lequel j'avais tiré ?

— Épreuve terminée, le temps imparti a été respecté, fit sa voix. Rendez-vous dans la salle du transmetteur et utilisez-le. Vous ressortirez à l'École Faehrl. Me permettez-vous une observation personnelle, hertaso Macolon ?

— Mais volontiers, Zhdopan !

— Après avoir remarqué le mouvement derrière l'arbre dissimulant le générateur, vous auriez pu attendre quelques instant avant de tirer !

— Oh, c'était vous, Zhdopan ? Vous me voyez navré. Je vous avais pris pour un Maahk hostile. Comme ma mission m'ordonnait, quelles que soient les circonstances et par tous les moyens…

— Mille mercis pour l'explication. Allez-y, maintenant ! L'hertaso Tirako Gamno est déjà arrivé au Faehrl. Ne vous faites plus de soucis ! Terminé.

CHAPITRE V

FARTULOON, LE CHIRURGIEN IMPÉRIAL

Déjà, dans le lointain passé d'Arkonis, on considérait la famille Gnozal comme l'une des plus importantes : ce kha-surn reçut très rapidement l'honneur d'un Grand Calice, d'ordinaire destiné à la haute noblesse. Les Gnozal fourni-rent quelques amiraux, sheonis et hauts fonctionnaires mais, bien que membres de la famille princière, durent attendre 6255 da Ark pour donner un empereur : cent-sixième souverain à monter sur le Trône de Cristal, celui-ci prit la succession de Robal V. Aimant trop sa femme – ou croyant l'aimer –, ce dernier avait abattu un amiral par jalousie et il fut condamné à mort. Il réussit toutefois à prendre la fuite. À cette époque, les Gnozal occupaient suffisamment de positions influentes au Grand Conseil pour le remplacer par un des leurs.

Mesdon da Gnozal, le vieux primat du khasurn, s'ap-pela dès lors Gnozal I. Il disparut dans une hyper-tempête sans laisser de traces après seulement trois ans de règne. Son fils aîné Mylar, âgé déjà de cinquante-huit ans, accéda en 6258 da Ark au Trône de Cristal et gouverna le Taï Ark'Tussan en tant que Gnozal II jusqu'à sa mort en 6295.

Mapoc da Gnozal, totalisant neuf mariages, resta au pouvoir quarante-sept ans sous le nom de Gnozal III ; il fut l'initiateur du projet de synchronisation des trois mondes d'Arkonis, plus tard appelé Tiga Ranton – les Trois-Planètes. Celles-ci, Arkonis I, II et III forment depuis lors un triangle équilatéral orbitant autour du soleil tutélaire.

Ce fut alors un phénomène à ce point extraordinaire qu'il servit à l'autoglorification de Gnozal III et que sa genèse devint un des principaux secrets d'État. Les véritables mobiles ont toujours été connus du cercle des Gnozal, ce qui assurait la toute-puissance à leur khasurn, mais ils ne l'utilisèrent jamais pour leur profit personnel.

Gnozal IV – né Maspron da Gnozal – ne régna que peu de temps : couronné en 6342 da Ark, il fut assassiné trois ans plus tard. L'héritier et quelques princes Gnozal trouvèrent aussi la mort à cette occasion. On ne put jamais éclaircir dans quelle mesure le khasurn Metzat, qui accéda à la dignité suprême en 6345, avait pris part au complot. Toujours est-il que les Gnozal passèrent au second plan pour presque quatre mille ans.

L'un d'eux ne monta de nouveau sur le Trône de Cristal qu'en 10386 da Ark : Mascar da Gnozal, le cinquième dans la série. Nommé par le Grand Conseil, il succéda à Arthamin I, celui-ci n'ayant pas eu d'héritier. Gnozal V, l'arrière-grand-père d'Atlan, demeura au pouvoir durant trente-deux ans avant de décéder de mort naturelle.

Mallacen da Gnozal fut empereur jusqu'en 10446 da Ark. Le grand-père d'Atlan, Gnozal VI, eut trois femmes : Klyna da Quertamagin, la mère du Prince de Cristal Mascudar, qui mourut peu après sa naissance en 10423 ; Moryty da Zoltral, qui mit au monde Upoc en 10429 da Ark – mais son implication dans une intrigue de cour entraîna l'annulation du mariage, excluant ainsi l'enfant de la ligne successorale ; et finalement Ashlea da Orbanaschol. Celle-ci donna naissance en 10439 à Veloz, qui se fit toutefois dès sa jeunesse appeler Orbanaschol et fut largement influencé par sa mère aussi autoritaire qu'obsédée par le pouvoir.

Le père d'Atlan, Mascudar da Gñozal, gouverna sous le nom de Gnozal VII de 10446 à 10483 da Ark. Sa femme et impératrice Yagthara, née Agh'Hay-Boor, de dix ans plus jeune que son époux, trouva la mort le 35 prago de dryfan

*10479. Son enfant, le Gos'athor Mascaren da Gnozal —
appelé par elle « Atlan » en mémoire des Douze Héros —
était le successeur désigné du Zhdopanthi régnant sur le
Grand Empire des Arkonides. Ashlea da Orbanaschol
décéda en 10480 da Ark, de chagrin dit-on, son Veloz-
Orbanaschol chéri n'ayant plus aucune chance de devenir
empereur.*

*Le père d'Atlan mourut sur la planète Erskomir alors
que l'enfant avait quatre ans, le 17 prago de tarman
10483 da Ark. Pendant longtemps prima la « version officielle » d'un accident de chasse.*

*
** **

— Les instructeurs du Faehrl ne sont pas là pour se
faire tirer dessus par des élèves ! M'avez-vous compris ?
me cria l'amiral de deuxième classe Tormanac, que nous
appelions « le Téméraire ». À quoi pensiez-vous ?

— À rien, Zhdopanda, si ce n'est au crépuscule qui
débute déjà, au temps gaspillé et à mon épuisement.

Tormanac da Bostich, tiga'sheonis, était président du
Petit Cercle et directeur de l'École Faehrl de Largamenia.
Avant de perdre ses jambes lors d'une bataille spatiale, il
avait été commandeur suprême de la flotte du Grand
Empire. Deux semaines planétaires après les événements
dans la coupole d'énergie et juste une tonta avant la
remise – espérons ! – du plus grand honneur qu'on puisse
accorder à un jeune Arkonide, il m'avait fait appeler.

Il passa à côté de moi sans s'arrêter, maugréant à voix
basse mais avec insistance. Arrivé devant la porte, il se
retourna. Je portai mes yeux sur un visage sillonné
de rides, marqué par de nombreux coups du sort. Personne
ne connaissait avec précision les raisons de son départ du
service actif. On racontait cependant que l'Empereur ne
l'appréciait pas trop. Certains, qui se tenaient pour particulièrement bien informés, disaient même qu'Orbana-

schol avait craint une révolte de la flotte sous les ordres de Tormanac.

Il renvoya avec des paroles sèches son conseiller personnel, debout au fond de la grande salle officielle, et pivota finalement vers moi.

— Écoutez-moi, jeune homme, je viens de parler avec votre père, le digne et méritant scientifique Tanictrop. Votre comportement l'a surpris ! Si j'avais été informé plus tôt de l'incident, vous auriez subi une nouvelle épreuve. Est-ce clair ?

Je m'offusquai. Il n'en avait pas le droit. Je n'avais pas demandé à cet instructeur imprudent de se placer dans ma ligne de mire.

— Non, Zhdopanda ! Je rejette avec véhémence votre affirmation. Il ne vous appartient pas de me condamner. Je m'excuse, mais cela devait être dit.

— L'hertaso a ses propres idées, apparemment...

N'avait-il pas souri ?

— Exactement, Zhdopan. J'accorde la priorité au terme souvent galvaudé de *justice*. Je m'étais attendu à être respecté, du moins ici, dans un institut de formation de l'Empire.

— Ne devenez pas trop acerbe, jeune homme. Cela suffit. Votre père a lui aussi montré de l'irritation.

Il s'approcha d'un coffre-fort énergétique et en retira une longue enveloppe.

— Ce n'est pas mon rôle de vous poser des questions – mais est-ce l'habitude, dans votre famille, d'envoyer des messages et des salutations sous une forme aussi démodée ? Il existe des micro-enregistreurs et des cristaux mémoriels !

— C'est bien l'usage, le contrai-je, me tenant sur mes gardes. Je vous remercie, Zhdopanda.

Il sourit de nouveau. *Qu'est-ce que cela veut dire ?* Ce n'était pas un comportement normal pour un homme comme Tormanac.

— Lisez la lettre ! Ici, en ma présence. Peut-être aurez-vous besoin de quelques explications.

Une sorte de cloche d'alarme peut-elle résonner à l'intérieur du subconscient d'un Arkonide ? En tout cas, j'en avais l'impression. Ma main se porta instinctivement à la hanche droite, où pendait d'ordinaire mon arme de service.

— Vous n'avez pas de Luccott aujourd'hui ! dit Tormanac d'un ton étrange. Il ne s'accorde pas avec l'uniforme d'apparat. Lisez-la !

Je sentais à présent qu'aucun danger direct n'émanait de lui. Il insista :

— Mais lisez-la donc !

Je déchirai l'enveloppe. Le message ne venait pas de l'honorable scientifique Tanictrop, dont j'avais l'honneur provisoire d'être le « fils », mais de mon mentor, Fartuloon. Il semblait l'avoir rédigé en toute hâte :

« L'amiral Tormanac est un ami fidèle et fiable. Il est au courant pour toi. Ta situation vire au critique. Les honneurs qui t'attendent et la cérémonie de consécration vont te placer sous les projecteurs du public. Nous nous approchons de la tonta la plus périlleuse de ta vie. Il est possible que des personnes dont je n'ai pas la moindre idée mais qui connaissent très bien l'officier décédé Macolon, conçoivent des soupçons lors de la retransmission de l'événement. Ton aspect physique a été modifié pour que tu lui ressembles mais nous craignons que quelqu'un ayant assisté à sa mort s'étonne fort de le voir soudain resurgir sur des images diffusées à travers tout l'Empire. Sois prudent ! Je vais essayer d'éloigner de toi tout danger. Fais confiance à Tormanac ! Ton éducateur et patient instructeur, Fartuloon. »

Je n'en revenais pas. Je me doutais depuis longtemps que le Carabin disposait de contacts importants, mais jamais je n'aurais escompté l'appui d'hommes du rang de Tormanac. D'un autre côté, Sofgart l'aveugle nous avait annoncé sur Gortavor que Fartuloon était jadis le médecin personnel de l'empereur Gnozal VII. Ses relations dataient-elles de cette époque ?

— Et maintenant ? fit le De-Keon'athor, tranchant le fil de mes réflexions. Vous êtes-vous décidé ?

— Vous êtes informé du contenu de cette lettre ? me renseignai-je par mesure de précaution. Vous me voyez surpris, Zhdopanda. Qu'y a-t-il à faire ?

Il regarda de nouveau l'heure.

— Beaucoup de choses, et pourtant si peu ! Attendre, d'abord. Vos ennemis sont partout. Je me réjouis, Atlan, de faire officiellement votre connaissance.

J'inclinai la tête, surpris par cette formulation un peu trop solennelle. Qu'est-ce que cela voulait dire ?

— Vous avez bien réagi à mon reproche concernant l'instructeur. Vous ne m'avez pas déçu car c'était cela que j'escomptais. La phase la plus difficile et la plus dangereuse pour vous commencera à l'instant où vous entrerez dans la salle d'activation et...

— J'ai réussi ? l'interrompis-je, le souffle coupé.

— Bien sûr, dès la première épreuve. Vous n'auriez pas eu besoin d'accomplir les deux missions suivantes. Elles vous ont rapporté plus de dix mille points. Je brise une loi traditionnelle du Faehrl de Largamenia en vous en informant. Mais j'ai des raisons particulières.

— M'avez-vous accordé un traitement de faveur lors des épreuves ? Dans ce cas, je me vois contraint de refuser l'Ark Summia, Zhdopanda.

Il poussa un profond soupir. Il semblait intérieurement soulagé.

— Je m'étais attendu à cette question ! Vous me faites honneur, Atlan ! Soyez certain de ma fidélité inaliénable.

— Fidélité ? répétai-je, confus. Zhdopanda, on témoigne uniquement de la fidélité envers des amis, de hautes personnalités et...

— Taisez-vous, je vous en conjure ! me jeta-t-il. Vous allez encore devoir passer les dernières tontas sans être dans le secret. Nous avons de bonnes raisons pour cela.

Mais en ce qui concerne votre question : non, vous n'avez pas été privilégié ! Je voulais voir à l'œuvre le jeune homme à qui j'offrais ma confiance, sans trop m'en approcher. Vous pouvez même me remercier personnellement pour l'attaque du serpent dans le glisseur blindé ! Elle ne figurait pas au programme initial. J'ai été pour cela fortement critiqué par les membres du Petit Cercle. Renseignez-vous si vous n'accordez aucune foi à ma déclaration.

Je me sentais soulagé. Cet homme avait bien trop d'honneur pour entreprendre une quelconque manipulation en ma faveur. Il n'y serait de toute façon pas parvenu à cause des robots observateurs.

— Je vous crois, Zhdopanda.

— Merci. Vous me soulagez d'un lourd fardeau. Maintenant, il s'agit de vous protéger dans la dernière phase. Durant l'activation de votre secteur logique, aussi appelé cerveau-second, vous serez sans défense. La procédure ne doit en aucun cas être interrompue. Vous savez qu'un deuxième essai n'est pas possible. Les lois paraphysiques l'interdisent. Votre encéphale serait irrémédiablement détruit.

— Je suis au courant, amiral.

— Bien. Attendez !

Il s'approcha de nouveau du coffre-fort énergétique et en retira une arme singulière, fine et plate.

— Voici ce qu'on appelle un Luccott-coudière, tel que les commandos spéciaux de la défense spatiale stratégique en utilisaient jadis. Il est assez ancien mais fonctionne impeccablement. Il se porte à l'avant-bras gauche, caché par les vêtements. J'espère que vous savez tirer de cette main !

Deux crochets métalliques étaient fixés sur un curieux appareil en forme de tige. C'était un canon très court et télescopique qui se divisait en plusieurs segments. À l'extrémité, un cordon de l'épaisseur d'un cheveu faisait penser à un fil électrique.

— Bien sûr, Zhdopanda. Je suis aussi habile de la gauche que de la droite.

— Une chance ! Le système de déclenchement est très sensible. Si vous deviez fixer cet accessoire à l'avant-bras droit, une activation intempestive serait à craindre lors de salutations ou de manipulations de toutes sortes.

— Le canon se déploierait alors ?

— Oui. Or, cette arme est rapide et mortelle. Le fil de contact sera collé à votre paume. Dès que vous touchez l'émetteur d'impulsions couleur chair connecté à son extrémité, le canon jaillit hors de la manche. Une fois qu'il est déployé, le coup part sans autre intervention. Tout ceci repose sur un mécanisme à ressort. Vous devez donc viser au préalable votre cible. Assurez-vous de ne pas porter de veste serrée. Croyez-vous pouvoir maîtriser cet engin sans essais préliminaires ?

Je me sentais de plus en plus nerveux. Si je me montrais quelque peu maladroit, de graves accidents pouvaient se produire.

— Ne pourrais-je pas en avoir une d'un autre type, Zhdopanda ?

— En aucun cas, refusa-t-il. On la repérerait immanquablement. Durant l'activation, vous n'aurez de toute façon que des vêtements amples. Vos bras seront cependant couverts. Jusqu'où, croyez-vous, peut-on faire confiance à Tirako Gamno ?

— Il serait prêt à se sacrifier pour moi, et moi pour lui.

— Nous le savons. Il s'est précipité dans le transmetteur-piège pour vous aider. Bien, essayez de gagner son silence total. Trouvez une raison plausible ! Vous partagez le même logement ?

— C'est là que nous nous sommes connus et appréciés, amiral. Nous dormons dans des pièces séparées, mais le séjour et le bureau sont communs.

— Nous devons tenter le coup. Vous pourrez difficilement lui cacher le Luccott. C'est un observateur avisé. Ici, à gauche de la chambre, se trouve la sécurité. Vous ne devez l'enclencher que si vous n'avez pas du tout besoin du canon d'avant-bras. Sinon, laissez-la désarmée et gardez-vous de toucher le contact par inadvertance ! Cela peut se produire, et se produira, si vous repliez votre index ou votre annulaire. En cas de danger, utilisez les deux doigts ensemble par précaution. Maintenant, ouvrez le haut de votre uniforme !

Il me posa rapidement l'arme. Elle s'adaptait juste à mon avant-bras, les crochets l'assujettissant fermement. Le circuit de mise à feu fut déroulé jusqu'à ma main et aspergé d'une pulvérisation tissulaire biosynthétique de couleur chair, rendant ainsi le fil invisible. Le bouton de tir ne méritait en rien cette appellation. Il se présentait comme une minuscule excroissance dans le creux de la main. Même moi, je pouvais à peine le voir.

— Mettez la sécurité et faites des essais ! ordonna l'amiral. Mais vite ! N'oubliez pas qu'à l'instant de l'activation le poignet doit se tordre vers l'extérieur, sinon le canon pointera sur votre paume. Vous devez en quelque sorte *lancer* le tir, sans avoir le temps de viser à cause de la rapidité de l'automatisme.

J'effectuai plusieurs tests. Le processus me fascinait. Après m'être rhabillé, je fis jaillir le canon de la manche de ma combinaison. L'orifice se situait juste à hauteur de l'extrémité de mes doigts. Mes progrès furent prompts, puis je pris enfin congé de cet homme singulier qui me scrutait avec inquiétude. Non, je ne m'étais pas attendu à de tels alliés. *Mais quels sont donc les autres amis de Fartuloon ?*

Les hertasones et les spectateurs se pressaient dans la Salle de la Vérité. Trois cent quarante-deux jeunes hommes s'étaient portés candidats pour l'Ark Summia. Sept d'entre eux avaient disparu à jamais – victimes d'accidents mortels lors des rudes épreuves. Rien d'étonnant, quand je repensais aux trois miennes ! La deuxième avait consisté à accoster un petit astronef avarié. Je m'étais posé sur Largamenia, mes réserves d'oxygène quasiment épuisées, après avoir réparé le bloc-propulsion endommagé par un esprit vraiment retors. Pour la troisième mission, mon rôle avait été de sauver un équipage désemparé sur un monde d'hydrogène et d'ammoniac, simulé sous une coupole d'énergie.

Tirako Gamno avait abandonné prématurément à quatre reprises, réussissant la cinquième mission, un jeu d'échecs tridimensionnel. Mais nous savions tous qu'il ne pourrait jamais obtenir les dix mille points nécessaires.

Loin devant nous, les trente-neuf membres du Petit Cercle étaient assis sur une estrade supportée par des champs antigrav. Tormanac présidait. Il avait honoré les morts et à plusieurs reprises insisté sur la haute signification de l'Ark Summia. Un silence impressionnant régnait dans la Salle de la Vérité, la plus grande du gigantesque institut.

Nous, les hertasones, vainqueurs ou non, avions pris place avec raideur sur les chaises pliantes inconfortables servant aussi pour les cours, et nous affichions la discipline qu'on nous avait inculquée. J'étais certain que parmi les trois cent trente-cinq survivants, nul ne savait exactement s'il avait réussi ou non – moi excepté. C'était toutefois un honneur douteux que m'avait accordé Tormanac. Chacun des Arkonides ici présents connaissait son identité personnelle, son origine et le nom de ses parents. En ce qui me concernait, je n'en avais même pas la moindre idée. Je sentis sous mon avant-bras gauche la pression de l'arme étrange. L'attention de Tirako Gamno fut naturellement attirée par le mouvement traître de ma main. *Je dois mieux me maîtriser. Inutile de me tâter sans arrêt ; l'engin de mort ne doit être montré en aucun cas !*

Les parents des candidats, placés dans une loge dégravitée flottant au-dessus de nos têtes, suivaient la cérémonie annuelle avec la même concentration que nous.

Combien d'espoirs sur l'avenir de leur progéniture se volatiliseraient irrévocablement dans quelques décitontas ? La maîtrise de soi de tous ces Arkonides m'impressionnait et me déprimait. Ils prendraient connaissance de l'échec de leurs fils sans se départir de leur calme. On ne pourrait alors que supposer leurs véritables sentiments.

Pourquoi ces seigneurs influents n'en recherchaient-ils pas la faute dans leur propre ambition brûlante ? Pourquoi un jeune homme comme Tirako devait-il voir la mort en face avant de finalement échouer ? Ses parents étaient trop intelligents pour ne pas avoir détecté depuis longtemps ses faiblesses. L'unique raison pour laquelle ils l'avaient inscrit était de pouvoir plus tard affirmer que leur fils avait au moins participé à l'Ark Summia. Je connaissais parfaitement son opinion, il n'était pas enthousiasmé. En dehors de moi, il était probablement le seul Arkonide dans cette salle attendant avec sérénité la déclaration du Petit Cercle.

Les noms des candidats s'affichèrent en une suite rapide sur un tableau lumineux. Il faisait partie de la tradition d'honorer le comportement des hertasones durant les épreuves. C'était là que commençait le grand mensonge. Nous restâmes assis des tontas entières sur nos sièges à écouter les éloges. Je compris pourquoi les instaurateurs de l'Ark Summia avaient mis au point une évaluation complètement robotisée. Si on avait laissé le jugement à des Arkonides, le jeu des manipulations aurait dégénéré sans fin.

Mon impatience croissait. Les caméras flottantes de l'holovidéo du Grand Empire avaient déjà pris plus d'une fois mon visage en gros plan. L'avertissement de Fartuloon me revint à l'esprit. Inconsciemment, je tâtai de nouveau le Luccott-coudière. La main de Tirako se posa sur mon genou et je le regardai. Il secoua la tête de façon presque imperceptible. Je recouvrai mon sang-froid. Finalement, mon nom apparut sur le tableau lumineux. Dès lors, le péril devenait extrême. Si des observateurs bien informés ne m'avaient pas encore prêté attention, cela n'allait pas durer.

Macolon, fils de l'honorable Tanictrop, lus-je, *ancien commandant du croiseur lourd* Argosso, *en disponibilité de la flotte pour l'obtention de l'Ark Summia.*

Je me levai ainsi que le prescrivait le règlement. Deux caméras glissèrent vers moi. Maintenant, je devais être vu sur quelques cent milliards de récepteurs holovidéo à travers tout l'Empire. La diffusion se faisait par le biais d'hyperondes. Des milliers de planètes colonisées assistaient à la cérémonie en direct.

— Avancez-vous, hertaso Macolon, m'ordonna-t-on solennellement.

En cet instant, avoir passé avec succès l'Ark Summia m'importait peu. Je ne pensais qu'aux dangers qui me guettaient. Combien de fois dans ma vie avais-je été poursuivi sans en connaître les raisons ? Maintenant, cette traque indigne semblait avoir atteint son paroxysme. Tel un automate, je remontai la longue série de sièges. Je remarquai un mouvement dans la loge. On savait que le premier hertaso gratifié de la mention « examen réussi » avait été appelé.

Je vécus comme dans un rêve la cérémonie qui suivit. On me remit un diplôme à l'ancienne, fabriqué spécialement à cet usage, avec la liste de mes services. Qu'avais-je vraiment fait pour mériter l'activation de mon cerveau-second ? Je m'étais efforcé de penser avec logique et de tirer à toute vitesse en cas de danger. Et alors ? Un jeune homme tel que Tirako Gamno n'était-il pas dix fois plus doué que moi ?

Je tournai la tête, comme pour rechercher de l'aide, et je l'aperçus. Il m'adressa un signe, un geste formellement interdit en ce jour. Normalement, on aurait dû le réprimander pour un tel comportement. Je retrouvai mon calme intérieur. Patiemment, je laissai passer le discours du président à mon sujet.

— ... avez, hertaso Macolon, non seulement atteint le

nombre total minimum de points requis dès votre première épreuve mais aussi obtenu le niveau le plus élevé possible lors des deux autres missions. Permettez-nous de vous adresser, ainsi qu'à votre honorable père, toute la reconnaissance du Petit Cercle. Vous, le hertaso aux meilleurs résultats, nous avons décidé de vous envoyer en priorité dans la clinique d'activation paraphysique. Au nom du peuple arkonide, du Taï Ark'Tussan et de Sa Grandeur Omnisciente aux Mille Yeux Vigilants, Orbanaschol le Troisième d'Arkonis, nous vous félicitons. Nous vous souhaitons bonheur et succès pour le reste de votre vie qui doit se consacrer au Grand Empire. S'il vous plaît, prenez place !

Je m'assis sur un des fauteuils somptueux installés devant l'estrade. Disposés en arc de cercle, on les réservait uniquement aux candidats s'étant montré dignes de la grande distinction. Huit autres élèves furent appelés après moi. Ainsi, seuls neuf postulants sur trois cent quarante-deux avaient réussi. C'était impressionnant. Je me tournai de nouveau vers Tirako. Il me sourit, ravi de mon succès.

Je vécus le reste de la cérémonie dans la peur et l'incertitude. Les holo-caméras suivaient naturellement les hertasones à qui l'activation était désormais garantie. Fartuloon semblait avoir prévu la gêne que je ressentais. *La gêne... est-ce vraiment le bon terme ? Je le ne crois pas.*

Six heures, temps planétaire de Largamenia. Nous étions le 17 prago de messon 10497 *da Ark*, pour moi une année décisive.

J'avais trouvé une raison que je jugeais plausible pour expliquer à Tirako Gamno la présence du Luccott-coudière, n'ayant pu le lui cacher pendant les festivités. Je lui avais parlé d'ennemis acharnés de ma famille et de quelques membres d'équipage du vieil *Argosso* qui désiraient se venger de moi. Je n'avais pas non plus omis de lui rappeler ce qui l'avait déjà rendu méfiant, à savoir l'officier de garde en second à bord du croiseur, Tschetrum.

Il écouta mon explication avec patience, mais sans la gober. Finalement, il me sourit et demanda de quelle façon il pouvait m'aider. Son départ de Largamenia, sur les ordres de ses parents, était prévu pour le surlendemain. Au début, il devait nous quitter de suite mais il avait pu persuader son père que son fidèle ami, à savoir moi, le réclamait encore quelque temps. L'honorable Teftenik Gamno avait accepté, se disant fort probablement que si son fils fréquentait un titulaire de l'Ark Summia, ce ne pouvait pas lui faire de mal.

— Vas-y à nouveau ! me demanda Tirako.

Je portais le large vêtement blanc en usage depuis des millénaires lors de l'activation cérébrale. Il permettait au corps de se sentir libre, sans être comprimé. Je soulevai le bras gauche et voulus, du bout des doigts, toucher le déclencheur placé dans ma paume.

— Halte, pas de cette façon ! ordonna mon ami. Tu es pourtant habile ! Pourquoi une telle crispation ? Tu ne dois pas redresser ton bras comme si tu saluais, mais brusquement tout en appuyant sur la détente. La salve énergétique doit fuser dès que ta main indique la cible.

J'essayai de nouveau. La sécurité était bien sûr mise.

— C'est mieux, me félicita Tirako. Encore un coup, s'il te plaît !

Cette fois, je dirigeai la main vers le haut. Mon but imaginaire était une corbeille de fleurs posée sur la table à manger, au fond de notre appartement commun. Gagné ! En cas de danger, j'aurais probablement fait mouche.

— Bien. Maintenant, il ne reste plus qu'à espérer que tu rencontres vraiment tes méchants ennemis !

Il rit doucement. Je me traitai d'idiot. Comment avais-je pu m'imaginer pouvoir tromper ce jeune homme si malin ? Il me regarda, une prière dans ses yeux. Un instant, je fus près de lui révéler toute la vérité.

Puis j'y renonçai pour lui demander plutôt :

— Donne-moi encore quelques tontas, Tirako. Jusqu'à ce que je sois sorti de la clinique d'activation, pas plus.

— Je m'en doutais, affirma-t-il, serein. Tu peux compter sur moi, mon ami. Mais j'ai une dernière question. Je n'en ferai pas un drame si tu ne peux pas ou ne veux pas me répondre. Puis-je parler ?

J'acquiesçai.

— Que puis-je pour toi si les difficultés auxquelles tu t'attends manifestement se produisent durant le processus d'activation ? Il dure normalement entre trois et quatre tontas.

Il avait parfaitement compris ce qui me préoccupait. Je sortis de ma réserve.

— Comme tu vas porter ton uniforme habituel, tu dois aussi être armé. Sois donc mon protecteur ! Si quelqu'un en a après moi tandis que je suis étendu sans défense, alors…

Je m'interrompis, soudain conscient de la monstruosité de ma requête.

— Oui, et… ? s'enquit-il calmement. Continue, mon ami ! Ou bien t'es-tu imaginé que j'avais avalé ton histoire ? Un grand mystère t'entoure. Il est vraisemblablement encore plus épais et important que tu ne le subodores.

Je tranchai sans hésiter. Allant à l'encontre des règles de Fartuloon et de mon propre plan, je révélai en quelques mots à Tirako Gamno qui j'étais, ou plutôt qui je n'étais pas. À la fin, il connaissait mes soucis, mon conflit intérieur et tout ce qui m'avait préoccupé durant toute l'année. Je lui parlai aussi de la belle Farnathia. Je me sentais complètement vidé.

— Non, tu ne l'es pas, me rassura-t-il. Tu dois encore tenir le coup pour les tontas qui suivent. Il ne faut pas désespérer. Nous retrouverons un jour Farnathia, à qui tu tiens tant.

— Nous ?

Il hocha la tête.

— Oui, nous. Si tu me le permets, je resterai à ton

côté. Peut-être auras-tu besoin de moi. Mais maintenant, au travail ! La Haute Commission t'attend. Je serai ton serviteur d'honneur.

Il se retourna, se rendit dans la chambre et revint avec son arme à la ceinture.

J'hésitai, regrettant soudain mes aveux. N'en avais-je pas trop dit ? Il se doutait de mes réflexions. Son sourire apaisa ma méfiance. J'allai à la porte devant laquelle m'attendaient deux robots d'apparat, mon escorte.

— Tirako Gamno, mon serviteur d'honneur, annonçai-je en le présentant.

Les machines se mirent en route. Je les suivis, mon ami marchant derrière moi. À l'extérieur du bloc d'habitation, nous montâmes dans un glisseur qui nous amena auprès de l'un des magnifiques immeubles que nous avions observés plus d'une fois durant notre formation. Il s'agissait de la clinique d'activation paraphysique, un lieu entouré de mystères, un bâtiment comptant parmi les installations techniques les plus sécurisées du Grand Empire.

Le glisseur se posa et nous fûmes accueillis par une autre garde robotisée. Un sas spécial nous permit de traverser à pied les deux écrans énergétiques protecteurs – il n'existait pas de passage pour les véhicules aériens. Nous arrivâmes ainsi dans la chambre d'identification. De forme cylindrique, elle comprenait en plus d'un cerveau-robot de nombreuses armes défensives. Seules les personnes ayant été dûment autorisées pouvaient entrer. La procédure pénible s'éternisa. Mon Luccott-coudière fut repéré et accepté, tout comme l'arme de service de Tirako.

Puis l'immense et antique complexe de la clinique d'activation apparut enfin à nos regards. Ici travaillaient et étudiaient les meilleurs savants du Taï Ark'Tussan. L'Empire avait déjà investi des sommes faramineuses pour l'exploration de la « science contradictoire », comme l'appelait le célèbre paraphysicien Belzikaan. Les domaines de la parapsychologie et de la paraphysique tombaient sous le coup du premier niveau de secret militaire. Nous savions que les Maahks faisaient aussi des recherches dans cette direction.

Une garde d'honneur, composée de soldats de haute taille appartenant à une unité spatiale de débarquement, nous attendait. Je fus salué avec tous les égards, ce qui n'empêcha pas l'officier en chef de vérifier la plaque d'identité remise auparavant par le cerveau-robot. Tirako fut lui aussi examiné. L'accès à la clinique était enfin dégagé.

Je réfléchissais à la situation : l'amiral Tormanac s'était arrangé pour que je sois le premier postulant à l'Ark Summia à entrer. Je savais que les appareillages destinés à l'activation du secteur logique n'existaient qu'en un seul exemplaire. Il en allait de même pour les quatre autres mondes sur lesquels s'obtenait cette distinction. Cela signifiait pour moi un gain de temps considérable, qui pouvait se révéler vital. Si j'avais dû attendre le traitement toute la journée, les probabilités de réussite se seraient réduites à chaque instant.

Le nombre élevé de points que j'étais parvenu à collecter avait fourni à Tormanac une excellente raison pour me faire passer en premier. Du reste, cela s'accordait parfaitement avec la coutume en place, donnant la priorité au meilleur candidat. J'avais donc de bonnes chances, à condition que ma fausse identité ne soit pas démasquée plus vite que prévu. Si cela devait arriver, il fallait compter sur l'apparition soudaine des hommes de la police secrète de l'Empereur, lourdement armés. Et les commandos de chasse kralasènes de Sofgart l'aveugle ne tarderaient pas longtemps.

Une large salle s'ouvrit devant nous, révélant les membres du Petit Cercle au complet. Je regardai discrètement autour de moi et réprimai un juron à la vue des holocaméras flottant sur leurs champs antigrav. Tormanac n'avait naturellement pas pu annuler subitement la transmission directe attendue par des milliards de spectateurs. Il devait tolérer la présence des journalistes. Impatient, je laissai se dérouler le discours d'accueil me concernant. À la fin, on me précisa mes futurs devoirs avec les termes ampoulés de rigueur. Tout cela durait bien trop longtemps. Tormanac le savait aussi mais on ne pouvait rien y faire.

La question concluant le cérémonial fut enfin posée :

— Êtes-vous prêt, hertaso Macolon, à recevoir le grand honneur de l'Ark Summia et des avantages liés, de même que vous mettre à la disposition de Sa Grandeur Omnisciente aux Mille Yeux Vigilants, l'empereur Orbanaschol le Troisième ?

Je répondis par la formule prescrite :

— Ma vie pour Arkonis, Zhdopanda !

J'en avais terminé avec les discours formels. Maintenant, on allait passer à la pratique. Je vis Tormanac jeter un regard inquisiteur à Tirako Gamno, qu'un officier de la garde informait sur ses devoirs de serviteur d'honneur. Son rôle était de veiller aux procédures et d'intervenir au moindre soupçon de comportement incorrect. Il aurait par la suite à s'assurer que rien ne manquerait à mon bien-être physique. Les bénéficiaires de l'Ark Summia chargeaient systématiquement leurs amis les plus fidèles de cette tâche. Tirako fut accepté sans discuter. Je poussai un profond soupir de soulagement.

Tormanac me conduisit à travers plusieurs salles avant de s'arrêter devant un panneau d'arkonite d'un mètre d'épaisseur, sécurisé par deux champs d'énergie mortels.

Il trouva l'occasion de me chuchoter quelques mots :

— Attention ! Certains indices laissent à penser que vous avez été reconnu comme imposteur. Nous avons déjà dû intercepter deux membres d'équipage de l'*Argosso*. Selon leurs propos, il existe d'autres témoins pouvant confirmer la mort de Macolon. Dont un opérateur hypercom qui était en contact avec lui à l'instant de son décès. Il est introuvable. Ôtez la sécurité de votre Luccott-coudière !

Je sentis une sueur froide me dégouliner dans le dos. Le pire s'était produit !

— Informez-en Tirako ! lui murmurai-je rapidement en retour. Je lui ai tout raconté. Je n'avais pas le choix.

Notre échange se termina ainsi alors que des scientifiques en combinaisons blanches faisaient leur apparition. Ils désactivèrent les écrans protecteurs et ouvrirent le vantail blindé. Je distinguai au-delà l'antichambre, équipée d'un système de défense automatique. Un mur d'images donnait un aperçu de la pièce abritant les appareils d'activation. L'amiral Tormanac et les autres membres du Petit Cercle s'éloignèrent une fois que l'on m'eut étendu sur une large couchette. Tirako se posta derrière un écran anti-radiations transparent qui lui permettrait de repérer tout mouvement. Il ne restait que lui, dans cette grande salle, à connaître mon secret et les dangers qui me menaçaient.

Au-dessus de ma tête, maintenue en place par de larges pinces, pendait un casque métallique se terminant en cône. Des câbles électriques en sortaient. Je n'avais pas le droit de bouger, et de toute façon cela m'était impossible. Mon crâne devait conserver la position que les scientifiques lui avaient donnée au départ. Un fin faisceau de lumière marquait le secteur à l'intérieur duquel agirait l'hyper-rayonnement. La cloche d'activation – tel était son nom – fonctionnait sur un autre principe que les systèmes classiques d'hypno-indoctrination. Elle ne transmettait *aucun* savoir au subconscient ni aux secteurs mémoriels plus ou moins indépendants de la volonté. Son rôle consistait à réveiller les zones cérébrales en jachère chez la plupart des Arkonides en les inondant d'énergie quintidimensionnelle. Dans le cas de l'Ark Summia, cela ne se traduisait pas par l'augmentation de la réceptivité aux stimuli extérieurs de toutes sortes mais par l'excitation de cette région, jusque-là inutilisée, au moyen d'hyperimpulsions.

Nos parascientifiques savaient déjà depuis des millénaires que cette partie de l'encéphale, celle qu'on appelait le secteur logique ou cerveau-second, « opérait » jadis indépendamment. On lui devait des facultés comme l'instinct animal, la possibilité de deviner le temps qu'il allait faire, la voyance, le sens inné du danger. C'était aussi le cas pour la résolution de certains problèmes, uniquement basée sur un processus logique inconscient quand les informations disponibles se révélaient insuffisantes. Ces capacités perdues ne pouvaient plus être régénérées, à quelques exceptions près, en particulier l'aptitude à appréhender rationnellement n'importe quel phénomène.

Les experts affirmaient qu'à l'origine, ce don avait été le plus précieux. Nous lui devions probablement notre ascension de l'âge de pierre vers la haute technologie. La théorie était certes discutable, néanmoins il ne subsistait aucun doute quant à la présence d'un secteur cérébral en jachère. Les détenteurs de l'Ark Summia le prouvaient. Les Arkonides pouvant faire appel à cette partie activée se montraient de loin supérieurs à leurs contemporains.

Ils comprenaient et saisissaient des événements de toute sorte bien plus rapidement que les autres. Ainsi, par exemple, des scientifiques pourvus d'un secteur logique affichaient plus de réussites que leurs collègues « normaux ». Les commandeurs de la flotte bénéficiant du même avantage calculaient plus vite et plus juste.

Je mesurais parfaitement pourquoi Fartuloon accordait tant d'importance à l'éveil de mon cerveau-second. Mais dans quel but ? Comment moi, constamment poursuivi, pourrais-je jamais me trouver en situation de faire appel à ce magnifique don ? Comment devenir un scientifique, économiste ou politicien connu alors qu'un homme de l'intelligence de Fartuloon se donnait le plus grand mal pour me protéger des dogues d'Orbanaschol ? Quelque chose, dans son comportement, me paraissait illogique. J'avais seulement pu réfréner mon mécontentement croissant parce que mon instinct me conseillait de patienter. Fartuloon n'était pas du nombre des Arkonides qui agissaient sans raison !

Je reposai ainsi près de quatre tontas sur cette couchette. Je n'entendais rien, en dehors d'un bourdonnement constant et du murmure occasionnel des scientifiques au travail. Nous, les hertasones, nous étions fait les idées les plus folles sur le processus d'activation, les véritables initiés se contentant de rire. Je m'étais attendu à une soudaine explosion d'énergie psychique jusque-là inconnue, au retentissement de voix irréelles et de douces musiques. Rien de semblable ne se produisait. Ce qu'irradiait la cloche d'activation était inaudible, imperceptible et invisible. *Ce qu'on a pu parler de ce secteur logique ! Par Arkonis ! À quel point en avons-nous rêvé !*

Alors que je croyais devenir un géant mental au bout de quelques tontas, capable de résoudre de tête des problèmes mathématiques pour lesquels on sollicite d'ordinaire un cerveau positronique, je réalisai que je m'étais largement trompé. Je me sentais déçu, profondément déçu. Quelque chose, peu importe quoi, aurait au moins pu se passer ; ne serait-ce que pour prouver que ça marchait. En roulant au maximum les yeux dans les orbites, au point de me faire mal, je pouvais voir Tirako. Il se tenait toujours derrière la protection anti-radiations.

Et ce fut fini. Les scientifiques apparurent dans mon champ de vision limité. Le bourdonnement s'estompa, le grand casque en forme de cloche pivota sur le côté. On défit les pinces de métal qui enserraient mon crâne et on me redressa avec précaution. Quelqu'un avait fait coulisser la porte avant même que je puisse poser une question. Le traitement était terminé.

— Comment vous sentez-vous, Zhdopanda ? Malaises, troubles de l'équilibre ? Votre vision est en ordre ?

Oh, on s'adresse déjà à moi avec les honneurs ? Oui, je me sentais bien, et je le leur dis.

— Étonnant, me félicita quelqu'un. Rares sont les cas, dans la longue histoire de l'Ark Summia, où…

Surpris par un bruit extérieur, le scientifique, un paraphysicien, s'interrompit. Tirako et moi avions nous aussi perçu la forte voix. C'était celle de l'amiral Tormanac. Il commençait même à crier. Puis un tir retentit, le fracas nettement reconnaissable d'un éclair énergétique.

— Personne n'entre dans la salle d'activation ! l'entendis-je hurler. Je vais faire usage de mes droits si vous ne présentez pas vos attestations. La police impériale…

Cela me suffisait. Tormanac voulait me prévenir, car jamais il ne s'était exprimé aussi haut.

Tirako agit étonnamment vite. Il savait aussi bien que moi que nous ne pouvions plus fuir par la porte en acier. Les chasseurs du Tu-Gol-Cel, la police politique secrète de l'Empereur, se tenaient devant. Ces hommes disposaient de toutes les habilitations, même une personnalité comme Tormanac ne pouvait leur résister longtemps.

— Où est la sortie de derrière ? demanda sèchement mon ami aux scientifiques, l'arme à la main. Non, pas de question, ceci est un attentat ! Par où êtes-vous arrivés ?

Je n'attendis pas la réponse des spécialistes confus, mais courus en direction de l'assistant qui avait ouvert avec empressement. La galerie de sécurité, avec ses armes défensives, me faisait face. Je repoussai le vieil homme de côté et appuyai sur le bouton de fermeture. Tandis que le panneau d'un mètre d'épaisseur pivotait lentement, j'aperçus les agents qui cherchaient à entrer. Ils étaient réputés et redoutés pour leur comportement dépourvu de tout scrupule et leurs méthodes d'interrogatoire aux techniques perfectionnées. Depuis qu'Orbanaschol III était au pouvoir, le Tu-Gol-Cel avait reçu carte blanche.

Je revins rapidement en arrière, tirant avec moi le vieillard qui se débattait, et levai le bras gauche vers le haut. Deux de mes doigts touchèrent le bouton de mise à feu. Le canon du Luccott-coudière jaillit hors de la large manche et le coup partit aussitôt. Il fit mouche ! Le rayon d'énergie frappa de plein fouet le dispositif d'ouverture de la porte blindée, provoquant une détonation. Les scientifiques se jetèrent à l'abri en hurlant. Le Tu-Gol-Cel était arrivé quelques millitontas trop tard. Tormanac avait vraisemblablement retenu le chef du commando aussi longtemps que possible.

— La deuxième sortie se trouve à droite derrière le pupitre de contrôle ! criai-je à mon ami.

Sa réaction fut extrêmement vive. Il ouvrit d'un coup sec et jeta un œil tandis que je traversais la grande salle en courant. Des rafales d'armes puissantes retentissaient derrière le panneau que j'avais refermé. Venir à bout d'une bonne épaisseur d'arkonite nécessitait de sérieux efforts. Ce matériau ne fondait pas aussi vite que ça. Je franchis le seuil au-delà duquel s'étendait un couloir.

— Par où ? jeta Tirako. Tu es conscient, je pense, que nous ne pouvons plus nous sortir de ce piège, à moins que quelqu'un ait implanté ici des forces pour nous aider.

Je l'espérais aussi. Avec un peu plus de temps, j'aurais pu facilement quitter la clinique. Maintenant, tout semblait sans espoir. Je m'élançai le long de la galerie, talonné de près par mon compagnon. Une bifurcation se présenta devant nous. Les inscriptions lumineuses se montrèrent les bienvenues.

— À gauche, la salle des transmetteurs ! lut Tirako en haletant. Si nous l'atteignons et que nous parvenons à activer…

Le fracas d'une salve lui coupa la parole. On se battait aussi devant nous. Doutant fortement que les scientifiques de la clinique, n'étant au courant de rien, opposent une résistance aux agents du Tu-Gol-Cel, j'en conclus que l'amiral Tormanac avait posté là quelques hommes qui devaient avoir reçu des ordres précis. Nous reprîmes notre course. Le couloir semblait sans fin. Plus nous progressions, plus la rumeur du combat croissait en intensité. Elle paraissait provenir de l'endroit que nous cherchions à rejoindre. La chaleur augmentait régulièrement. Nous entendions maintenant distinctement le hurlement strident des sirènes d'incendie. L'utilisation d'armes énergétiques entraînait forcément une élévation de la température.

Une autre porte nous apparut, cette fois un épais panneau d'arkonite. Il pivota alors que je m'apprêtais à l'ouvrir.

Quelqu'un devait nous suivre à l'aide du réseau de surveillance.

Un haut-parleur cracha. Je ne connaissais pas la voix de l'individu, mais lui savait mon véritable nom !

— Enfin, Atlan ! Vous ne pouvez pas arriver jusqu'à nous sans tenue de protection, et nous n'avons pas de temps à perdre. Renoncez-y et rendez-vous immédiatement dans la salle des transmetteurs. L'appareil triplace numéro cinq a été programmé pour vous. Le récepteur est en marche et affiche un signal violet. Traversez l'entrée et utilisez la porte de droite ! Surtout pas la gauche, sinon vous vous retrouverez parmi nous. Nous nous sommes barricadés dans une pièce blindée. Une chaleur de deux mille degrés. Atlan, attention ! Les écrans protecteurs des armures ne tiendront pas longtemps. Allez à droite. Je…

Une salve retentit de nouveau. Le Tu-Gol-Cel employait des Luccotts séquentiels modernes avec une cadence de feu de deux cent cinquante tirs par millitonta. Personne ne pouvait survivre dans la pièce sans être protégé. Je criai dans le microphone, mais l'homme qui m'avait fourni l'indication ne répondait plus. Malgré les extincteurs automatiques, les conséquences seraient graves pour ce bâtiment si les tirs ne cessaient pas, toutefois le commandant de l'unité à notre poursuite semblait peu s'en soucier.

Nous franchîmes le sas blindé. Des températures considérables régnaient au-delà. J'ignorais tout des systèmes de sécurité de cette partie du bâtiment, même par ouï-dire. Ils devaient toutefois être très performants, ou alors le feu nucléaire libéré en permanence les aurait depuis longtemps réduits en cendres. En outre il était d'usage, dans les immeubles importants comme la paraclinique, d'isoler les salles des transmetteurs par des écrans d'énergie et des accès protégés. On semblait ici s'en être particulièrement bien préoccupé.

J'appuyai sur le dispositif d'ouverture de la porte indiquée par l'inconnu. Tirako ferma celle donnant sur le couloir principal. Il voulut d'abord tirer sur la serrure mais, intelligemment, y renonça. Il faisait déjà suffisamment chaud. Mes habits amples m'embarrassaient. Ils descendaient presque jusqu'aux pieds et me gênaient dans mes déplacements. Je jetai prudemment un œil derrière la porte coulissante. Une gigantesque salle s'offrit à nos regards : la station de transmetteurs de la clinique. À voir leurs tailles différentes, je compris qu'on pouvait même gagner des endroits très éloignés. Ainsi s'expliquaient les mesures de sécurité. Les appareils longue distance étaient en général fortement protégés en raison des combats contre les Méthaniens.

— Il y a quelqu'un ? demanda Tirako.

Il semblait être le sang-froid personnifié.

Je secouai la tête, m'écartai et le laissai passer. Une pression sur un bouton referma le vantail.

— Détruis le mécanisme, insistai-je. Nous devons assurer nos arrières. Règle sur faisceau étroit !

Je m'avançai rapidement dans la salle, à la recherche de l'appareil triplace numéro cinq. Derrière moi retentit la salve de Tirako. La pièce fut plongée un instant dans une clarté aveuglante et une onde de choc brûlante me frappa. Elle décrût aussitôt, les masses d'air froid présentes suffisant pour absorber la chaleur. Notre objectif se trouvait loin devant. Une lampe violette brillait au-dessus de la cage. Elle était effectivement programmée pour une émission. Cela ne pouvait être que l'œuvre d'hommes menant un combat désespéré contre un ennemi tout-puissant.

Pour quelles raisons ? Uniquement parce qu'ils avaient reçu un ordre – probablement de Tormanac ? Ou bien leurs motivations étaient-elles plus profondes ? Mes pensées s'enchaînaient sans fin. Devant nous, à environ vingt mètres, flamboya soudain le champ de rematérialisation d'un grand transmetteur. Il pouvait acheminer en une fois la masse de cinq personnes. J'aperçus des uniformes rouge sombre. La couleur haïe et crainte du Tu-Gol-Cel.

Le scintillement en filigrane s'intensifia. Les corps

gagnèrent en netteté et devinrent matériellement stables. Ils portaient des armures de combat mais leurs écrans individuels n'étaient pas encore activés. Les transitions l'interdisaient. Tirako cria quelque chose que je ne pus comprendre. Cela me suffit, car au même instant il ouvrait le feu. Je tirai moi aussi. Le Luccott-coudière fonctionnait à merveille, bien que je ne puisse viser qu'en tendant le bras. Le point d'impact exact ne jouait aucun rôle pour un radiant à impulsions réglé sur dispersion large. Les cinq policiers, dans la cage, parurent s'enflammer et s'effon-drèrent.

Seul un homme du Tu-Gol-Cel avait riposté. Sa rafale passa au-dessus de moi en mugissant et frappa un appareil qui explosa. Du métal en fusion et du plastique fondu giclèrent. Je m'accroupis à l'abri d'un transformateur et échappai ainsi à grand-peine au déluge brûlant.

— Es-tu blessé ? me lança Tirako

Je répondis en foudroyant le commutateur qui contrôlait la réception. Il explosa en projetant des flammes tandis que le champ d'énergie diffus s'effondrait sur lui-même et s'éteignait. Une onde de chaleur inonda la grande salle. Il ne fallait plus faire feu par ici, cela reviendrait à nous jeter de nous-mêmes dans un brasier. Un coup d'œil rapide me convainquit que les autres appareils n'étaient pas activés. Plus personne ne pourrait s'en servir pour nous surprendre. Mon ami se tenait déjà devant la cage portant le numéro cinq. Tout en ayant une bonne vision des commandes, il resta à l'extérieur du cercle rouge. Je courus vers la machine qu'avaient empruntée les policiers, dans l'inten-tion de m'emparer de l'une des armes lourdes. Je n'y réus-sis pas, car la climatisation automatique donna l'alarme à cet instant. Une pluie de mousse chaude se déversa du pla-fond. Elle recouvrit les morts de même que leurs Luccotts. Ici et là, des langues de flammes d'un blanc ardent fusaient du transmetteur en feu.

— Reviens, tu risques ta vie ! cria Tirako. Les armes

radiantes peuvent exploser si les extincteurs n'agissent pas assez vite !

Je suivis son conseil et m'élançai dans sa direction. La chaleur était moins insupportable de son côté.

— Le Luccott-coudière n'est d'aucune utilité dans ce genre de combat, dis-je à la hâte. Le canon réintègre son logement à chaque coup.

— Tu n'en auras probablement bientôt plus besoin.

Il indiqua le dispositif de réglage du transmetteur. Je remarquai alors moi aussi l'absence de déclenchement automatique. Il devait être contrôlé depuis la station voisine, mais celle-ci était toutefois déserte.

Je me précipitai en avant, jetai un œil à travers le disque de blindage transparent et fis pivoter l'épaisse porte d'acier. Personne n'était en vue. Tirako fut soudain dans mon dos. Je réfléchissais à toute allure. Il se produisit alors quelque chose qui me glaça d'effroi. Mon ami se retourna vivement et se laissa tomber au sol, prêt à faire feu.

— Non, non, personne ne vient, pas encore ! jetai-je. Il nous reste du temps. Tirako, ma tête…

Il se redressa et m'aida à me maintenir debout. Il respirait par saccades.

— Que ressens-tu ? Tu entends une voix ? Atlan, pense à l'activation ! Elle commence à faire effet, peut-être plus vite que tu ne pensais. Est-ce… ? Les incidents…

— Oui, je sais, l'interrompis-je. Tais-toi, s'il te plaît !

J'écoutai attentivement et à nouveau je perçus l'étrange murmure, comme si un être invisible me parlait directement à l'oreille. Ce n'était toutefois pas un véritable bruit mais une sorte d'impulsion télépathique semblant monter du tréfonds de ma conscience. Je posai une question, involontairement à haute voix. Tirako m'agrippa par le bras.

Des tirs, des combats, fit le murmure. Il ne pouvait s'agir que de mon secteur logique. *Encore des amis en vie. Récupérer, sauver. Quelqu'un doit passer à l'action.*

La première manifestation de ma zone cérébrale tout juste activée prit ainsi fin.

— Fantastique, murmura Tirako fasciné. C'est fantastique.

— Comment sais-tu…

— Tu as parlé à voix haute. Naturellement, on tire encore au-dehors. Quelqu'un assure nos arrières. Pourquoi n'y ai-je pas pensé ?

Je commençai à agir avec la célérité d'un robot, tout en restant parfaitement calme. Le cerveau-second activé en était-il la cause ?

— Tirako, couvre-moi ! Il n'y a qu'une porte derrière nous, celle par laquelle nous sommes venus. L'entrée principale est là. Elle donne sur le centre de commande qui constitue aussi une dernière possibilité de contrôle. Je vais récupérer celui qui continue à mitrailler à l'extérieur.

— Tu vas te faire réduire en cendres.

J'indiquai sans un mot les lourdes combinaisons protectrices. Elles pendaient dans un grand placard que je venais seulement de remarquer. Soudain, je voyais mon environnement avec d'autres yeux. Mon camarade m'aida à enfiler la tenue de combat. Elle possédait un puissant bloc générateur capable de produire un écran énergétique efficace. Je pourrais absorber sans problème des températures de l'ordre de trois mille degrés. J'ouvris en grand la porte d'acier. Au-delà s'ouvrait un bref couloir terminé par un sas anti-radiations. Des tirs retentissaient encore par-derrière.

Le toit peut s'être effondré, fit un murmure dans mon cerveau. Je sursautai de nouveau mais, cette fois, je ne me lançai dans aucune réflexion superflue. Ce secteur logique semblait posséder la particularité de se manifester à tout moment, même contre ma volonté.

— Tirako, attention au plafond de la salle ! À la place du Tu-Gol-Cel, je tenterais de passer par là. Une charge à attrition suffit. Elle n'engendre aucune onde de choc et est presque silencieuse.

Mon ami me dévisagea avec étonnement. Je souris. Il saisit alors. Un rire retentit dans ma tête.

— Du calme ! ordonnai-je.

— Pardon ? Je ne vois pas ce que… Ah oui, bon, j'ai compris. Par le Monde de Cristal ! Je n'ai jamais vu quelqu'un rire face à de tels dangers.

— Je souris, compagnon d'épreuves !

— Mais tu vas te décider à y aller ? Ne tiens pas le Tu-Gol-Cel pour des idiots ! Ils vont tout faire pour te prendre.

— Et toi avec moi, mon ami. Tu ne veux pas laisser tomber ? Tu n'auras qu'à dire que je t'ai forcé à m'accompagner. Les morts ne parlent plus.

Il me regarda avec effroi.

— C'est un conseil de ton secteur logique ?

Un rire résonna en moi. Cette fois je ne répondis pas, me contentant d'ouvrir le panneau du sas. Le vacarme des tirs se fit plus fort. Le vantail se referma et Tirako disparut de ma vue. Je mis en marche le micro-réacteur inclus dans l'unité dorsale et activai l'écran protecteur. Il recouvrit mon corps en crépitant, la bulle formée par les gradients de potentiel du champ de force lui donnant l'apparence d'une peau tendue à l'extrême. La différence de polarité provoqua la décharge d'éclairs éblouissants. J'hésitai – un instant de terrifiante incertitude – avant de me risquer à appuyer sur le bouton d'ouverture de la deuxième porte. Si l'extrême chaleur la bloquait, nous étions perdus. Quelqu'un devait manipuler le transmetteur depuis la station de contrôle.

Pas de soucis, murmura mon nouveau partenaire. *L'arkonite est plus résistante qu'un écran énergétique léger. Même si ton ami tire encore, il ne fera pas plus chaud.*

Je voulus me frapper le front mais ne percutai que la visière du casque. Peu à peu, je comprenais pourquoi l'activation constituait l'événement le plus important dans la vie d'un Arkonide. Le panneau pivota vers l'extérieur.

Je m'étais préparé, mais pas à ce qui m'attendait vraiment. Un ouragan thermique déferla sur moi. Des masses d'air surchauffées, d'un blanc ardent, firent irruption en rugissant dans la chambre du sas encore tempérée. Elles me projetèrent contre la porte d'entrée avant de me faire tournoyer au sol. Si le matériau utilisé ici n'avait pas été de l'arkonite, cette partie de la clinique se serait effondrée sur elle-même. De la pierre normale n'aurait pu résister à une telle violence calorifique.

Le chaos diminua toutefois aussi vite qu'il s'était déchaîné, une fois les pressions équilibrées. Sans le champ d'énergie, j'aurais été non seulement brisé mais également réduit en cendres. Je me relevai, réprimant la douleur, et m'avançai. La combinaison m'interdisait de courir. J'aperçus un corps dans la fournaise. Son écran protecteur jaune pâle se détachait nettement dans l'atmosphère incandescente. L'homme semblait complètement épuisé, peut-être même était-il blessé. Il gisait tout proche du panneau extérieur, comme s'il avait tenté de l'ouvrir. L'arme lui avait échappé de la main. Elle rougeoyait d'une teinte sombre, complètement inutilisable.

Les témoins de contrôle à l'intérieur de mon casque franchirent le seuil critique. La température dépassait déjà la limite de charge. Je n'hésitai pas. Derrière la visière transparente de l'étranger, je remarquai un visage étroit, torturé de souffrances indicibles. Ma vue lui arracha tout de même un sourire. Je ne posai pas de question, sa radio devant depuis longtemps être hors service. Je le pris par les épaules et le tirai vers le sas. Je refermai le panneau qui fonctionnait encore puis pressai le bouton commandant la ventilation et l'absorption. Les modèles de ce type étaient prévus pour soulager des voyageurs blessés arrivant par transmetteur. Cette option s'appliquait aussi aux marchandises non-organiques soumises à une trop forte chaleur.

Le temps nécessaire au courant d'air froid pour repousser les masses brûlantes de gaz me sembla durer une éternité. Une fois la température redescendue à soixante-dix degrés, j'ouvris le vantail intérieur. Je traînai de nouveau par les épaules l'inconnu manifestement épuisé. Je le reposai prudemment à terre dans la salle des transmetteurs, désactivai mon champ individuel et déverrouillai mon casque.

Tirako m'attendait là. Dès que notre allié eut lui aussi coupé son écran protecteur crépitant, nous lui dégageâmes ensemble la tête. Le premier bruit qui nous parvint fut un gémissement de douleur. Nous lui retirâmes en toute hâte sa tenue carbonisée. Je remarquai alors l'origine de ses souffrances. Il était bien trop gravement brûlé pour que nous puissions l'aider. Cet homme était condamné à mort ! Son champ de force avait dû perdre son étanchéité une millitonta, temps suffisant aux gaz brûlants pour ébouillanter son corps malgré sa tenue.

— Atlan…

— C'est bien moi. Taisez-vous, mon ami. Nous allons essayer de vous…

— Non, refusa-t-il en râlant. Les… les autres sont tombés. Écrans en panne. Je… j'ai verrouillé l'accès, malgré ma hâte. Amenez-moi au contrôle des transmetteurs ! Vite, vite !

Il a raison ! déclara mon secteur logique. *Plus d'aide possible. Qu'attends-tu ?*

Je le pris sous les bras, aidé par Tirako, et nous l'amenâmes jusqu'au pupitre.

— Posez le haut de mon corps sur le châssis, gémit-il. Non, ne m'asseyez pas ! Vite, posez-moi là ! Je dois pouvoir atteindre l'unité de commande marquée en vert.

Mon ami sanglotait, accablé de compassion en regardant l'homme blessé à mort. Nous le posâmes selon ses désirs sur le tableau en demi-cercle.

— Très bien. Allez dans le transmetteur numéro cinq. Hâtez-vous, je ne pourrai pas résister longtemps. Atlan, ma vie pour vous ! Aidez notre peuple ! Vite !

Nous nous élançâmes, tandis qu'au-dessus de nos têtes

le plafond commençait à se fissurer. J'arrachai l'arme de service des mains de Tirako et tirai plusieurs salves d'énergie vers le haut. Quelqu'un s'écroula en criant par le trou soudain béant. Puis nous fîmes irruption dans la cage du transmetteur. Notre allié était maintenant difficilement reconnaissable derrière les épaisses vitres blindées.

— Il n'y arrivera pas ! affirma mon compagnon en tremblant. Personne ne peut endurer cela. Je n'aurais jamais cru que…

Le champ de dématérialisation qui se créa alors lui coupa la parole. Notre ami y était quand même parvenu. Loin devant, le premier robot-policier sortait en flottant de l'ouverture pratiquée dans le plafond. Avant que la machine ait pu tirer sur nous, je ressentais déjà la douleur de la transition. Tirako n'était plus qu'une vague silhouette. Puis tout bascula dans le noir.

*
* *

Je chancelai et m'effondrai dans les bras de Fartuloon, à côté de qui se tenait Griffe-de-Glace. Derrière mes deux vieux amis, j'aperçus quelques hommes qui m'étaient complètement inconnus.

— Du calme, mon petit, du calme, fit doucement le Carabin. Tu t'en es sorti. Ah, voici ton ami Tirako Gamno ! Bienvenue dans ma base ! Vous êtes bien conscient que vous ne pouvez plus revenir en arrière ? On va vous traquer, tout comme Atlan. Je vais cependant veiller à ce que votre honorable père soit laissé en paix. Il n'a aucune idée des errements de son fils.

Il se mit à rire. Je contemplai le large visage de mon mentor, relativement petit mais incroyablement puissant. Ses yeux jaunes, au-dessous des arcades sourcilières massives, semblaient briller d'un triomphe personnel. J'en connaissais les raisons. Son but était atteint. J'avais obtenu l'Ark Summia, qui plus est en échappant à mes poursuivants au dernier instant. Oui, il avait réussi. Mais moi, qu'avais-je gagné ?

Je m'arrachai à ses bras puissants et frappai la cuirasse protégeant sa poitrine. Alors, il portait toujours cette vieille chose hideuse ! La courte épée à large lame, baptisée du nom mystérieux de Skarg, pendait naturellement à sa hanche. C'était vraiment un homme étrange que mon vénéré tuteur et instructeur !

Griffe-de-Glace s'approcha de moi, le sourire aux lèvres. Le petit Chrektor, qui craignait toujours de fondre sous d'extrêmes chaleurs et de se briser en mille éclats par grands froids, m'avait manqué. Je posai les deux mains sur ses épaules. Tirako se retira par mesure de précaution, stupéfait par le corps totalement transparent rappelant une planche anatomique.

— Bienvenue, Atlan ! Je suis désolé de ne pas avoir pu être auprès de toi. Fartuloon, cet empêcheur de danser en rond, me l'avait interdit !

— Réjouis-toi, mon ami !

Je souris et aspirai une bonne bouffée d'air. Ma faiblesse s'atténuait progressivement.

— Réjouis-toi, petit ! répétai-je. Tu aurais fondu comme neige au soleil dans cette salle.

— Que Chrekt me protège ! s'écria-t-il, levant les mains en un geste défensif.

Tirako toussota. Quasi hypnotisé, il fixait la tête de Griffe-de-Glace et son encéphale apparent. Je jetai un œil autour de moi. La station réceptrice, un petit dispositif biplace, occupait la majeure partie de la salle de taille moyenne.

— Où sommes-nous ? me renseignai-je.

— Sur Largamenia, jeune homme. Dans les profondeurs d'une montagne, laquelle est de plus surmontée par une coupole d'énergie empêchant le transmetteur d'être détecté. Si ce n'est pas une bonne cachette...

Il rit et rajusta sa cuirasse.

Je défis les fermetures magnétiques de ma combinaison

protectrice. Mon vêtement blanc devint visible. Fartuloon recula d'un pas. Ses yeux semblaient briller. Oh, comme je connaissais cette expression « solennelle » !

— Non, pas ça, me défendis-je, effrayé. S'il te plaît, pas de grandes paroles ni de félicitations ! J'en ai suffisamment entendu.

— Il ne s'agit pas de cela, *Votre Majesté*, dit un des hommes que je n'avais encore jamais vus.

Il pressa la main droite contre son front et s'inclina. Ses compagnons s'agenouillèrent, posant l'extrémité de leurs doigts sur les yeux.

C'est un geste traditionnel pour... Je n'arrivais pas à empêcher les idées de se bousculer. Je sentais chaque muscle se contracter en moi. *Le titre puis... ce... Ce n'est quand même pas possible !*

Mais si ! se manifesta mon secteur logique, toujours aussi serein. *Mais si ! Seuls l'Empereur et le Prince de Cristal sont salués ainsi.*

Ma paralysie momentanée s'évanouit. Des cercles rouges flottaient devant mes yeux, se concentrant pour former des roues de feu. Je perçus des voix excitées et le sifflement d'une seringue à haute pression. Je ressentis une forte douleur au bras, mais la défaillance se dissipa immédiatement. La vue me revint. Les trois hommes étaient toujours agenouillés. L'Arkonide le plus âgé, celui qui s'était adressé à moi en utilisant l'inconcevable titre, me scrutait d'un air interrogateur.

— Je suis Arctamon, l'ancien conseiller personnel pour les questions de politique intérieure auprès de Sa Noblesse suprême, l'empereur Gnozal le Septième d'Arkonis. Je suis également parvenu à échapper aux dogues du fratricide Orbanaschol. Je salue Votre Majesté avec joie, gratitude et humilité.

Et lui aussi s'agenouilla.

— Redressez-vous, Zhdopanda, je vous en prie. S'il vous plaît ! Vous... vous ne devez pas faire ça. Je n'y ai pas droit. Je ne comprends vraiment pas...

Je sentis la main de Fartuloon se poser sur mon bras. Il exerça une forte pression, m'arrachant un gémissement.

— Tu devras t'y habituer, fit sa voix. La tonta de vérité a sonné, Atlan. Je te l'avais promis. Ta formation scientifique est terminée, tu as passé avec succès les épreuves de maturité en obtenant l'Ark Summia. Laisse-moi être ton Premier Serviteur. Je verrai toujours en toi le jeune garçon sans défense que j'ai caché en sécurité voilà quatorze ans. L'empereur Gnozal assassiné par son frère criminel était ton père, un homme bon aux facultés brillantes. Tu es le Prince de Cristal légitime, ton véritable nom est Mascaren. Tu es le futur souverain du Grand Empire et selon la loi, suite au décès de ton père, le Zhdopanthi Gnozal le Huitième. Je salue et honore Votre Majesté !

— Fartuloon… Ne t'agenouille pas. Surtout pas ! Zhdopanda, je vous supplie tous de vous relever. Je vous en prie, vous me rendez confus !

Le vieil homme, celui qui s'était présenté sous le nom d'Arctamon, leva les yeux vers moi comme jamais un Arkonide ne m'avait regardé. Quelle joie et quelle vénération, mais aussi quel soulagement se lisaient dans son expression ! Je me sentais désarçonné. Je jetai un œil sur Tirako, quémandant une aide. Il était bien entendu là, mais dans quel état ! Il se tenait derrière moi complètement figé, les jambes écartées comme l'exigeait le protocole, et la main droite posée sur le sein gauche. Les officiers arkonides saluaient ainsi leurs supérieurs, de même naturellement que la plus haute dignité de l'Empire, le commandeur en chef de la flotte, le Begam. Il voulait probablement « voir à travers moi », comme l'exigeait la coutume, mais il n'y parvenait heureusement pas. Ses lèvres frémissaient et sa main droite tremblait bien qu'elle fût fermement plaquée contre sa poitrine. De fait, ce fut lui qui me rendit involontairement mon sang-froid.

Je m'avançai et tirai ses cheveux ébouriffés.

— Imbécile ! lui jetai-je. Tu as besoin de faire ça ?

Est-ce qu'on se présente ainsi devant un ami avec qui on a partagé le malheur et les dangers ?

— Votre Majesté…

Je lui marchai violemment sur le pied. Là, il ne put réprimer un cri de douleur. Je lui souris.

— Ah, on redevient raisonnable ? Fartuloon…

Le Carabin de Gortavor n'étalait pas autant ses sentiments que mon ami.

— Je suis trop excité et trop surpris pour pouvoir m'exprimer avec les mots justes, j'ai essayé en vain, lui avouai-je.

— Oh, cette remarque me paraît pourtant judicieuse, affirma mon précepteur.

Arctamon sourit. Tout comme Tirako, il semblait être bon observateur et fin psychologue. Il attendait probablement ma venue depuis longtemps. Un homme de son rang devait naturellement s'être demandé comment avait évolué le Prince de Cristal de l'Empire. Une telle prudence se justifiait. Après la fuite et les méthodes d'éducation non conventionnelles de Fartuloon, j'aurais pu me muer en un adolescent rebelle et insupportable. À présent, suite à la déclaration sur ma véritable origine, une suffisance jusque-là enfouie dans mon subconscient aurait pu se manifester. Nombreuses étaient les raisons envisageables pour me juger négativement.

Je comprenais enfin pourquoi il m'avait regardé de façon si étrange. Tous les fils n'étaient pas semblables à leurs pères. Ainsi Tirako Gamno n'était-il pas devenu un homme d'affaires insensible mais un individu intelligent, physiquement faible, qui ne voulait pas entendre parler de la flotte de commerce de son géniteur.

— Je suis las, éreinté et je n'ai plus tous mes esprits. Je demande quelques tontas de repos. Fartuloon, où puis-je prendre un bain dans les environs ?

*
* *

Après la révélation quasi inimaginable de mon origine, sept pragos en temps d'Arkonis s'écoulèrent : je ne quittai pratiquement pas le Carabin, Arctamon et les trois autres hommes pour en apprendre plus sur ma vie et le terrible destin de mon père. Le chirurgien impérial séjournait lui aussi sur la planète primitive Erskomir quand l'empereur Gnozal VII y était tombé victime d'un « accident de chasse » lors d'une expédition cynégétique. Il ne s'agissait pas d'un malheureux concours de circonstances, comme l'affirmait la « version officielle », mais d'un meurtre prémédité !

Des films, des documents classés secret d'État, des conversations surprises par hasard et le récit de Fartuloon m'indiquèrent qu'il avait eu vent à temps de l'existence de la conspiration et s'y était préparé. Avant sa mort, mon père avait déjà mis à disposition de son chirurgien personnel de monstrueux moyens financiers et matériels. Il avait toujours envisagé un attentat – l'histoire arkonide démontrait la rareté des souverains à décéder de mort naturelle. Il avait entièrement foi en Fartuloon, ce qui se révéla effectivement fort sage. Les fidèles de ce dernier étaient partout et à peine eurent-ils appris le décès de Gnozal VII qu'ils avaient commencé à agir. On trouvait naturellement dans toutes les institutions importantes, en particulier dans la flotte, de nombreuses personnes en qui feu l'Empereur avait eu totale confiance. Fartuloon disposait ainsi d'innombrables alliés.

De fausses pistes furent savamment tracées, qui se perdaient ensuite dans le néant, et quelques hommes effacèrent mon dossier du grand cerveau P central sur le Monde de Cristal. Dès lors, l'enfant sans défense que j'étais ne pouvait plus être découvert. Même le Tu-Gol-Cel n'avait rien pu faire. Fartuloon et ses amis s'étaient toujours montrés les plus rapides.

— Après la disparition de toute information te concernant, dit-il, j'ai pu prendre en main ton éducation. Avec succès, bien que j'aie choisi comme cachette le monde périphérique de Gortavor. Nous sommes aussi parvenus à établir, tonta après tonta, le cours des événements remontant au 17 prago du tarman de l'an 10483 *da Ark*. La reconstitution peut comporter plusieurs lacunes, certains faits reposent sur des hypothèses mais dans l'ensemble tout correspond – vois de tes propres yeux et entends de tes propres oreilles comment œuvrèrent alors les conspirateurs d'Arkonis…

CHAPITRE VI

FARTULOON, LE CHIRURGIEN IMPÉRIAL

Un nouveau matin. Sur Arkonis I, au centre de l'amas globulaire de Thantur-Lok, il n'y a pas de nuit digne de ce nom. Au crépuscule, des myriades d'étoiles très proches les unes des autres apparaissent au firmament, et leur clarté est largement suffisante pour que les habitants du Monde de Cristal – Gos'Ranton – y voient distinctement. Les plus brillants de ces astres se reconnaissent même en plein jour. Le soleil se lève, immense globe blanc qui donne à la planète un climat quasi paradisiaque, malgré son grand éloignement : environ 620 millions de kilomètres.

Deux autres mondes accompagnent Arkonis I sur son orbite, chacun à une distance d'un peu plus d'un milliard de kilomètres, aux sommets exacts d'un triangle équilatéral. L'agencement de ces trois planètes, amenées artificiellement sur la même trajectoire, constitue l'aboutissement du projet Tiga'Ranton, commandité par l'empereur Gnozal III.

Arkonis II est le Monde du Commerce, Mehan'Ranton. D'énormes quantités de marchandises y sont acheminées pour être livrées partout dans l'Empire. Quant à Arkonis III – Gor'Ranton, le Monde de la Guerre – le premier coup d'œil révèle qu'il s'agit d'une planète industrielle : sa surface constitue un unique et gigantesque astroport, et sa croûte est excavée jusqu'à une très grande profondeur ; partout, ce ne sont que chantiers navals militaires, usines pour toutes les fournitures imaginables, sans parler des vastes quartiers d'habitation pour les ouvriers et pour les équipages des flottes de combat du Taï Ark'Tussan.

Pendant qu'Arkonis III, le noyau du futur système triple, subissait au fil du temps une industrialisation totale, Arkonis I, initialement la deuxième planète, restait dédiée à l'habitat comme elle l'était avant son nouveau positionnement sur l'orbite désormais commune. C'est un monde magnifique. Aucune mégalopole ne le défigure. Ici vivent les Arkonides des classes sociales les plus élevées, la noblesse et la haute noblesse. Ils attachent un prix énorme à une existence confortable, et le Monde de Cristal est aménagé en conséquence. Les continents de Laktranor et Shargabag, tout comme les grandes îles de Vuyanna et Kasaon, sont de vastes parcs. À bonne distance les uns des autres s'y élèvent les immeubles d'habitation, des constructions qui s'élargissent de la base vers le haut en forme d'entonnoir ou de coupe. Sur la face interne de leur partie conique, les appartements tous somptueux et équipés à grands frais s'ouvrent sur d'agréables terrasses et des jardins fleuris.

Mais ces luxueuses résidences sont de loin surpassées par les bâtiments du siège du gouvernement, sur la Colline des Sages ou Thek-Laktran, un haut-plateau couronné de plusieurs sommets. Entre ceux-ci se nichent des entonnoirs immenses – jusqu'à cinq cents mètres de haut – où réside le gratin de la société arkonide, ainsi que les émissaires et les ambassadeurs des peuples alliés à l'Empire ou qui, du moins, entretiennent avec lui des relations diplomatiques.

Au centre se dresse le Gos'Khasurn, dans lequel habite le souverain du Grand Empire avec sa famille, ses conseillers et ses officiers d'état-major. Il porte bien son nom de « Palais de Cristal », car sa façade extérieure est couverte d'une couche de cristaux étincelants : c'est un joyau resplendissant d'un vif éclat.

Mais l'ombre y côtoie la lumière. Car aucun édifice sur Arkonis I n'est aussi bien surveillé ! Nul n'y entre sans avoir été soumis à de nombreux contrôles par les gardes et les dispositifs positroniques d'identification. Si les premiers sont déjà peu enclins à la mansuétude, l'intrus qu'ils arrêtent peut encore s'estimer heureux. Plus loin, en revanche, toute personne qui n'est pas dûment accréditée est impitoyablement abattue par les radiants couplés aux détecteurs.

*
* *

Fartuloon devait penser à ces mesures de sécurité tout en posant son glisseur antigrav sur l'une des esplanades d'atterrissage qui s'étendaient devant le Palais. Les rayons du soleil blanc caressaient le bâtiment et faisaient scintiller ses murs de cristal, mais l'homme n'accordait aucun regard au magnifique spectacle. Son cœur était serré d'inquiétude pour son souverain, Gnozal VII. Fartuloon était le médecin personnel du primat du Grand Khasurn de Gnozal, et une sommité dans tous les domaines de son art. Comme le voulait la coutume, il était aussi le médecin de la cour et on l'appelait affectueusement *le vieux Carabin*.

En réalité, il était bien plus qu'un simple médecin : tout récemment, l'Empereur l'avait nommé Gos'Laktrote – Maître de Cristal – et haut inspecteur de ses appartements privés, un poste qui faisait partie intégrante du dispositif de sécurité. Cette nomination n'était pas encore proclamée officiellement, et seuls quelques initiés en avaient eu vent.

Fartuloon était un homme trapu. Il soulignait intentionnellement certaines manies, pour entretenir l'apparence d'un savant un peu lunatique. Ses véritables talents n'étaient connus que de ses amis très proches. Durant ses années de service à la cour, il s'en était gagné un grand nombre et certains d'entre eux occupaient les plus hautes positions. Ils partageaient avec le médecin la même fidélité, le même dévouement à Gnozal VII.

Fartuloon avait rencontré quelques-uns de ces contacts

la nuit dernière, et ils lui avaient fait part de nouvelles renversantes. Aucun doute n'était permis, il y avait une conspiration contre le souverain ! Pas à l'extérieur mais ici même, dans le Palais de Cristal, ou aux alentours immédiats. Plusieurs indices semblaient le suggérer depuis un certain temps déjà, hélas ils étaient si minces que Fartuloon n'avait jamais trouvé de preuves concluantes. Aujourd'hui, il pouvait avancer de fortes présomptions. Mais il ne savait pas comment les présenter à son maître, car les hommes mis en cause jouissaient aussi de la pleine confiance de Gnozal.

Le vieux Carabin défroissa sa tenue de médecin de la cour et bâilla en quittant son glisseur : il avait à peine dormi cette nuit. Lentement, il marcha vers l'une des entrées à la base de l'immense entonnoir et sortit machinalement sa plaque. Les gardes le connaissaient depuis longtemps, mais il devait néanmoins montrer patte blanche. Fartuloon passa devant eux, se présenta au contrôle automatique qui l'examina en détail, et pénétra enfin dans le Palais de Cristal.

Aux étages inférieurs du bâtiment de presque mille mètres de haut, régnait malgré la tonta matinale une intense animation. Ici se trouvaient les locaux destinés aux nombreux employés zélés qui attendaient de prendre connaissance de leur ordre du jour. Ils se devaient d'être sur place pour exécuter les quatre volontés de leurs supérieurs dès que ceux-ci se réveillaient. Les robots de service étaient mal vus dans ces cercles distingués. En outre, les nourritures de synthèse n'étaient pas de mise à la cour de l'Empereur. Aussi y avait-il dans la base du Palais de Cristal de vastes cuisines, où maîtres queux et pâtissiers s'affairaient jour et nuit.

Le médecin évita les couloirs qui fourmillaient d'activité, tout comme le puits antigrav principal. Répondant négligemment au salut obséquieux de quelques laquais empressés, il tourna dans une contre-allée étroite et déserte qui courait à la périphérie du socle du palais. Il prenait ce chemin chaque matin pour emprunter un ascenseur anti-g de secours, peu utilisé, qui le menait directement aux appartements de l'Empereur. La loi imposait au praticien un examen complet du souverain tout de suite après son lever. Tâche superflue en vérité car Gnozal VII, à la fleur de l'âge, était en parfaite santé.

Accaparé par ses soucis, le front barré de profondes rides, Fartuloon allait ce matin plus lentement que d'habitude. Plongé dans ses pensées, il distingua pourtant un mouvement imperceptible à environ vingt mètres devant lui, à hauteur de l'ascenseur antigrav, là où s'ouvrait aussi un escalier qui descendait dans les caves voûtées du Palais. Il entrevit, plus qu'il ne vit, une ombre furtive. Le passage était très bien éclairé, mais la perspective était coupée car il épousait la légère courbure de la paroi extérieure du palais. Quelqu'un semblait attendre là. Pourquoi s'était-il immédiatement rencogné dans l'angle mort à l'arrivée de Fartuloon ?

Le médecin retomba brusquement dans le monde réel. Il ne laissa rien paraître de son trouble et continua d'une allure égale, mais il était sur le qui-vive. Encore trois mètres jusqu'à l'embranchement. Plus un mouvement, plus un bruit, rien hormis ses propres pas. S'était-il trompé ? Peut-être ses sens lui avaient-ils joué un tour, avec la tension nerveuse qu'il subissait depuis la nuit dernière ? Fartuloon se détendit et il atteignait l'escalier lorsque, soudain, ils furent sur lui ! Trois hommes, grands et vigoureux. Ils portaient des habits de teinte neutre et des cagoules sombres sur le visage, avec des fentes étroites pour les yeux.

Ce n'étaient pas des novices, le Carabin le remarqua immédiatement. En effet, ils se ruèrent en avant en même temps mais sans se gêner mutuellement ; l'un attaqua par la droite, un autre par la gauche, et le troisième de face.

Tous trois étaient armés de radiants à impulsions, néanmoins ils n'ouvrirent pas le feu. Ils semblaient plutôt vouloir s'en servir comme massues pour lui défoncer le crâne.

Fartuloon réagit avec une rapidité stupéfiante. Il se pencha pour échapper aux coups des agresseurs et, d'une souple volte-face, se mit dos au mur pour couvrir ses arrières. Il écarta vigoureusement les bras à l'horizontale et frappa à l'estomac deux de ses adversaires. Ses coups étaient bien assénés car les hommes s'effondrèrent en étouffant un gémissement. Ils étaient provisoirement hors de combat, et le médecin n'avait plus qu'un agresseur devant lui.

Mais ils étaient de force égale. Habilement, l'autre esquiva un fauchage de jambes et contre-attaqua immédiatement. D'un revers de son Luccott, il visa la tête de Fartuloon et celui-ci ne dut qu'à un prompt réflexe d'éviter la crosse de l'arme. Le radiant glissa et le heurta de plein fouet à l'épaule gauche. Une douleur aiguë irradia dans tout son corps et, durant quelques instants, le médecin fut comme paralysé. Du coin de l'œil, il devina que les deux hommes à terre se relevaient déjà. S'il cédait maintenant à sa faiblesse, il était fait, sans l'ombre d'un doute !

Fartuloon secoua la tête et une rage furieuse contre ces assassins l'enflamma soudain. Il en oublia la douleur ; deux ou trois crochets renvoyèrent au tapis les deux hommes qui venaient à peine de se remettre sur pieds. Ces deux-là n'étaient pas des adversaires à sa mesure, seul le troisième faisait le poids.

Pourquoi ne tirent-ils donc pas ? se demanda Fartuloon avec étonnement alors que, les yeux étrécis, il observait l'homme devant lui. *Et pourquoi veulent-ils absolument m'estourbir ?*

Il n'eut pas le temps de trouver réponse à ces questions car son opposant revenait à la charge. De nouveau, il essaya de le toucher à la tête. La poursuite de cet objectif précis le handicapait car Fartuloon, lui, n'avait pas à retenir ses coups, et cela décida de l'issue du duel. D'une parade bien calculée, il repoussa l'arme qui le frôlait en sifflant et elle chut au sol avec fracas. Dans le même élan, il bondit pour saisir son adversaire par le col de sa veste. D'une vive traction, il l'attira près de lui, écarta les bras et plaça une prise de Dagor. Avec un craquement sec, les vertèbres cervicales se rompirent puis le corps mollit dans l'étreinte de Fartuloon. L'autre était mort, le médecin le savait. Il laissa tomber son adversaire vaincu et se préparait à le traîner près des deux autres quand il vit ceux-ci s'enfuir à toutes jambes, comme s'ils avaient eu des démons à leurs trousses.

Fartuloon aurait pu les foudroyer sans peine avec le radiant du mort.

— Non ! chuchota-t-il. Assez d'une victime. Ces deux-là ne s'y frotteront plus, c'est sûr. Et maintenant, je suis prévenu, on ne me surprendra pas une deuxième fois.

D'un pas lourd, le vieux Carabin se dirigea vers le puits antigrav et enfonça le bouton d'alarme. Puis il s'adossa au mur en attendant l'arrivée d'une patrouille de la garde du Palais.

— Mais c'est Tertavion ! s'exclama, ébahi, le chef du détachement quand il eût ôté le masque du mort.

— Vous le connaissez ? demanda Fartuloon, intrigué.

L'arbtan acquiesça puis hocha la tête.

— Je ne comprends pas, grogna-t-il. Quelle raison a bien pu pousser un serviteur de haut rang de notre souverain à devenir un meurtrier ?

Le médecin sourit d'un air las et frotta son pouce sur son index.

— L'argent, arbtan, quoi d'autre ? Il y a probablement derrière cette affaire quelqu'un de très fortuné, car c'est trois meurtriers qu'il avait payés.

— Pourquoi avez-vous laissé échapper les deux autres, Zhdopanda ?

Fartuloon haussa les épaules.

— J'aurais certes pu les abattre, mais qu'y aurais-je gagné ? Les morts ne parlent pas.

— Oui, bien sûr, vous avez raison. Nous pouvons peut-être encore les attraper, puisque nous savons quelle est l'identité du mort. Une enquête poussée sur ses amis et son entourage devrait nous fournir une piste. Le Tu-Gol-Cel nous donnera ces renseignements. Nous devons évidemment les informer de cette affaire.

Le Tu-Gol-Cel était la police politique secrète de l'Empereur, qui n'y faisait appel qu'en cas de stricte nécessité. Gnozal VII ne goûtait pas outre mesure leurs méthodes « spéciales » mais, en temps de guerre, il ne pouvait se passer d'une telle institution. Fartuloon lui-même usait de moyens quelque peu particuliers, parfois sur ordre exprès du souverain dont il était le confident, sans d'ailleurs apprécier davantage la police secrète. Il prenait toutefois bien garde à ne pas laisser transparaître cette aversion.

La patrouille avait en vain cherché les fugitifs. Le chef ordonna à ses hommes d'enlever le corps, puis il salua Fartuloon et les suivit. Quand ils furent hors de vue, le Carabin emprunta l'ascenseur anti-g pour continuer son chemin. Tout en s'élevant dans le champ de sustentation, il réfléchissait intensément.

Qui peut avoir intérêt à m'éliminer ?

Nul ne savait qu'il était plus qu'un médecin personnel pour l'Empereur, il en était sûr.

Tout au moins, rectifia-t-il, *aucun de ceux qui n'ont pas à le savoir. À moins qu'un des courtisans n'ait découvert la confiance particulière qu'on me témoigne... Quoi qu'il en soit, mes amis et moi avons enfin des renseignements sur la conspiration contre notre souverain.*

Fartuloon se promit d'être plus vigilant à l'avenir, et d'y inciter également ses proches. L'attentat contre sa vie lui montrait à l'évidence que la situation était sérieuse. Il sauta habilement du puits antigrav dans le couloir, devant les appartements de l'Empereur. Il appliqua sa marque d'identification contre le détecteur positronique qui contrôlait la porte, attendant patiemment qu'il remplît son office. Le panneau coulissa devant lui, et il entra.

Gnozal VII s'attardait dans sa vaste salle de bains. Il était sorti de la baignoire et s'était allongé sur une couchette-contour. Les automates intégrés le séchaient, le massaient et le frictionnaient avec des huiles parfumées. Comme la plupart des Arkonides, il était grand, mince et bien proportionné. Dans son visage étroit, aux traits nobles et réguliers, les yeux révélaient une vive intelligence. Au contraire de la mode actuelle, ses cheveux d'un blond tirant sur le blanc lui descendaient seulement jusqu'aux épaules. Chez lui, aucun signe de la décadence qui apparaissait graduellement dans les couches supérieures du peuple arkonide.

Fartuloon s'inclina devant son souverain.

— Tu arrives bien tard aujourd'hui, mon ami, observa Gnozal avec une sévérité feinte. Ta compagne de cette nuit était-elle si ardente qu'elle t'a fait oublier tes devoirs envers ton maître ?

— Vous m'avez démasqué, Votre Grandeur, fit le vieux Carabin d'un air mortifié en s'inclinant de nouveau, mais juste pour cacher son sourire.

— Sacré farceur ! (Gnozal éclata d'un rire gaillard.) Je te connais ! Je crois plutôt que ton unique compagne de la nuit était une grande bouteille de vin doux.

Les automates avaient terminé leurs soins. L'Empereur se leva en souplesse et noua un drap autour de sa taille. Ce fut seulement là qu'il remarqua l'attitude de Fartuloon, et le sourire s'effaça à l'instant de ses lèvres. Le médecin ne plaisantait plus, ses traits ne reflétaient que sérieux et inquiétude. L'Empereur questionna simplement :

— Il s'est passé quelque chose ?

Fartuloon hocha gravement la tête.

— J'ai failli ne pas arriver, aujourd'hui, Zhdopanthi. On a essayé de me tuer en chemin !

— Ici, dans le Palais de Cristal ? s'exclama Gnozal, incrédule.

Fartuloon opina de nouveau.

— Oui, Votre Grandeur. En bas, dans la contre-allée qui mène à l'ascenseur. Trois hommes masqués me guettaient, armés de radiants à impulsion. Curieusement, ils n'ont pas tiré mais ils ont essayé de me défoncer le crâne.

— Et ils n'y ont pas réussi, à ce que je vois, fit laconiquement Gnozal. Comment t'en es-tu sorti ?

Le médecin le lui expliqua brièvement, puis les deux hommes restèrent un moment silencieux. L'air soucieux, l'Empereur demanda :

— Tes conclusions ?

Fartuloon eut un rire sans joie.

— Ils avaient sans aucun doute l'ordre de maquiller leur attentat en accident. On m'aurait trouvé au fond du puits antigrav avec le crâne fracassé et les membres brisés, et on aurait naturellement pensé à une panne. Ces trois-là auraient certainement trafiqué les contrôles du système de manière à étayer cette hypothèse.

Gnozal VII approuva.

— Tu as sûrement raison. Mais pourquoi ? Et qui ?

— Probablement ces mêmes personnes qui complotent contre vous, Votre Grandeur, jeta sombrement Fartuloon.

*
* *

Reconstitution :

À ce moment précis, lesdites personnes tenaient réunion à quelques centaines de kilomètres à peine du Palais de Cristal, au bord oriental de la mer intérieure, en forme de faucille, de Sha'shuluk. L'endroit de la rencontre était une résidence d'été d'apparence simple et discrète, mais équipée de tout le luxe qui seyait à d'éminents Arkonides. Dans l'ameublement, seuls d'infimes détails eussent révélé à un observateur minutieux que les lieux servaient essentiellement pour le loisir et le plaisir. C'était ici qu'Orbanaschol, le frère de l'Empereur, passait ses nuits avec de jeunes beautés toujours différentes. Aujourd'hui, il était présent lui aussi. Non pour la bagatelle mais comme instigateur de la conjuration contre son frère, le souverain du Grand Empire Arkonide.

Au premier regard, personne n'aurait cru en sa parenté étroite avec Gnozal VII. Orbanaschol était tout le contraire de son demi-frère : plus petit d'une tête et – fait extraordinaire pour un Arkonide – grassouillet. Il avait un visage plein et rond, avec de minuscules yeux sournois qui disparaissaient presque dans les replis adipeux. Toute sa personne dégageait une impression désagréable et glaçante, qui se renforçait dès qu'il ouvrait la bouche.

Son filet de voix flûtée grimpait dans les aigus quand il s'énervait, comme maintenant :

— Comment cela a-t-il pu arriver ? Tu m'avais assuré que rien ne pouvait rater, Sofgart ! Tes mots d'alors laissaient entendre que Fartuloon ne tarderait plus à mourir !

Il pointait sa main droite aux doigts boudinés, ornés d'anneaux massifs et clinquants, sur l'homme assis face à lui. Sofgart était le Maître Intendant à la cour de l'Empereur, donc l'un des fonctionnaires civils les plus haut placés dans le Berlen Than, le Conseil des Douze. Il était, au Palais de Cristal, au point de confluence de tous les biens de qualité et de prix, et il profitait largement de cette position. S'il n'y avait aucune livraison sur laquelle il ne prît sa commission, beaucoup de marchandises s'évaporaient aussi en chemin. On en blâmait d'ordinaire quelque groupe de rebelles à l'Empire. Ainsi, cet individu étendait sans cesse sa fortune et son influence tout en affichant la respectabilité et la probité que l'on attendait de quelqu'un qui supervisait les secteurs de l'économie, des finances et des impôts, en un mot presque toute la logistique civile du Taï Ark'Tussan.

À sa vue, beaucoup ne pouvaient réprimer un frisson car on aurait dit un mort-vivant. Sofgart était grand mais très sec – il avait la peau sur les os. Son visage émacié ressemblait à la tête d'une momie. Dans ses yeux rougeâtres semblait toujours couver comme un feu sinistre. Ses cheveux clairsemés pendaient en désordre autour de sa tête. C'était un solitaire et il n'avait aucun ami à la cour. Nul ne l'appréciait, ce qui tenait moins à son apparence qu'à ses façons hautaines ; il était l'un des hommes les plus puissants du Grand Empire et il ne laissait personne l'approcher. Seuls des objectifs communs le liaient aux conspirateurs ici présents.

Il ignora le doigt accusateur d'Orbanaschol et se pencha négligemment en arrière. Haussant légèrement les épaules, il répondit d'une voix au curieux timbre rauque :

— Ce plan était le vôtre, et tous ici savent que j'étais contre dès le début. Si vous vous étiez ralliés à ma proposition de mettre en scène un accident avec le glisseur de Fartuloon, ce cafouillage n'aurait pas eu lieu !

— C'est vrai, Votre Grandeur, approuva le plus jeune membre de cette assemblée, un homme au visage austère.

Il s'appelait Amarkavor Heng et commandait dix escadres de surveillance dans le secteur spatial d'Arkonis I. Dévoré d'ambition, il brûlait de troquer rapidement les trois planètes qui brillaient sur son uniforme contre une étoile d'amiral. Pour parvenir à ses fins, tous les moyens étaient bons. Toutefois, il avait voulu aller trop vite en besogne en tentant de compromettre son supérieur, le tiga'sheonis Tormanac da Bostich. Cet amiral bénéficiait de la confiance absolue de Gnozal VII et il avait pu prouver que les accusations portées contre lui étaient une machination ourdie par Heng. Celui-ci n'avait évité le conseil de guerre que de justesse, grâce à une intervention d'Orbanaschol auprès de son frère. Mais c'en était fait de sa carrière et de ses ambitions. Cependant, les choses pouvaient évoluer très vite si Gnozal VII n'était plus empereur !

Rien d'étonnant donc à ce que le Vere'athor Amarkavor Heng s'accrochât maintenant à Orbanaschol – exactement comme l'avait prévu le frère de l'Empereur quand il avait intercédé pour lui. Depuis longtemps déjà, il projetait de renverser Gnozal VII et de prendre le pouvoir. Pour réaliser ces desseins, il avait besoin de l'aide d'hommes comme Sofgart et Heng qui, occupant de hautes positions, aspiraient à de plus élevées encore, à plus de puissance et de richesse. Il avait déjà des partisans au sein du Tu-Gol-Cel qui lui assurerait un contrôle total d'abord sur le système d'Arkonis, puis plus tard sur tout l'Empire stellaire.

Mais, pour l'instant, Orbanaschol était de fort mauvaise humeur. La mort de Fartuloon aurait dû constituer le premier pas sur la route du pouvoir. Le vieil arracheur d'entrailles était un obstacle en travers de son chemin car il traînait toujours aux basques de Gnozal. Orbanaschol n'avait pas manqué de noter la proximité entre l'Empereur et l'incorruptible médecin, à la loyauté absolue. Quelqu'un pour qui la devise « Ma vie pour Arkonis ! » n'était nullement un lieu commun vide de sens. Son élimination s'ensuivait très logiquement. De l'échec de l'attentat, Orbanaschol avait déjà été informé par un appel d'allure parfaitement anodine. Qu'on en retrouvât les auteurs n'était pas à craindre, car l'orbton chargé des investigations de la police secrète avait été grassement payé. En revanche, il y aurait d'autres difficultés…

— Vous êtes tous contre moi ! affirma Orbanaschol d'une voix geignarde. Et vous, Psollien ? Vous aussi ?

L'interpellé toussota et ses yeux fuyants évitèrent soigneusement de croiser ceux d'Orbanaschol. Il n'était pas Arkonide de pure souche, cela se remarquait au premier regard. Son teint foncé contrastait de façon frappante avec la carnation claire des autres, et ses cheveux presque noirs couronnaient sa tête d'une crinière floue. Psollien était originaire de la planète coloniale Erskomir, un monde faiblement peuplé qui se trouvait à un stade de développement primitif. Un monde couvert de forêts marécageuses et habité par de gigantesques animaux sauvages. Les nobles arkonides pouvaient s'y adonner à leur passion de la chasse et éprouver le frisson de la confrontation avec ces monstres, sans toutefois se trouver réellement en danger de mort – des spécialistes y veillaient, et Psollien appartenait à cette équipe.

Orbanaschol avait naguère fait sa connaissance, à l'occasion d'une expédition de chasse, et la cupidité quasi pathologique de cet homme l'avait fasciné. Il l'avait immédiatement rangé parmi les auxiliaires potentiels puis avait gardé le contact avec lui. Maintenant, le jour arrivait où il allait lui servir, et il l'avait convoqué sur Arkonis I.

Psollien, qui suivait volontiers les chemins de moindre résistance, se garda d'une réponse directe.

— Je ne suis pas concerné par cette partie du plan, objecta-t-il de son ton rapide et saccadé. Mais vous savez, Zhdopanda, que vous pouvez toujours compter sur moi.

— Oui, tant que je te paie bien, précisa Orbanaschol de sa voix de fausset. Bon, laissons cela. Nous devons réussir même si Fartuloon…

Il s'interrompit car un cinquième individu entra alors dans la pièce : c'était Offantur, premier serviteur et homme de confiance d'Orbanaschol ; il avait déjà accompli beaucoup de basses œuvres pour son maître. C'était un Arkonide de belle prestance, dans la force de l'âge, au visage agréable et aux manières raffinées. Mais derrière cette façade avenante se cachait quelqu'un qui ne reculait pas devant le meurtre.

— Qu'y a-t-il, Offantur ?

Celui-ci s'inclina et sourit légèrement :

— De nouveaux messages de nos hommes au Palais, Votre Grandeur. Fartuloon a réussi à tuer Tertavion ; voyant cela, les deux autres ont pris la fuite. Le Tu-Gol-Cel a été chargé de l'enquête mais, malgré l'utilisation de détecteurs à infrarouge, n'est pas parvenu à remonter leur piste ni à établir leur origine.

La face ronde d'Orbanaschol se fendit d'un sourire méprisant.

— Aucun risque, l'orbton Belkanor s'en occupera ! Quant à ces deux-là…

De la main, il fit un geste caractéristique et tous saisirent : Orbanaschol ne pouvait se permettre de laisser ses complices en vie.

— Passons à la suite, suggéra impatiemment Amarkavor Heng.

Orbanaschol lui jeta un regard sévère, mais accéda à sa demande.

— Nous ne sommes pas bien partis, néanmoins cela ne change rien de fondamental à nos plans, expliqua-t-il. Ce n'est pas cette histoire avec le vieil arracheur d'entrailles qui empêchera Gnozal d'aller à la chasse sur Erskomir, et cela seul importe. Fartuloon restera un élément perturbateur, mais je me chargerai de l'éliminer à l'instant décisif. Offantur et moi, nous nous tiendrons à proximité de mon frère, tandis que Sofgart veillera à ce que personne ne vienne nous gêner. Et maintenant, les détails…

*
* *

— Que dis-tu là, vieux charlatan ? demanda Gnozal VII, pétrifié.

Fartuloon hocha gravement la tête.

— Il y a une conspiration contre vous, Zhdopanthi ! Vous savez que j'ai beaucoup d'amis absolument fiables, et qui vous sont tout dévoués. C'est en grande partie avec leur aide que j'ai pu mettre en place les mesures qui garantissent la sécurité de votre personne et des membres de votre famille. C'est aussi par eux que j'ai obtenu ces informations. Des éléments occultes projettent de vous renverser, voire de vous assassiner !

L'Empereur ferma les yeux.

— Je ne peux pas le croire, Fartuloon, répondit-il après un court instant. Justement maintenant ? Alors que notre Empire se trouve au plus fort d'une lutte sans merci contre les Méthaniens ? Qui, dans ces circonstances, se risquerait à en ébranler ainsi les fondements ?

Une porte de service s'ouvrit au fond de la salle, et un valet de pied de Gnozal entra.

— La noble Dame Merikana m'envoie, Zhdopanthi. Elle m'a chargé de vous rappeler que dans une demi-tonta, trois officiers de l'État-Major arriveront au Palais de Cristal avec l'amiral Sakäl pour vous remettre les évaluations stratégiques sur le secteur de Labadon.

— Très bien, j'y serai, répondit l'Empereur

Le serviteur se retira avec une profonde révérence. Gnozal VII se retourna vers son médecin personnel :

— Je ne suis pas maître de mon temps, comme tu le vois, Fartuloon. Nous pouvons discuter pendant que tu m'ausculteras.

Ils se rendirent dans une pièce voisine, où se trouvait une positronique médicale. L'Empereur s'installa sur la table d'examen et, de ses mains expertes, Fartuloon posa les sondes sur le corps de son patient.

— Vous ne devriez pas prendre mes avertissements avec autant de légèreté, Votre Grandeur ! Je ne parle même pas de l'attentat dont j'ai été victime, bien qu'il s'inscrive parfaitement dans le schéma. Le fait est que l'un de mes amis en poste au centre de communications a incidemment capté certaines conversations qui transitaient sur des canaux réguliers mais provenaient d'endroits en principe non connectés au réseau. Il n'a donc pas réussi à établir qui étaient les correspondants, néanmoins sa méfiance a été éveillée. Il a mémorisé des fragments de ces échanges et a constaté que ceux-ci s'accompagnaient de curieuses interférences. Elles lui ont paru suspectes et, avec ses collaborateurs, il a passé ces enregistrements au peigne fin. Il en ressort que ces conversations anodines servaient de camouflage – les véritables messages étaient transmis dans les interférences elles-mêmes ! Il s'agissait d'impulsions en code, compressées et hachées. La clé est si complexe que la positronique n'a pu en déchiffrer qu'une petite partie, mais c'était déjà suffisant pour alarmer mes compères.

Maintenant, Gnozal VII se montrait visiblement impressionné. Fartuloon lisait l'inquiétude dans ses yeux.

— Et que disent les fragments décryptés ?

— Trop peu pour reconstituer le contenu exact, mais c'est assez pour en saisir le sens général, Zhdopanthi. Il était question, à plusieurs reprises, de vous et de la prochaine chasse sur Erskomir. Par deux fois reviennent les mots « accident » et « mort de l'Empereur ». Un nom également : celui de votre frère, Orbanaschol…

Comme piqué par un reptile venimeux, Gnozal VII bondit de la table. Le mouvement fut si brutal qu'une majorité des sondes furent arrachées de son corps.

— Qu'est-ce que ça signifie ? questionna-t-il vivement. Penses-tu donc – ou l'un de tes amis – que *mon frère* Veloz puisse être mêlé à cette affaire ?

Fartuloon soutint calmement son regard.

— Nullement, Votre Majesté. Comme je vous l'ai exposé, les parties déchiffrées des messages sont trop pauvres pour permettre d'en déduire quelque chose de concluant.

— Ça vaut mieux pour toi, vieux charlatan, affirma sèchement le souverain. Veloz-Orbanaschol est au-dessus de tout soupçon, dis-toi bien cela ! Au cas où il y aurait vraiment une conspiration, elle pourrait très bien le viser, lui aussi. Je dis bien « Au cas où », car je n'en suis pas encore convaincu.

Le médecin haussa ses larges épaules, se plongea dans la lecture des bio-paramètres de l'Empereur puis éteignit la positronique.

— Tout va bien, Zhdopanthi, votre état de santé est toujours parfait. J'ai encore une nouvelle qui pourrait vous donner matière à réflexion : la nuit passée, trois impulsions ultra-courtes et hyper-focalisées ont été expédiées du secteur de l'étoile Altaschonak directement au Palais de Cristal. Environ un tiers de tonta plus tard, mon ami de veille au contrôle des communications enregistrait une impulsion similaire, manifestement émise depuis le Palais.

L'enquête menée immédiatement a montré que la réponse ne provenait pas de la centrale mais d'un hyperémetteur mobile. Puisqu'aucune transmission n'est autorisée du Palais de Cristal en-dehors du réseau officiel, il ne peut y avoir aucun doute : ici, dans votre entourage direct, il se trame quelque chose, Votre Grandeur !

Pendant un moment, le silence régna dans la pièce. Gnozal VII commença à enfiler les vêtements que son valet de pied lui avait préparés. Le pli qui barrait son front indiquait qu'il réfléchissait intensément et que son cerveau second participait probablement à l'analyse.

— A-t-on pu déchiffrer ces dernières impulsions ? demanda-t-il enfin.

Fartuloon hocha négativement la tête.

— Ce n'est pas possible avec une émission hyper-focalisée, Zhdopanthi. L'ouverture du faisceau n'est que de deux mètres, seul un récepteur qui se trouve exactement sur sa trajectoire et réglé à la bonne fréquence peut capter la communication. Hors faisceau, on ne perçoit qu'un faible champ de dispersion qui ne révèle rien sur la teneur du message.

— Il est vrai que c'est très curieux. Mais je te le répète, vieux Carabin : plus un mot contre mon frère Veloz, ou tu feras long feu en tant que médecin personnel ! Il peut avoir ses bizarreries, comme quand il veut qu'on l'appelle Orbanaschol tout court, mais c'est un membre de ma famille. Jamais il n'agira contre l'intérêt de l'Empire !

Fartuloon s'inclina légèrement.

— J'obéis à Votre Grandeur. Ne serait-il pourtant pas préférable d'annuler la chasse sur Erskomir, ou du moins de la différer ? Je m'en réfère aux fragments des messages qui évoquent votre personne d'une manière éminemment suspecte. Le séjour sur cette planète sauvage pourrait offrir aux conspirateurs une magnifique occasion de réaliser leurs sombres desseins.

Gnozal VII ceignit sa taille de son écharpe brodée d'or

et vérifia le bon agencement de sa tenue dans le miroir, puis il se retourna en souriant au médecin.

— Ce n'est pas de tout repos quand tu t'occupes de moi, Fartuloon. Mais que pourrait-il donc m'arriver sur Erskomir ? Dans le domaine de chasse, il n'y aura personne d'autre que ma suite et les spécialistes ; les alentours seront bouclés, l'espace autour de la planète surveillé par une escadre. Et en dernier recours, toi, tu seras là pour me protéger…

À ce moment, la porte s'ouvrit et Yagthara, l'épouse de l'Empereur, fit son entrée. De dix ans plus jeune que lui, c'était une belle femme rayonnante. Elle tenait par la main un garçon de quatre ans : Mascaren, leur unique fils, Prince de Cristal et futur souverain de l'Empire Arkonide. Apercevant son père, il se dégagea et courut à lui. Sa petite frimousse s'illuminait de joie. Gnozal VII se pencha et le souleva dans ses bras.

— Merikana ne m'a pas laissé de répit, mon époux, s'excusa Yagthara, un léger reproche dans la voix. Les officiers de la flotte arrivent bientôt, et tu n'as même pas encore pris ton repas du matin.

Le souverain reposa son fils par terre et lui tapota la tête.

— Je suis heureux de ne pas avoir épousé ta sœur, soupira-t-il avec un désespoir feint. Elle est belle et aimable, mais tellement pointilleuse que c'en est exaspérant. Bien, allons-y !

Il adressa un dernier signe à Fartuloon. Le médecin s'inclina et, d'un air grave, le regarda partir. Il avait fait ce qu'il pouvait, hélas cela n'avait pas servi à grand-chose. Gnozal VII était un homme au-dessus des intrigues et des manœuvres. Il se donnait tout entier à son rôle de commandeur en chef des forces armées et, en ce qui concernait l'administration de son immense empire, il se réservait autant que possible les décisions les plus importantes. En revanche, il se déchargeait de la politique quotidienne sur les épaules de ses conseillers et des fonctionnaires nommés précisément pour accomplir cette tâche. Que les avis fussent judicieux et les devoirs correctement remplis, c'était une autre question…

Fartuloon exerçait souvent une influence positive grâce à son poste de confiance. Il était pour l'Empereur un ami et en quelque sorte une figure paternelle bien qu'il eût, selon les apparences, sensiblement le même âge. En outre, sa sollicitude se portait aussi vers Mascaren, le jeune Prince de Cristal, qui était venu au monde avec son aide. Le garçon semblait avoir hérité de toutes les bonnes dispositions de son père et deviendrait peut-être un meilleur souverain encore que Gnozal VII.

Tout de suite après sa naissance, il y avait eu une vive controverse entre les parents à propos du prénom de l'enfant, et c'était la volonté de l'Empereur qui avait primé. De frustration et de colère, l'Impératrice Yagthara avait montré au vieux Carabin son journal intime ; Fartuloon se souvenait parfaitement du texte :

… malgré une naissance facile, tôt ce matin, très déçue et mécontente à cause de l'obstination de Gnozal ! L'appui du vieux Carabin n'a pas aidé davantage. Mon époux tient catégoriquement à lui donner ce prénom de Mascaren. Moi, je voudrais l'appeler Atlan, parce que je suis fermement convaincue – n'est-ce qu'un caprice de mère heureuse ou y a-t-il là autre chose ? Le Zhy confère force et sagesse prophétique ! – qu'il est voué, comme le héros des légendes, à un destin particulier aussi important pour Arkonis que pour tout l'Empire ! Le gros se réjouit de notre querelle, évidemment ; il trouve là l'occasion de cracher son venin. Comment Gnozal ne voit-il pas le mauvais caractère de son frère Veloz ? Le beau-frère Upoc, lui, a tourné les talons, effarouché par la vigueur de nos discussions. Nous avons dû heurter sa sensibilité à fleur de peau. Lui, il n'y a que sa musique qui l'intéresse…

Le médecin sourit : il savait que la mère utilisait très souvent le nom qu'elle préférait, dès que le père n'était pas présent. L'enfant était entre de bonnes mains. Son éducation était confiée à Merikana, la sœur cadette d'Yagthara, tandis que le Maréchal de Cristal Selamon de Quertamagin assumait la direction des précepteurs et instructeurs du Prince. C'était aussi un précieux collaborateur de l'Empereur, dont il supervisait les maîtres de cérémonie.

Qu'adviendra-t-il du garçon, si les conspirateurs réussissent à assassiner Gnozal VII ?

Fartuloon nourrissait les pires craintes à cet égard. Il connaissait Orbanaschol mieux que son propre frère, et, contrairement à ce qu'il avait prétendu, il était convaincu que son nom n'apparaissait pas par hasard dans les communications suspectes. Gnozal n'était pas naturellement naïf au point de ne pas envisager une mort violente – depuis la naissance de l'héritier du trône, il avait fait prendre à Fartuloon d'importantes mesures de sécurité pour garantir la continuité du khasurn – mais en ce qui concernait ses propre collatéraux, il semblait totalement aveugle et témoignait d'une indulgence incompréhensible.

— Veloz, ce gaillard sournois ! La soif de pouvoir qui influence toute sa vie lui aurait fait tuer sa propre mère si ç'avait été le moyen d'arriver au sommet de l'Empire ! Et cette intrigante avide de puissance l'aurait peut-être même approuvé ! murmura Fartuloon, furieux. Les She'Huhan aient pitié de son âme !

Il en termina avec la positronique, retira les cristaux mémoriels contenant les données médicales de Gnozal et les ajouta à son dossier. Il n'y avait rien de plus à faire dans l'immédiat. Il se lava les mains et s'en alla prendre son premier repas de la journée. Les conversations avec d'autres fonctionnaires de la cour – les vaines banalités d'usage – le divertirent un moment de ses idées moroses. Il s'étonnait toujours des pensées superficielles des courtisans, de leur horizon intellectuel qui se limitait aux subtilités du protocole et au respect de l'étiquette.

Et ce en un temps où le Grand Empire se trouve engagé

dans les plus lourdes batailles de son histoire depuis l'of-
fensive des Vecorats voleurs d'âmes ! Est-ce là un signe
de décadence, comme la résurgence d'usages et de goûts
culturels des périodes archaïques ? D'ailleurs, malgré les
perspectives d'intensification des combats, Gnozal VII lui-
même ne renonce pas à sa chasse annuelle, à laquelle
participe une grande partie de la cour. (Ses pensées repri-
rent   alors   une   tournure   moins   philosophique.)
Orbanaschol y sera, bien sûr, et avec lui Sofgart, le
Maître Intendant. Sans oublier le rusé, l'insaisissable
Offantur !

— Une fameuse trinité empoisonnée, siffla Fartuloon.
Ces trois-là sont capables de tout. Mais je suis là, et je
veille !

CHAPITRE VII

FARTULOON, LE CHIRURGIEN IMPÉRIAL

Les pragos suivants n'amenèrent aucun élément nouveau. Tout le monde s'activait à préparer l'expédition cynégétique prochaine. Pour l'instant, la situation sur le front était favorable, la bataille dans le secteur de Labadon s'étant soldée par une déroute complète pour les Méthaniens. Gnozal VII était de bonne humeur et, dans ces conditions, je ne songeais plus à lui faire reporter la chasse. Mes inquiétudes m'apparaissaient presque sans fondement. Il n'y avait rien de neuf, mes amis n'avaient pas progressé malgré leurs efforts. Même le Tu-Gol-Cel n'avait enregistré aucun succès.

Ce calme relatif mettait mes nerfs à rude épreuve. Je savais qu'une machination était en marche, cependant elle restait irréelle, impalpable. Aussi la mission secrète que me confia l'Empereur vint-elle à point pour soulager ma tension. Gnozal ne croyait pas qu'il pourrait lui arriver quelque chose sur Erskomir, mais son subconscient – et peut-être aussi son cerveau-second – l'incita à prendre certaines précautions. J'allai donc par monts et par vaux, sur Arkonis I et dans tout le système. Un laissez-passer prioritaire de l'Empereur m'ouvrait toutes les portes. En cinq pragos, je menai à bien ma tâche et je rentrai fatigué mais satisfait.

Le départ de l'Empereur et de sa suite pour Erskomir était prévu pour le lendemain matin. Outre Orbanaschol et nombre d'Arkonides de haut rang, Yagthara et le Prince de Cristal seraient eux aussi du voyage. Je ne voyais pas cela d'un bon œil, car ils courraient le plus grand danger si les conspirateurs parvenaient à leurs fins. Toutefois, même mon insistance ne fit pas revenir mon maître sur cette décision. L'Empereur ressentait déjà l'excitation, la fièvre de la chasse et se concentrait totalement sur ses préparatifs. Il faut avouer qu'il n'avait pas souvent l'occasion d'échapper au carcan de ses obligations quotidiennes. Chaque millitonta de sa vie de souverain d'une puissance comme le Taï Ark'Tussan, avec ses milliers de planètes, était conditionnée par la conscience du devoir à remplir et des immenses responsabilités qui lui incombaient. Trop rares étaient les instants qu'il pouvait consacrer à la détente, ou à sa vie privée.

Et le moment arriva ! Les flots de lumière nocturne des étoiles de l'amas pâlirent légèrement alors que se levait le soleil. Peu après, une procession de glisseurs s'étira vers l'astroport distant d'à peine vingt kilomètres, au sud du Palais de Cristal. Pendant ce temps, tout le trafic aérien était détourné. Seul un rhagarn de chasseurs spatiaux rapides croisait dans ce secteur et le verrouillait hermétiquement. Sur une piste attendait le Tondon, le luxueux vaisseau privé de l'Empereur. C'était une sphère de huit cents mètres de diamètre. Ses blocs-propulsion surpuissants lui conféraient un rayon d'action presque illimité. Son armement ultramoderne et ses écrans renforcés lui auraient permis de résister même face à plusieurs agresseurs.

L'astroport avait été isolé et tout autre navire écarté de ses pistes. Des blindés volants formaient un large cordon autour du croiseur, doublé d'une ligne serrée de postes occupés par des Naats. Sur un ordre de Gnozal, l'expédition embarqua sans cérémonial aucun. Un quart de tonta plus tard, l'aire de décollage était dégagée et les sas se refermaient. Sustenté par ses champs antigrav, le Tondon s'arracha du sol avec légèreté puis fonça vers l'espace dans l'éclat de ses propulseurs à impulsions. Les vingt croiseurs de bataille qui formeraient son escorte l'atten-

daient en orbite. Les bâtiments alignèrent leur vitesse et gagnèrent de concert le point de transition.

*
* *

Erskomir était la deuxième planète d'un petit soleil rouge, à environ douze années-lumière d'Arkonis. Ce soleil possédait trois autres satellites, impropres à la vie. Les vingt et un vaisseaux émergèrent de l'hyperespace, mais seul le *Tondon* s'approcha de la planète de chasse. Les autres croiseurs se dispersèrent alentour pour patrouiller tandis que la nef amirale de l'escadre de protection gagnait la position prévue pour sa mission particulière. Le *Perkanor* était un navire de cinq cents mètres de diamètre, équipé des armes les plus modernes de l'Empire. Il se posta en orbite stationnaire au-dessus du continent principal d'Erskomir, où les chasses auraient lieu.

Il éjecta vingt sondes d'observation qui descendirent à cinq kilomètres d'altitude. Leur tâche était de surveiller les sites choisis longtemps auparavant par les diverses expéditions cynégétiques, et dont certains se trouvaient assez loin de l'astroport. Les sondes étaient télécommandées et retransmettaient les prises de vue au moyen de caméras grand angulaire. Dans le croiseur, une centrale de surveillance avait été spécialement aménagée pour recevoir et éventuellement enregistrer les informations ainsi relayées, sur un mur d'images de vingt moniteurs.

Toutes les dispositions étaient en place pour assurer la sécurité des éminents chasseurs. Au cas où quelque chose d'imprévu se passerait néanmoins sur Erskomir, trois chaloupes sphériques de soixante mètres de diamètre ainsi que vingt avisos discoïdaux de type *Leka* étaient en alerte dans les hangars du *Perkanor*. Ils pouvaient appareiller en urgence et intervenir très rapidement.

Toutes ces mesures garantissaient la vie de l'Empereur et sa protection dans toutes les circonstances imaginables. Et pourtant, elles présentaient une faille considérable : le commandant de la flottille de surveillance et du *Perkanor* s'appelait Amarkavor Heng…

*
* *

Fartuloon se tenait devant l'écran holographique de sa cabine et observait la descente du *Tondon* vers Erskomir. Il aurait préféré rester auprès de Gnozal VII, mais l'étiquette ne l'autorisait pas. Le souverain était attablé avec ses nobles invités et son épouse ; or, dans cette société choisie, le vieux Carabin n'avait pas sa place.

On ne pensera à moi que si l'un de ces beaux messieurs a des aigreurs d'estomac. (Fartuloon fit la grimace en imaginant Orbanaschol en train de se goinfrer de mets délicats.) *Que ne suis-je l'Empereur, juste pour un prago ! J'aurais vite envoyé ce gros là où il devrait se trouver – au front contre les Méthaniens ! Il a beau être commandeur de la flotte en titre et she'onis suprême, ce à quoi ressemble l'intérieur d'un croiseur lourd ou seulement d'une frégate est lettre morte pour lui. Il n'en sait que ce que d'autres lui ont raconté !*

C'était quelque peu exagéré, certes, mais il n'en restait pas moins que Veloz-Orbanaschol passait sa vie dans le plus luxueux confort et avait jusqu'ici habilement évité d'assumer un poste à responsabilité en adéquation avec son rang, au service du Taï Ark'Tussan.

À l'entrée de sa cabine, le médecin entendit soudain des petits coups et des grattements. Son visage refléta aussitôt une extrême vigilance. Il sortit d'un tiroir un minuscule radiant-aiguille, qu'il pouvait dissimuler facilement dans sa large paume. D'une pression du doigt, il ôta le cran de sûreté de l'arme et se glissa vers le panneau, tous ses sens en éveil. En voulait-on encore à sa vie ? Pendant un moment, le silence régna, puis les bruits se répétèrent. Fartuloon ouvrit brusquement la porte, prêt à vendre chèrement sa peau. L'instant d'après, la main qui tenait le radiant retombait et la stupéfaction se peignait sur les traits du vieux Carabin.

— … Toi, Atlan ?

Le petit Prince de Cristal arborait un sourire un peu incertain et pourtant plein d'espièglerie.

— Je voulais venir te voir, oncle Fartuloon, mais cet idiot de panneau refusait de coulisser ! Père et Mère m'ont laissé seul, cette stupide Lesena s'est endormie au lieu de jouer avec moi, et alors…

Fartuloon feignit la sévérité.

— Tu n'aurais pas dû t'éclipser ainsi ! Maintenant, si on s'aperçoit que tu as filé parce que Lesena s'est assoupie, on va la réprimander très fort. Et tu ne devrais pas non plus dire sans cesse « cette stupide Lesena », ce n'est pas poli.

La figure du garçonnet se chiffonna sous la remontrance, mais s'éclaircit à nouveau lorsqu'il répliqua malicieusement :

— Et toi, oncle Fartuloon, tu ne devrais pas non plus m'appeler Atlan, Père ne veut pas ! Il n'y a que ma mère qui ose faire cela quand personne n'écoute, car je m'appelle Mascaren.

Il levait triomphalement les yeux vers le médecin, qui dut céder devant cette logique enfantine. Fartuloon attrapa la main du jeune prince.

— Viens à présent, nous retournons à ta cabine. Le banquet sera bientôt fini et tes parents vont rentrer. Si tu n'es pas là, on réprimandera non seulement Lesena, mais toi aussi.

Ils n'avaient que vingt mètres à parcourir, et ils ne croisèrent personne. Ce fut une dame de compagnie passablement affolée qui reprit le Prince de Cristal sous son aile. Fartuloon réintégra sa cabine. Normalement, ce petit intermède l'aurait amusé mais, dans les circonstances actuelles, cela ne faisait qu'aggraver ses soucis.

Que deviendra le garçon si Gnozal est assassiné ? Yagthara n'a pas l'habitude des manœuvres et des intrigues de cour. Si l'Empereur vient à mourir, elle n'aura plus aucune légitimité et comme leur fils est encore jeune, il faudra nommer un régent car le gouvernement de l'Empire a besoin de la poigne d'un homme. Or, un seul entre en ligne de compte dans l'ordre de succession : Orbanaschol.

Le vieux Carabin réprima un grognement en envisageant les conséquences prévisibles. Tous ses doutes fondirent comme neige au soleil : cet homme mettrait tout en œuvre pour accéder au pouvoir. Les indices le désignaient clairement comme l'instigateur du complot contre Gnozal VII. Après l'assassinat de son frère, beaucoup d'autres suivraient. Lui-même, Fartuloon, serait certainement du nombre, l'attentat manqué contre sa vie le prouvait. Et le Prince de Cristal lui aussi figurerait sur la liste, en première place...

On n'en arrivera pas là, se jura le médecin. *Je ne quitterai pas l'Empereur des yeux.*

Une puissante cloche d'énergie couvrait l'astroport de la planète primitive. Cet écran protecteur était nécessaire même en temps normal. Il préservait le port et les bâtiments contre les énormes bêtes sauvages qui foisonnaient sur Erskomir. Des dizaines de ces créatures venaient se carboniser contre le champ de force, jour après jour. Quitter ce havre présentait chaque fois un très haut risque, voire un danger de mort. Pourtant, de nombreux nobles n'hésitaient pas à prendre ce risque pour se mesurer aux animaux sauvages avec des moyens très primitifs. Et l'Empereur faisait partie de ces audacieux...

Les yeux brillants, Gnozal VII observait le paysage depuis la galerie panoramique de la centrale du *Tondon*.

— Là-bas, l'aventure nous attend, Bonaschaga ! dit-il à l'un des hommes qui se trouvaient derrière lui. Ce dernier – ambassadeur d'une petite principauté semi-autonome aux frontières du Taï Ark'Tussan, où autochtones et colons arkonides vivaient en bonne intelligence dans un régime fédéral – opina lentement du chef.

— Probablement même une foule d'aventures, Zhdo-panthi. J'en parle en connaissance de cause car, dans mon système natal, il existe un monde tout à fait semblable où je me suis rendu quelquefois. Je commandais à cette époque un vaisseau colonial, et nous tentions de nous implanter sur cette planète au sous-sol très riche.

— Avez-vous réussi ? demanda Gnozal, intéressé.

L'ambassadeur secoua la tête.

— Nos gens n'ont pu tenir que quelques années, puis l'entreprise a été abandonnée. Le taux de mortalité avait atteint les quarante pour cent à cause, à parts égales, de la faune primitive et des agents pathogènes qui s'adaptaient avec une vitesse foudroyante à notre métabolisme.

— Vous n'avez pas attaqué par là où il eût fallu, affirma Sofgart de sa voix rocailleuse.

— Et comment auriez-vous procédé, Zhdopanda, si je puis me permettre ?

Le Maître Intendant caqueta d'un rire sec.

— Quand on veut atteindre un objectif, il faut y mettre les moyens, Ambassadeur. J'aurais fait exterminer les bêtes sauvages, en totalité. Ensuite, j'aurais fait répandre des bactéries spécialement sélectionnées pour éliminer les micro-organismes locaux, puis capables de s'autolyser une fois leur mission accomplie. En un an seulement, la planète eût été pour ainsi dire stérilisée, livrée à l'occupation et à une exploitation sans problème.

L'ambassadeur hocha tranquillement la tête.

— Certes, nous aurions pu travailler ainsi, Zhdopanda, concéda-t-il. Mais ce processus aurait brisé l'évolution naturelle de ce monde, et définitivement. *À jamais*, vous me comprenez ? La planète n'eût plus été qu'une boule de roc et d'eau, sans utilité au sens cosmique du terme, impropre à développer un jour une vie intelligente. Un bénéfice ponctuel justifiait-il ces dégâts irréversibles, selon vous ?

C'était là une réprimande à peine voilée et elle n'avait pas échappé à l'assistance. Ni à Sofgart, qui serra les dents et baissa les paupières pour masquer l'éclat meurtrier qui fulgurait dans ses yeux. Comme tout aristocrate arkonide, il méprisait les « hommes des bois » originaires des franges du Grand Empire – ces colons qu'il mettait plus bas que les essoyas du peuple. Mais il ne pouvait pas afficher de tels sentiments en présence de l'Empereur car on reconnaissait à Gnozal VII une qualité que lui-même, Sofgart, appréciait plus que modérément : son impartiale justice. Il considérait d'un regard identique tous ses sujets, quelle que fût leur origine.

— On peut le voir sous cet angle, lâcha le Maître Intendant pour sauver la face.

Puis il tourna brusquement les talons et quitta le central du vaisseau. Un silence embarrassé accompagna sa sortie. Orbanaschol maudit *in petto* la maladresse de son complice, mais il redressa la situation en s'adressant à l'ambassadeur.

— Ainsi donc, vous gagnerez peut-être sur Erskomir quelques superbes trophées ! Votre expérience vous servira ici. Et rien à craindre pour votre vie, nos maîtres de chasse connaissent leur métier !

— Je n'en doute pas, Votre Hautesse, répliqua l'homme des Marches Impériales.

Gnozal VII, qui avait suivi la joute oratoire avec un imperceptible sourire au coin des lèvres, voulut ajouter un commentaire mais les haut-parleurs l'interrompirent.

— Ici le commandant. Votre attention, je vous prie. Le *Tondon* se posera dans une décitonta sur l'astroport d'Erskomir. Sa Grandeur et ses Nobles Hôtes veulent-ils se préparer au débarquement ? Je vous remercie. Fin de communication.

L'Empereur jeta un dernier regard à l'écran panoramique, sur lequel la cloche d'énergie grossissait à présent. Il ne remarqua pas l'expression haineuse qui déforma un instant le visage de son frère.

Susténté par ses seuls projecteurs antigrav, le *Tondon* descendit lentement vers l'astroport. Celui-ci se trouvait dans la zone tempérée d'Erskomir, l'unique partie de la planète où le climat fût un tant soit peu supportable pour des Arkonides. L'après-midi était avancé et le petit soleil rouge déclinait déjà vers l'horizon. Une fenêtre béa dans l'écran protecteur pour laisser passer le vaisseau. Il atterrit avec légèreté sur la piste, à côté de deux croiseurs de plus faible tonnage et de quelques chaloupes. Immédiatement, les sas du pôle inférieur s'ouvrirent, des rampes de débarquement s'abaissèrent jusqu'au sol et l'Empereur quitta le *Tondon* avec sa suite.

Au même moment résonnèrent des ordres énergiques et une cacophonie plus ou moins musicale éclata. Trois centuries de gigantesques Naats étaient alignées, avec une fanfare qui jouait en l'honneur du souverain d'Arkonis. Certains instruments présentaient un aspect des plus étranges ; les musiciens les maniaient de toute la vigueur de leurs bras et de leurs poumons. Sur la partition se lisait le titre « La Marche de l'Empereur », mais les Naats massacraient la mélodie jusqu'à la rendre méconnaissable. Gnozal VII se hâta – on peut le comprendre – de rejoindre l'officier arkonide qui commandait le détachement. Le concert dissonant se tut alors et le responsable de l'astroport s'avança pour saluer, puis il céda la parole à l'Empereur.

Gnozal VII le remercia brièvement de son accueil et passa en revue les régiments de Naats. De nouveaux ordres fusèrent et les géants présentèrent les armes. C'étaient de lourds radiants à impulsions qu'un Arkonide de stature normale aurait eu beaucoup de difficulté à soulever, mais ils les manipulaient avec aisance, presque comme des jouets. De même, bien que Naat, leur monde d'origine, fût désertique, l'atmosphère humide et étouffante d'Erskomir ne semblait pas les affecter. Par contraste, l'Empereur n'en subissait que davantage les désagréments car l'uniforme d'apparat qu'il portait était conçu pour un environnement normal. Bien-sûr, il était micro-aéré ; toutefois, la forte humidité ambiante n'en restait pas moins pénible. Le souverain devait lever la tête à se rompre la nuque pour pouvoir fixer le visage des Naats. Les créatures cyclopéennes avaient une tête arrondie dénuée d'appendice nasal et fendue d'une large bouche. Elles se tenaient parfaitement immobiles, seuls leurs trois yeux suivaient la progression du souverain.

Gnozal VII respira quand il en eut terminé de ce cérémonial. Il pivota vers l'officier qui l'accompagnait.

— Merci, orbton Binoschol. Votre troupe excelle au maniement des armes, apprécia-t-il. Le reste est-il prêt ?

L'homme salua.

— Oui, Zhdopanthi. Nos spécialistes ont donné le meilleur d'eux-mêmes. Les Nobles Hôtes seront satisfaits.

L'Empereur le remercia d'une inclinaison de la tête et s'en retourna vers sa suite qui l'attendait sans bouger. On entendit encore de brefs commandements, et les Naats se mirent en mouvement vers leurs quartiers. L'équipage du *Tondon* avait entre-temps débarqué plusieurs glisseurs à bord desquels prirent place le souverain et ses invités. Ce convoi s'envola en direction du grand hôtel qui s'élevait à deux kilomètres de l'astroport. C'était un bâtiment de six étages en forme de simple parallélépipède, dont l'aménagement intérieur comportait néanmoins tout le luxe que pouvait désirer un Arkonide accoutumé à son confort. Aujourd'hui, toutes les chambres étaient inoccupées car les chasseurs « ordinaires » avaient vidé les lieux pour faire place à l'Empereur.

Avec soulagement, Gnozal inspirait l'air frais de la cabine climatisée. Yagthara et le Prince de Cristal demeuraient pour l'heure à bord du *Tondon*, seul Fartuloon l'accompagnait. Les deux hommes n'accordaient aucun regard aux alentours car ils avaient souvent séjourné sur la planète et en connaissaient le paysage. De son petit sac de voyage, le médecin sortit une serviette rafraîchissante qu'il tendit à l'Empereur. La prenant avec un signe de tête reconnaissant, Gnozal essuya la transpiration qui coulait sur son visage et dans son cou. Fartuloon récupéra le carré de tissu synthétique et le jeta dans le broyeur. Puis il tira de sa pharmacie portative une petite gélule orangée et la donna à son maître, qui l'avala.

Il sourit légèrement et plaisanta :

— Tu t'occupes de moi comme un père de son fils insouciant. Parfois, je me dis que tu es mon seul ami sincère, vieux Carabin.

Fartuloon lui rendit son sourire, mais son expression redevint aussitôt sérieuse. Il s'assura que la liaison avec la cabine du pilote était coupée puis répliqua :

— Malheureusement, Zhdopanthi, vous ne voulez pas entendre mes conseils. Il eût mieux valu reporter cette excursion, jusqu'à ce que mes amis ou le Tu-Gol-Cel aient découvert quelque chose sur ces messages bizarres qui me tracassent toujours.

Gnozal plissa le front et hocha négativement la tête.

— La chasse sur Erskomir est presque l'unique plaisir, l'unique détente que je puisse m'octroyer, Fartuloon. Un report aurait pu déboucher sur une annulation pure et simple cette année, et je n'aurais même pas pu fournir de raison officielle.

« Tu sais que les mesures de sécurité ont encore été renforcées, et que je ne quitterai jamais le périmètre de l'astroport sans porter un radiant à impulsions. En outre, les domaines de chasse sont placés sous haute surveillance. Un agresseur n'a aucune chance de m'atteindre. Rassuré ?

Fartuloon hocha la tête. Non, il n'était absolument pas rassuré !

*
* *

Presque sans transition, l'obscurité tomba. De petits soleils atomiques isolés par de puissants champs coercitifs se mirent à briller et baignèrent les alentours de l'hôtel de leurs rayons clairs. Simultanément, un éclairage indirect s'alluma et des cascades de lumières multicolores s'écoulèrent sur les murs du bâtiment. Ceux-ci étaient ornés de cristaux extraits sur la planète même, qui s'irisaient et scintillaient de toutes les couleurs du spectre.

— C'est nouveau, constata l'Empereur d'un ton appréciateur. Les hommes d'Erskomir ont imaginé là quelque chose de tout à fait original. D'une certaine manière, cela surpasse presque le Palais de Cristal !

Le médecin lui aussi était impressionné, mais il voyait tout autrement cette installation. Son intelligence strictement analytique percevait nettement que la contemplation de ce kaléidoscope exerçait sur eux une influence presque hypnotique. Elle suggérait satisfaction, bonheur et légèreté. Si le cerveau bien entraîné de Fartuloon se libéra très vite de cet effet, Gnozal VII restait figé et fixait béatement les hauts murs constellés. Il sembla s'éveiller d'un rêve quand l'arbtan commandant la garde de l'hôtel s'approcha de lui et salua.

Cette disposition est-elle due au seul hasard, ou est-ce intentionnel ? se demanda Fartuloon. *Les créateurs n'ont peut-être pas prévu cela mais il est tout aussi possible que ce truc magique ait été mis en place pour influencer psychiquement l'Empereur à son arrivée... Et si ce jeu de couleurs et de lumières laissait une sorte de rémanence post-hypnotique, qui conduisait Gnozal à affronter les animaux sauvages – ou d'autres adversaires – avec une insouciance euphorique ?*

Un instant plus tard, Fartuloon reçut une réponse à cette question lancinante.

Les autres glisseurs avaient atterri et Orbanaschol se dandinait vers son frère.

— Cela te plaît-il, Mascudar ? s'enquit-il avec une amabilité débordante. Une petite attention de ma part ! Elle m'a d'ailleurs coûté quelques chronners, mais tu m'avais dit un jour que la façade de cet hôtel était triste. Eh bien, elle ne l'est plus !

L'Empereur eut un petit rire silencieux et lui frappa sur l'épaule.

— Ta surprise est très réussie, mon frère. Je te remercie.

Bouillant de colère, le médecin se détourna en grinçant des dents. À présent, il avait les mains liées : si Orbanaschol annonçait ouvertement qu'il avait fait installer cette décoration, c'était avec la certitude que personne n'y découvrirait rien de suspect.

Puis-je agir d'une quelconque façon ? s'interrogea-t-il.

Mais il réalisa rapidement qu'il ne pouvait rien faire sans se ridiculiser. Gnozal VII aurait raillé la moindre mise en garde, vu la confiance – inexplicable – qu'il témoignait à son demi-frère. Côte à côte, ils admiraient les jeux de lumière des cristaux, et à nouveau, l'Empereur était comme plongé dans un enchantement…

Soudain, tous ceux qui se trouvaient sur le parvis de l'hôtel sursautèrent. Au-dessus de leurs têtes, un éclair flamboya durant plusieurs millitontas. Un épouvantable mugissement retentit puis mourut, et le phénomène lumineux s'éteignit avec un crépitement chuintant.

— Que… qu'est-ce que c'est ? haleta Orbanaschol, le visage blême, cherchant du regard un abri.

Gnozal VII éclata de rire et le prit par le bras.

— Pas de panique, mon frère ! Ce n'est qu'un ptérosaure qui a été assez sot pour se lancer sur nous malgré l'écran énergétique. Il a payé son audace de sa vie. Tu devrais être habitué, ce n'est pas la première fois que tu viens ici.

Orbanaschol agita vivement la tête et, crispé, se força à sourire en dépit de l'effroi qui le glaçait encore des orteils à la racine des cheveux. Cette réaction peu courageuse face à un événement bénin ne rehaussait pas son prestige.

— Naturellement, mais j'étais tellement absorbé dans

la contemplation des cristaux que j'ai été pris au dépourvu, tenta-t-il maladroitement de se justifier.

L'Empereur le sortit d'embarras en ordonnant à tous de prendre possession de leurs suites dans l'hôtel. Dans son dos, Fartuloon respira. L'incident venait à point nommé pour soustraire le souverain à la lueur des pierres. Il espérait que leur influence était restée limitée, et seul l'avenir lui dirait si cet espoir était fondé. Le cerveau second de Gnozal pouvait d'ailleurs avoir détecté et neutralisé de lui-même un éventuel effet hypnotique, mais le médecin accorderait néanmoins une attention toute particulière à l'examen du lendemain. L'équipement de l'hôtel comprenait une positronique médicale très sophistiquée. Si Gnozal avait subi quelque influence psychique, la machine ne manquerait pas de signaler des différences même minimes dans les ondes mentales du sujet, et Fartuloon saurait y apporter les corrections appropriées.

Les participants à la chasse se dispersèrent pour gagner leurs chambres. Une dizaine d'hommes à peine se rendirent dans la salle de réception car, dans chaque appartement, des dispositifs automatiques pouvaient fournir tous les rafraîchissements voulus.

Erskomir tournait sur elle-même juste quatorze tontas et demie en tout ; de plus, en cette saison, la nuit durait un peu moins de cinq tontas. Dès le lendemain matin, les chasseurs seraient à pied d'œuvre, et mieux valait qu'ils fussent frais et dispos. Aussi Fartuloon alla-t-il se coucher de bonne heure. Malgré ses soucis, il trouva très vite le sommeil.

Il n'en fut pas de même pour Orbanaschol et deux autres hommes…

*
* *

Reconstitution :
Ce n'était pas leur mauvaise conscience qui les empêchait de dormir. Ils ne s'étaient plus rencontrés après la

réunion dans la résidence d'été d'Orbanaschol, et n'avaient pris aucun contact radio vu l'intense activité que déployait le Tu-Gol-Cel depuis l'attentat contre Fartuloon. Le risque était trop grand, car les membres les plus haut placés de la police secrète restaient fidèles à Gnozal VII.

Sur cette planète, en revanche, l'hôtel était bien gardé au-dehors mais l'intérieur ne faisait l'objet d'aucun contrôle, et cela convenait parfaitement aux comploteurs. Il n'y avait d'automatismes de surveillance que devant les accès des locaux réservés à l'Empereur ; c'était plutôt là une mesure de routine. Le personnel était en effet trié sur le volet et de plus infiltré d'hommes du Tu-Gol-Cel, donc aucun danger à craindre de ce côté. Quant aux invités de Gnozal, ils se trouvaient bien-sûr au-dessus de toute suspicion.

Deux tontas s'étaient écoulées depuis le débarquement ; il y avait un moment que les derniers visiteurs avaient déserté le bar et le restaurant. Tout l'hôtel dormait quand Orbanaschol quitta sa chambre. Il balaya les environs d'un regard rapide puis se hâta vers l'ascenseur antigrav tout proche. Il résidait au cinquième étage, le sixième étant complètement dévolu à son frère. Il sauta dans le puits et laissa le champ descendant le déposer au rez-de-chaussée. Là étaient installés les invités de rang « moins élevé », au nombre desquels le Maître Intendant. C'était dans sa chambre que les conspirateurs tiendraient séance. Éclairé de faibles veilleuses, le couloir semblait libre mais Orbanaschol s'en assura en tendant une oreille attentive devant la sortie du puits. Puis il se trémoussa jusqu'à une porte et frappa un signal convenu. Le panneau s'ouvrit, le temps de le laisser entrer, et se referma aussi vite.

Sofgart, l'homme sec à la tête de momie, l'attendait en compagnie d'Offantur, le premier serviteur d'Orbanaschol. Les deux autres conjurés manquaient à l'appel : Amarkavor Heng orbitait autour d'Erskomir à bord du *Perkanor* et Psollien logeait avec les autres maîtres de chasse. Essoufflé, Orbanaschol se laissa tomber dans un fauteuil et s'épongea le front.

— J'ai besoin d'un verre – quelque chose de très fort, exigea-t-il de sa voix de fausset.

Son valet s'inclina négligemment et alla presser le bouton du distributeur qui livra aussitôt la commande. Le fratricide en puissance s'en saisit et avala une longue gorgée. Il se détendit enfin un peu. Levant les yeux, il rencontra le regard moqueur de Sofgart.

— Vous devriez calmer vos nerfs au lieu de boire autant, lança le Maître Intendant d'un ton méprisant. Ils ne sont pas des plus solides, Veloz, on l'a vu quand le saurien s'est précipité dans le bouclier.

— Comment osez-vous vous adresser à moi de la sorte ? s'exclama l'interpellé.

— Laissons donc ces sottises, continua Sofgart de sa voix enrouée. Nous poursuivons tous le même but, bien que nos motivations diffèrent un peu. Inutile d'être si formels entre nous. Si je vous appelle « Zhdopanda », cela vous rend-t-il supérieur à moi ? Et puis, Veloz n'est-il pas votre vrai nom ?

— J'en reste à Orbanaschol, s'écria-t-il, et au titre qui est le mien ! (Ses petits yeux étincelaient.) En tant que futur Régent ou Empereur d'Arkonis, je ne puis tolérer de telles familiarités à l'égard de ma personne !

Sofgart s'inclina avec une politesse affectée et répondit ironiquement :

— À Votre guise, Votre Grandeur et futur Empereur d'Arkonis ! Mais cela ne change rien au fait que vous vous êtes montré devant tous les invités sous un jour qui ne suscite pas précisément le respect.

Orbanaschol ricana méchamment et rétorqua :

— Il vous sied bien de vous moquer de moi. Vous n'avez pas été plus brillant dans votre controverse avec l'ambassadeur Bonaschaga, qui vous a cloué le bec !

Un éclat menaçant traversa les yeux du Maître Intendant, et ses mains osseuses esquissèrent un geste convulsif à l'évocation de sa propre déconfiture. Orbanaschol s'était levé et les deux hommes, dressés sur leurs ergots, semblaient prêts à se sauter à la gorge.

— Nobles Zhdopanda, je vous en prie ! intervint Offantur. Nous ne sommes pas ici pour nous battre entre nous mais pour décider de nos prochaines actions. C'est tout ce qui compte.

Ses traits, d'habitude si lisses, montraient ouvertement sa désapprobation et cela calma les deux autres.

— Je vous remercie.

— Offantur a raison, reconnut Orbanaschol après un moment d'épais silence. Nous jouons un garrabo dangereux, cela provoque une inévitable tension et des réactions un peu vives. Nous devons les surmonter, sinon nous n'atteindrons jamais notre objectif. Vous devez en être conscient, Sofgart !

— Je le suis, Votre Grandeur, admit l'homme à la tête de mort, dégrisé.

Orbanaschol eut un sourire satisfait. Il se rassit, vida son verre et le reposa sans douceur sur la table.

— Reprenons. Peu avant notre atterrissage, j'ai reçu une communication de Heng sur notre fréquence secrète. Il m'informait qu'il pourrait tout arranger comme prévu sans attirer l'attention. Il est fiable et son concours nous est précieux. Qu'en est-il de notre homme sur Erskomir ? Pouvons-nous lui faire confiance, à lui aussi ?

— Sans aucune hésitation, Zhdopanda, affirma Offantur. J'ai pu échanger quelques mots avec lui à notre arrivée, alors que tout le monde s'intéressait au décor de la façade. Il m'a dit que les préparatifs étaient terminés. Demain, il ne se passera rien. Après-demain sera le jour crucial.

— Pourquoi seulement après-demain ? demanda Sofgart, sceptique.

Mais Orbanaschol appuya :

— C'est mieux ainsi, vous pouvez me croire. Le premier jour, tous les chasseurs sont particulièrement vigilants et leur expérience leur évite toute erreur. Le lendemain, l'attention se relâche et la chaleur étouffante exerce ses effets. Cela se traduit d'ordinaire par une remarquable augmentation du nombre des accidents. Si mon frère en était victime dès le premier jour, cela attirerait les soupçons.

— Psollien est lui aussi de cet avis, renchérit Offantur. Entre nous, je crois qu'il n'en est pas à son coup d'essai. Ces dernières années, il y a eu plusieurs « accidents » dont lui et ses aides furent les seuls témoins…

Orbanaschol rit :

— Je sais. C'est pour cela qu'il est l'homme de la situation. Qu'y peut-il donc s'il mène un chasseur sur un gurbosch, qu'on abat sans aucun danger avec une lance, et que soudain surgit un tischtan qui réclame un tout autre attirail ?

— Vous l'avez dit, Votre Grandeur, approuva Offantur sans sourciller. Il tuerait probablement son propre père pourvu qu'il soit payé assez cher. Mais cette fois il y aura d'autres témoins – nous trois. Psollien a fait en sorte que nous chassions au voisinage de l'Empereur, afin que nous puissions intervenir au cas où tout ne se déroulerait pas selon le plan.

Orbanaschol consulta le petit chronographe enchâssé dans l'un de ses anneaux très voyants.

— Il est tard. Restons-en là. S'il y a du neuf, Sofgart, je vous le ferai savoir par Offantur. Il assurera aussi la liaison avec Psollien. Mais je ne doute pas de notre succès. J'ai soigneusement veillé à ce que mon frère soit correctement « préparé » par la contemplation des cristaux hypnotiques. Et le vieux Carabin ne verra pas venir le tour que je lui jouerai au moment opportun. Après demain, je serai le maître de l'Empire Arkonide. Mort à l'Empereur !

— Mort à l'Empereur ! reprirent en chœur les deux autres conjurés.

*
* *

Le lendemain matin, le gîte de chasse s'éveilla à une vie trépidante, presque fébrile. Dès le point du jour, les sonneries arrachèrent impitoyablement au sommeil les gros dormeurs comme les lève-tôt. Une demi-tonta plus tard, le repas était servi dans le grand réfectoire alors que, devant l'hôtel, les maîtres cynégéticiens attribués à chaque invité se rassemblaient. Ils devaient les renseigner sur les espèces qui se trouvaient dans les secteurs qu'ils avaient battus afin que les chasseurs puissent choisir leur gibier. Le premier jour, tout le monde se limitait aux plus petits et aux moins dangereux, pour se faire la main.

L'attrait – et aussi le risque – de l'exercice résidait dans l'interdiction des moyens modernes. Ni les radiants-aiguille ni les modèles à impulsions n'étaient autorisés, pas même les armes à percuteur et les projectiles à propulsion chimique. Dans l'armurerie, on trouvait en revanche un large éventail d'origine ancienne : lances, épées, poignards, bolas, arbalètes et carreaux, arcs et flèches, filets plombés. Les chasseurs y prélèveraient ce qu'ils jugeaient le mieux adapté à leur cible.

De toute façon, les spécialistes et leurs aides veillaient à ce que le jeu ne devienne pas trop périlleux. Ils devaient localiser le gibier, guider le chasseur et, au besoin, intervenir pour le protéger. À cette fin, ils étaient, eux, munis de lourdes armes énergétiques et de divers autres moyens qu'ils ne mettaient en œuvre qu'en cas d'extrême danger pour leur « client ». S'il arrivait malgré tout des accidents, ce ne serait pas aux spécialistes qu'on pourrait le reprocher mais aux féroces et imprévisibles créatures géantes ainsi qu'à l'imprudence des nobles chasseurs.

Une partie des restrictions imposées aux participants ordinaires s'appliquait aussi à l'Empereur, néanmoins pas toutes. La vie du souverain du Taï Ark'Tussan était trop précieuse pour qu'il la risquât à la légère. S'il affrontait comme les autres la faune locale avec des armes antiques, il jouissait du privilège de porter un radiant. Gnozal VII n'y avait encore jamais recouru. C'était un chasseur passionné et un excellent combattant qui avait toujours réussi à terrasser les géants sauvages avec des moyens primitifs.

Il ne prenait pas non plus part au repas dans la grande salle commune mais se restaurait dans ses appartements. Il n'avait emmené aucun maître d'hôtel – ces gens ne manquaient jamais de se rendre insupportables, à rôder sur la pointe des pieds, à cheval sur le protocole et l'étiquette, caricatures grises et molles des vrais Arkonides – et c'était le seul Fartuloon qui pourvoyait à ses besoins. Il partageait sa collation avec le souverain et l'observait à la dérobée. Mais rien ne vint présentement nourrir ses craintes.

Gnozal se comportait comme d'habitude. Frissonnant du plaisir anticipé de la chasse, il montrait juste une légère impatience. Cette dernière le fit néanmoins s'énerver quand son médecin personnel lui rappela l'examen de routine après le repas.

— Même aujourd'hui ? se renfrogna-t-il. Tu sais pourtant, par tous les She'huhan, que je suis en parfaite santé ! À quoi bon ces embarras ?

Le médecin sourit dans sa barbe, car cette scène se répétait avec une belle régularité et pas seulement à l'occasion des chasses sur Erskomir. Sa réponse restait invariablement la même :

— Ainsi en est-il, Zhdopanthi ! L'édit de votre prédécesseur Berlimor le Quatrième prescrit que le souverain régnant doit se soumettre à un examen médical quotidien, et cette directive ne souffre aucune exception. Puis-je vous demander de me suivre à l'infirmerie de l'hôtel, Votre Grandeur ?

Gnozal grimaça.

— D'accord, vieux Carabin, nous y allons. Sinon, tu ne me laisseras pas en paix avant d'être arrivé à tes fins !

Le centre médical du gîte occupait plusieurs ailes du rez-de-chaussée. Seule une petite partie était consacrée au traitement des maladies « classiques », car la tâche principale des praticiens en fonction ici était de soigner les blessures récoltées sur le terrain par les invités, les spécialistes ou leurs aides. Aussi le centre comportait-il cinq salles d'opération équipées à la perfection, où une batterie de chirurgiens et d'infirmiers était prête à intervenir en permanence. En cette tonta peu avancée, ils n'étaient pas encore à leur poste. Leur service débutait habituellement vers midi. Seul le médecin de garde accueillit Gnozal VII et Fartuloon. Il salua respectueusement l'Empereur et le précéda dans la salle d'examen où se trouvait la médipositronique. Il la brancha, puis adressa un signe de tête au vieux Carabin et se retira alors que Gnozal prenait place sur la couchette le long de laquelle pendillait le câblage des sondes de la machine.

Son médecin personnel calibra les instruments et posa les électrodes. Il observa attentivement les moniteurs sur lesquels s'inscrivaient les résultats des mesures, s'intéressant de très près aux bio-ondes de l'Empereur. Chaque gamme de fréquences apparaissait dans une couleur spécifique. Fartuloon connaissait par cœur les droites, les courbes et les pics des influx cérébraux de son maître, et les lisait comme un livre. Après quelques instants, son visage se détendit et il poussa un soupir de soulagement. Aucun signe de manipulation, tout était parfaitement normal à l'exception d'une courbe de tension un peu plus accusée, mais il en allait toujours de même quand approchait l'heure de la chasse qui galvanisait Gnozal.

Fartuloon ôta les contacts, prit les rapports d'analyse et les deux hommes quittèrent de concert le médi-centre. Ils allèrent devant l'hôtel regarder les invités qui partaient déjà vers les différents territoires de chasse, avec leurs guides et les aides qui portaient leurs armes. On utilisait ici de lourds glisseurs blindés, qui pouvaient encaisser sans dommage la charge d'un grand saurien. Mais de telles « collisions » survenaient rarement car les terrains choisis s'étendaient sur un plateau aride, aux boisements clairsemés. Chasser en pleine jungle eût été impossible en raison du sol trop marécageux, des reptiles venimeux et autres prédateurs rusés. En outre, il eût été absurde de vouloir s'en prendre, avec d'antiques armes blanches, aux sauriens les plus grands ou aux lézards à peau cuirassée. Si les Arkonides pouvaient se révéler d'impétueux chasseurs, ce risque-là les dépassait.

Un à un, les véhicules emportèrent les équipes. Certains des hôtes adressèrent à l'Empereur des signes de la main très peu protocolaires, et celui-ci les leur rendit sans façons. Durant les prochains jours, on se dispenserait des formalités de cour.

Dans les derniers arriva Orbanaschol, ses formes replètes engoncées dans une tenue climatisée. Les Arkonides étant en général de haute stature et de corpulence mince, Veloz savait qu'il avait l'air ridicule dans cet accoutrement bien que son costume fût taillé sur mesure. C'était uniquement pour maintenir son prestige qu'il assistait à cette chasse, car le frère de l'Empereur ne pouvait pas se soustraire à cette obligation. Son premier serviteur, Offantur, le suivait comme son ombre. Il se mouvait avec une souplesse décontractée en portant les armes d'Orbanaschol : une arbalète, une épée courte, une longue lance à la pointe aplatie et acérée. Ce tandem attirait tous les regards par le contraste piquant qu'il offrait, et Gnozal dut retenir un sourire à ce spectacle.

Fartuloon, qui était au contraire un railleur-né, resta cette fois de marbre. Son maître le considéra non sans étonnement :

— Es-tu malade, vieux Carabin ?

Celui-ci secoua la tête.

— Non, Zhdopanthi, mais je ne me sens pas à l'aise pour autant. Je pense encore à ces conversations mystérieuses et je ne peux m'empêcher de m'inquiéter. Si cela ne tenait qu'à moi...

Gnozal l'interrompit d'un geste décidé.

— Il suffit, Fartuloon ! Je ne vais pas me laisser gâcher les quelques pragos que je passe ici. Et maintenant, viens.

Il est temps de nous mettre en route. Un grand kepar attend la mort de ma main. Ah ! je frémis de plaisir comme jamais auparavant, j'ai tellement hâte d'y être !

Le médecin fut abasourdi de toute cette euphorie et dut consentir à un gros effort pour conserver un semblant d'impassibilité.

Cette attitude n'est absolument pas normale ! L'Empereur adore la chasse, mais jamais encore je ne l'ai entendu exprimer ainsi ses sentiments profonds. Quelque chose ne va pas. Aurait-il malgré tout succombé à un effet des cristaux d'Orbanaschol, bien que ses diagrammes n'aient rien révélé ?

Il jeta un rapide coup d'œil à la façade du bâtiment. À la lumière rougeâtre du petit soleil, les pierres ne possédaient plus rien de l'étrange éclat hypnotique qu'elles avaient montré la veille au soir. Maintenant, ce n'étaient plus que de vagues taches colorées sur le mur. Évidemment : elles ne devaient exercer leur pouvoir de fascination que sous un éclairage artificiel. Mais il était plus que probable que ces cristaux avaient altéré le comportement de Gnozal VII – le médecin se rappelait encore leur action envoûtante, la nuit d'avant. Toutefois, un souvenir ne constituait nullement une preuve objective.

Furieux mais impuissant, Fartuloon serra les dents en rentrant dans l'hôtel sur les traces de son maître.

Il faudra redoubler d'attention.

Il en était sûr et certain, une sinistre machination était en marche, tramée par des conspirateurs au rang desquels comptait Orbanaschol.

Un piège très raffiné, dont le mécanisme échappe à ma science pourtant vaste. Que puis-je donc faire ? Les médicaments ?

Mais il sentait intuitivement qu'ils seraient inopérants dans ce cas précis. Non, il ne pouvait rien tenter, sinon rester en permanence auprès de l'Empereur et veiller à chacun de ses pas, en un mot, accomplir son devoir comme à l'accoutumée. Cela suffirait-il ? Pour la première fois,

Fartuloon douta car les préparatifs qu'il devinait le prouvaient à l'évidence : les ennemis de Gnozal VII étaient résolus à aller jusqu'au bout.

Il se reprit tout aussi vite. Rien n'arriverait à l'Empereur, dût-il, lui, Fartuloon, y laisser sa propre vie !

Comme les autres participants, Gnozal avait apporté une panoplie de ses armes personnelles. Elles l'avaient bien servi jadis, et elles auraient pu raconter de nombreuses péripéties. Le souverain semblait écouter leurs récits, le regard dans le vague, alors qu'il allait arrêter son choix.

— En principe, une épée courte devrait suffire, réfléchissait-il à mi-voix. Les kepars sont grands et forts, mais plutôt lents et patauds. J'ai toujours utilisé la lance et attaqué de loin ; à la longue, hélas, cela devient ennuyeux. On devrait laisser une chance à la bête, tu ne trouves pas, Fartuloon ?

Le kepar représentait sur Erskomir le sommet de l'évolution animale. C'était un mammifère ursidé, à la peau nue mais épaisse et très appréciée des Arkonides pour la fabrication de vêtements de luxe. Il se déplaçait à quatre pattes ; lorsqu'il se battait, cependant, il se redressait sur ses membres postérieurs et les griffes qui prolongeaient ses antérieurs devenaient redoutables.

Fartuloon haussa les épaules.

— À votre gré, Zhdopanthi.

Même si Gnozal avait subi une influence post-hypnotique, un kepar ne constituait pas un danger pour lui, fût-ce dans un combat à l'épée.

L'Empereur lâcha un rire bref.

— Aujourd'hui, tu n'es vraiment pas un joyeux compagnon, vieux Carabin, lui reprocha-t-il, amusé. Très bien, nous emportons aussi une lance, pour ta tranquillité d'esprit.

Il se débarrassa de sa vareuse et de sa chemise pour

revêtir un costume de chasse coupé dans le cuir d'un kepar qu'il avait lui-même abattu. Naturellement, la tenue était pourvue d'une unité de micro-climatisation sophistiquée, car on ne supportait pas des tontas durant l'atmosphère étouffante d'Erskomir.

Fartuloon s'équipa lui aussi. Bien sûr, il entrait dans ses fonctions d'accompagner le souverain à chaque expédition pour, le cas échéant, lui prodiguer immédiatement des soins médicaux. Jamais encore une telle urgence ne s'était produite car, dès que son maître se trouvait en difficulté, il intervenait à son côté pour le soutenir de toutes ses forces.

Gnozal VII boucla le ceinturon auquel pendaient le fourreau de son épée et l'étui de son Luccott, puis il se retourna vers son médecin personnel. L'expression du plus total ébahissement se peignit alors sur ses traits et il partit d'un grand éclat de rire.

— Cette fois tu exagères, vieux charlatan ! Avec ce déguisement, on croirait que tu vas à un bal masqué, pas à la chasse !

Fartuloon avait une drôle d'allure. Il avait enserré son torse musclé dans une antique cuirasse, luisante comme un miroir mais bosselée de nombreux coups d'épée. Un casque métallique de forme curieuse le coiffait et, au côté, il portait un sabre à la lame aussi courte qu'étonnamment large.

— Dois-tu vraiment m'infliger *cela*, Fartuloon ? demanda l'Empereur en secouant la tête d'un air faussement peiné. Je connais ta science du Dagor, Thi-Laktrote, mais *là* tu as l'air ridicule, mon vieil ami.

Son expression se fit pourtant admirative quand, d'un mouvement souple et élégant, le médecin dégaina son sabre, se fendit et se remit en garde devant lui. Une grimace plissait son visage et Gnozal VII capitula.

— Parfait, vieux Carabin, je n'ai rien dit. Si nous y allions ? Notre équipe doit nous attendre depuis un moment.

Fartuloon rengaina son sabre, prit la trousse avec ses instruments médicaux et les deux hommes gagnèrent l'esplanade devant l'hôtel, offrant eux aussi un joyeux contraste.

Un seul glisseur stationnait encore sur la place, frappé des armes de l'Empereur – les Trois-Planètes en avant de l'amas stellaire Thantur-Lok stylisé, avec les inscriptions « Arkonis » et « Taï Moas ». À l'approche de Gnozal VII, les gardes à la porte du gîte rectifièrent la position, un appel strident sonna et quatre silhouettes bondirent hors du véhicule pour se poster, fixes, devant lui. Trois d'entre elles étaient des Naats en tenue d'aides de chasse. En comparaison de leurs trois mètres, la dernière paraissait minuscule. L'homme était le spécialiste dont la tâche consistait à localiser le gibier, à l'appâter puis à mener le chasseur à lui. Il veillerait en outre, avec ses Naats entraînés à cette discipline et avec les moyens techniques à sa disposition, à ce que la proie ne s'échappe pas mais aussi à ce que le chasseur ne soit pas mis en danger de mort, auquel cas il devait rendre l'animal inoffensif. Il n'y parvenait pas toujours, comme en témoignait le nombre des accidents.

Gnozal VII tiqua à la vue du spécialiste, car ce n'était pas là celui qu'il espérait.

— Où est donc Haschrin, qui m'accompagne à chaque fois ?

L'inconnu à la peau sombre, aux cheveux noirs et ondulés, s'inclina respectueusement.

— Haschrin nous a quittés il y a six mois, Zhdopanthi. Il a été tué par un tischtan en s'interposant pour sauver la vie d'un invité. On m'a désigné pour le remplacer. Mon nom est Psollien, Votre Grandeur.

L'Empereur approuva d'un signe de tête.

— Très bien, Psollien, je suis certain qu'Hamkar a choisi un homme de valeur. Viens, Fartuloon, envolons-nous avant que notre kepar s'impatiente !

Il s'avança vers le glisseur et le médecin le suivit, non sans réticence. Quelque chose le dérangeait chez cet individu sombre, de peau comme de cheveux. Son origine coloniale n'était pas en cause. Il y avait un autre détail, et il sut tout de suite lequel.

Ce Psollien ne fixe personne droit dans les yeux, son regard est fuyant. Non, cet homme n'est pas franc ! lui soufflait son sixième sens toujours en alerte. *Représente-t-il un nouveau facteur de risque ?*

Après une brève hésitation, Fartuloon rejeta cette idée. En tant que spécialiste, Psollien répondrait personnellement de la vie du souverain. Il avait été évalué, contrôlé. Il ne pouvait se permettre le moindre incident, sous peine des plus fâcheuses conséquences pour lui.

Empressé, Psollien ouvrit la porte de la cabine des passagers, derrière le siège du pilote, puis laissa passer l'Empereur et son médecin. Il s'assit aux commandes pendant que ses trois Naats entassaient leurs corps cyclopéens dans la benne de chargement. L'engin démarra dans un léger bourdonnement, contourna l'hôtel et se dirigea vers le bord de la cloche d'énergie. Une courte impulsion à l'adresse des techniciens, et une fenêtre de sortie se forma dans l'écran protecteur. Le glisseur la franchit et s'engagea dans une nature indomptée, en route vers la chasse et l'aventure.

CHAPITRE VIII

FARTULOON, LE CHIRURGIEN IMPÉRIAL

En ces temps lointains où la légendaire Terre d'Arbaraïth subissait le joug de brutes bestiales, Tran-Atlan, grand bretteur et barde, prit sa place parmi les Douze Héros, et dans la légende se grava le nom du mythique fondateur de la première école arkonide de Dagor. Voici ce qu'en racontent les Chants :

Après une première défaite face aux barbares, le héros se retira longtemps dans la solitude. Il médita au son de sa lyre – si bien que les Obélisques de Cristal entrèrent en résonance. Inspiré, Tran-Atlan développa les techniques fondamentales du Da-Gor – concept que l'on traduit généralement par « combat total » – et les perfectionna jusqu'au moment où il se jugea prêt à reprendre la lutte.

Attirés par la mélodie des Obélisques, d'autres héros et disciples vinrent recevoir l'enseignement de Tran-Atlan. Au terme d'une féroce bataille mais au prix de graves blessures, le maître vainquit les ennemis. Par compassion pour le guerrier défiant la mort, les Obélisques de Cristal émirent une vibration si puissante et aiguë qu'elle éleva alors le Héros, et avec lui toute la Terre d'Arbaraïth, sur une « harmonique supérieure » à jamais hors de portée des simples mortels. Les disciples de Tran-Atlan se rendirent en Arkonis, y perpétuèrent la glorieuse tradition du Dagor et fondèrent la chevalerie d'Arkonis. C'est ainsi que le jour de l'Ascension de Tran-Atlan marqua l'origine de la chronologie arkonide.

Reconstitution :

Orbanaschol ne se souvenait pas avoir jamais transpiré de la sorte. Le système de refroidissement de sa tenue climatisée tournait à plein régime mais son efficacité n'était pas optimale pour la simple raison que, depuis la confection du costume, son porteur déjà corpulent avait encore forci. Son corps collait si étroitement au vêtement que la circulation de l'air s'en trouvait bloquée. Seules les jambes faisaient exception, avec un curieux résultat : Orbanaschol avait les membres inférieurs froids alors que son torse était baigné de sueur. L'atmosphère humide et chaude qu'il devait inhaler ajoutait à son inconfort. Mais l'usage d'un casque de protection ou même d'un masque respiratoire était mal vu sur Erskomir. Il n'y avait pas d'alternative : Orbanaschol s'était résigné à transpirer...

La forte chaleur l'avait assailli sitôt qu'il avait quitté la cabine climatisée du glisseur, et en peu de temps il avait été trempé de la tête aux pieds. Il peinait à se composer une mine stoïque mais, de plus en plus souvent, des jurons et des imprécations lui montaient aux lèvres alors qu'il suivait à pas pesants le maître de chasse et ses Naats. Ceux-ci étaient habitués à ces conditions, et Offantur soutenait leur train sans paraître en souffrir.

Évidemment ! rageait Orbanaschol en son for intérieur. *Sa tenue climatisée est bien ajustée ! Lui, il n'a que la tête exposée à ce bouillon qu'ici on appelle de l'air !*

Mais sa colère ne lui facilitait pas davantage la marche et il fut bientôt épuisé au point d'en oublier de grommeler. Il alignait comme un robot ses pieds froids l'un devant l'autre et contournait maladroitement les accidents de terrain, allant même jusqu'à reculer si une arachne géante ou un insecte importun croisait son chemin. Ils avancèrent ainsi un long moment à travers un paysage d'herbe rase, semé de buissons aux feuilles lancéolées et de fougères arborescentes. Enfin, le guide leva le bras et le petit groupe s'arrêta.

— Nous sommes arrivés, Zhdopanda, expliqua-t-il.

Burkotsch était le spécialiste de la chasse le plus âgé d'Erskomir, et ce n'était pas un hasard qu'il accompagnât le frère de l'Empereur. Il le faisait depuis des années et Orbanaschol savait ce qu'il lui devait. La veille au soir, Offantur avait discrètement rendu une petite visite à Burkotsch et une forte somme avait alors changé de mains.

Car la chasse à laquelle se livrait aujourd'hui Orbanaschol n'était qu'un simulacre. Le gurbosch qu'il allait « affronter » était en réalité déjà plus qu'à moitié mort. Quelques pragos plus tôt, selon une routine bien huilée, le spécialiste avait posé un piège et pris l'animal. Les Naats l'avaient poussé dans une fosse où il croupissait depuis la veille. Il s'était d'abord beaucoup démené mais ses efforts conjugués à la privation de nourriture l'avaient complètement affaibli. Apathique, la bête leva à peine la tête quand les trois hommes et les Naats s'approchèrent. Sa seule réaction fut un mugissement plaintif.

Contre un gurbosch en pleine possession de ses moyens et dans son milieu naturel, Orbanaschol, gauche et mal entraîné, aurait eu peu de chances. Ces animaux, redoutés pour leur agressivité, appartenaient à la famille des bovidés. Ils mesuraient un mètre et demi au garrot pour deux mètres et demi de long. Leur tête s'ornait de cornes élancées. Quand ils chargeaient leur adversaire, c'est sa chance et son habileté qui lui permettaient d'en réchapper... ou non. Orbanaschol n'aurait jamais la présence d'esprit d'esquiver le gurbosch pour, dans le même mouvement, le frapper avec une longue lance, l'arme idéale contre cette bête. Si l'on touchait le point idoine, sur l'encolure, la lutte était terminée. Dans le cas contraire, le jeu devait se répéter. Mais un bon chasseur n'avait besoin que d'un seul coup et ramener un gurbosch représentait une victoire relativement facile, une simple mise en jambes pour le premier jour.

Dégoûté, Orbanaschol considérait le mastodonte au fond de la fosse – il levait maintenant ses yeux rouges vers lui. Toute la souffrance d'une créature tourmentée se lisait dans ce regard et l'homme ne le soutint pas longtemps, se détournant pour ordonner de sa voix de fausset :

— Offantur, la lance !

Son valet lui tendit l'arme et Orbanaschol s'approcha du bord du piège. Il se rappela que rien ne pouvait lui arriver, et cette pensée réconfortante lui donna l'assurance nécessaire. Le gurbosch se rebella une dernière fois contre son funeste destin. Il s'appuya à la paroi de la fosse, poussa un hurlement de défi et lança en avant ses cornes, visant un adversaire que jamais il ne pourrait atteindre.

— Maintenant, Zhdopanda ! siffla Burkotsch.

Orbanaschol avait empoigné la lance des deux mains. Il frappa au jugé. La pointe rencontra la corne gauche du bovidé, glissa et se perdit entre sa tête et ses épaules. Elle sectionna la moelle épinière entre les vertèbres cervicales, et mit fin à son martyre : le gurbosch se cabra et s'écroula, mort.

Orbanaschol s'écarta en soufflant pendant que les Naats, conformément à leur devoir, chantaient un ban à la gloire du « vaillant chasseur ». Offantur et Burkotsch dissimulèrent mal un rictus méprisant.

Ensuite, tout alla très vite : le spécialiste fit venir le glisseur par téléguidage, deux des Naats descendirent dans la fosse et, aidés du troisième resté sur le bord, hissèrent sans trop de mal la lourde dépouille. Ils la chargèrent dans la benne alors qu'Orbanaschol rentrait en hâte dans la cabine, soulagé de retrouver la fraîcheur bienfaisante de l'air conditionné. Comme une chasse normale réclamait beaucoup plus de temps, le groupe patienta durant presque une tonta. Puis Burkotsch fit redémarrer les moteurs du véhicule et mit le cap sur l'hôtel.

Orbanaschol s'en retournait une fois de plus en chasseur auréolé de succès.

La veille, quand l'ambassadeur Bonaschaga avait exprimé ses désirs au grand maître de chasse Hamkar, celui-ci avait levé les sourcils.

— Un tischtan dès le premier jour, Zhdopanda ? Je ne sais pas si c'est très indiqué. Avez-vous bien pesé la question ?

— Mais oui, avait souri l'ambassadeur. Ne vous faites aucun souci, Hamkar, même si c'est mon premier séjour sur Erskomir. J'ai déjà abattu des animaux de ce gabarit et je m'en sortirai.

L'avertissement du maître de chasse était fondé : les tischtans étaient de grands reptiles de proie qui vivaient le plus souvent dans les marais et la jungle, mais qu'il arrivait aussi de croiser dans les zones limitrophes des plateaux plus secs. Leur taille moyenne avoisinait les quinze mètres. Ils se déplaçaient sur quatre pattes courtaudes, épaisses comme des piliers, et avaient une solide peau cuirassée de couleur brun-vert. Leur corps allongé mesurait à peu près deux mètres dans sa plus grande hauteur ; une rangée d'épines acérées courait du bout de la longue queue sur l'échine et jusqu'à la tête. Celle-ci, triangulaire et large d'environ deux mètres, n'était qu'une vaste gueule bardée d'une double rangée de dents aiguës. Leur peau très résistante rendait ces monstres quasi invincibles, et seuls quelques chasseurs en avaient inscrit à leur tableau de trophées. Plus nombreux étaient ceux qui avaient payé de leur vie cette entreprise osée.

Les tischtans étaient extrêmement vifs et on n'échappait souvent à leur gueule vorace que pour finir embroché par leur queue dont les coups mortels pleuvaient en tous sens. On ne pouvait en venir à bout qu'en détruisant leur cerveau, qui était vulnérable à trois endroits : de chaque côté de la tête, au niveau des yeux grands comme des assiettes et derrière, juste au début de la crête, où s'étendait une zone moins protégée de la largeur d'une main, difficile à atteindre. Si l'on touchait l'un de ces points faibles avec l'arme appropriée, celle-ci pénétrait jusqu'au cerveau, entraînant la mort. Ces animaux ne fonçaient pas aveuglément comme les gurboschs, ils étaient plus posés. Cela offrait aux chasseurs les plus habiles la possibilité de leur sauter sur la tête, d'où ils s'efforçaient ensuite de porter le coup mortel.

On utilisait le plus souvent une épée d'arkonite très affûtée, seule capable de percer le cuir épais de l'occiput ou la membrane fibreuse des yeux. L'audacieux qui réussissait une telle attaque avait une fraction de millitonta pour se mettre à couvert car, dans son agonie, le tischtan se lançait furieusement dans des mouvements désordonnés et pouvait écraser le chasseur si ce dernier n'avait pas pris le large. Si la tentative échouait, le résultat était le même car le lézard irrité n'avait alors aucun mal à frapper son adversaire. Bien sûr, le spécialiste et ses aides naats se précipitaient avec leurs projecteurs de champ de contention et leurs radiants, mais ils ne pouvaient les employer que si le chasseur se trouvait hors du rayon d'action de ces divers équipements.

Ainsi la chasse au tischtan restait-elle un exercice périlleux. Mais un ambassadeur d'une planète des Marches avait décidé de tenter sa chance...

Le spécialiste qu'on lui avait attribué ouvrit des yeux ronds en découvrant l'unique arme dont s'était muni Bonaschaga : une arbalète, d'un calibre que – se dit-il – seul un Naat pourrait porter. Mais le diplomate la maniait avec une facilité qui laissa Krumbar ébahi. Bonaschaga s'approcha de lui et eut un sourire de connivence.

— Ne soyez pas étonné, Krumbar, c'est parfaitement réglementaire. Il n'y a ni microgénérateur antigrav sur mon arbalète, ni la moindre parcelle de technologie prohibée. Elle est façonnée dans un métal rare, très léger, que l'on exploite uniquement sur mon monde natal. Allez-y, voyez vous-même.

Le spécialiste soupesa l'arme de jet, mit en joue, et eut un hochement de tête appréciateur. Les carreaux bien profilés et la détente puissante emportèrent sa conviction.

— Vous avez raison, Zhdopanda. Avec cet engin, vous pouvez tuer un tischtan. Il faudra juste toucher très précisément un œil pour que votre trait pénètre droit dans le cerveau. Car vous n'aurez pas l'occasion de réarmer…

— J'y arriverai, Krumbar, soyez-en assuré, affirma avec confiance Bonaschaga. Si nous nous mettions en route ?

Deux tontas plus tard, ils survolaient l'orée de la zone sèche. Un quart de tonta supplémentaire passa avant qu'ils ne repèrent depuis les airs le tischtan recherché et se posent à proximité. Le lézard leur épargna la phase d'approche silencieuse car il avait vu descendre le véhicule inconnu, et, prenant les formes qui en sortaient pour des proies faciles, il se rua vers elles en hurlant. Tout se déroula très vite : Krumbar et ses assistants avaient à peine débarqué le projecteur de champ de contention que le monstre n'était déjà plus qu'à cinquante mètres. Les broussailles qui entouraient la clairière se brisaient sur son passage. Le maître de chasse admirait l'ambassadeur, qui demeurait impavide face à la gueule béante et aux yeux à l'éclat rougeâtre.

Lentement, Bonaschaga leva la grande arbalète, carreau encoché. Ses muscles souples bandèrent aisément le tendon. Le regard rivé sur sa cible, il attendait. Quand le reptile ne fut plus qu'à dix mètres, il décocha le projectile. Celui-ci siffla dans l'air lourd, jusque dans l'œil droit du tischtan. Avec un bruit sourd, il perça la membrane du globe oculaire, perfora la boîte crânienne et se ficha dans le cerveau de l'animal. Un instant après, l'ouragan se déchaînait sur la clairière.

Le saurien de proie sauta, comme frappé d'une décharge électrique. Un rugissement de bête sauvage lui échappa. Ses mâchoires claquaient dans le vide, ses pattes épaisses se pliaient. Puis son corps commença à frémir et il se tordit de droite et de gauche, dans les spasmes incontrôlés de l'agonie. Le monstre labourait le sol, sa queue projetait pêle-mêle mottes de terre, touffes d'herbes et branchages. L'ambassadeur s'était prudemment mis à l'écart et, avec Krumbar et les Naats, observait en silence la fin du lézard. Ce fut rapidement terminé. La dépouille du tischtan reposait au bord de la clairière et les Naats entonnèrent le ban du chasseur pour Bonaschaga. Le spécialiste joignit ses hurlements enthousiastes aux barrissements discordants de ses aides. Il reprit une contenance en sentant la main ferme de l'ambassadeur sur son épaule.

— Je... Pardonnez mon manque de retenue, Zhdopanda, bredouilla-t-il, mais je n'ai jamais vu ça ! Jamais un chasseur n'a abattu un tischtan avec une telle décontraction. Votre exemple encouragera d'autres Nobles Hôtes à tenter de l'égaler. Les chasses d'Erskomir vont atteindre de nouveaux sommets !

— Je n'en suis pas si sûr, Krumbar, sourit Bonaschaga. Comme je vous l'ai montré, mon arme est forgée dans un matériau rare et, du fait que nous jouissons de l'autodétermination, l'Empire ne peut nous imposer aucune obligation commerciale. Ce serait plutôt nous qui pourrions poser des conditions : il n'est pas exclu que le cours de ce métal s'envole...

La conversation se prolongea le temps que les Naats parviennent à hisser le tischtan dans la benne du glisseur. Ensuite, Krumbar dut mobiliser toute son expérience de pilote pour équilibrer le véhicule surchargé.

L'expédition de l'ambassadeur revint au refuge-hôtel bien après la mi-journée. Ils furent l'attraction de ce premier prago de chasse. Devant le lézard, le trophée de l'Empereur lui-même fit pâle figure – un kepar d'une taille exceptionnelle, qui lui avait pourtant donné bien du fil à retordre. Bonaschaga monopolisa l'attention au banquet du soir, auquel participait l'Impératrice jusqu'alors recluse à bord du *Tondon*.

Les agapes terminées, Gnozal VII raccompagna son épouse au vaisseau spatial et y passa la nuit. Quand il prit congé de Yagthara, le lendemain matin, il ne pressentait pas que cet adieu serait sans retour...

*
**

Reconstitution :

Ce matin-là, Orbanaschol se massait les tempes en gémissant. Un essaim d'insectes géants semblait bourdonner frénétiquement sous son crâne. Il appela piteusement :

— Offantur...

La voix de son premier serviteur couvrit le bruit de la douche dans la salle d'eau :

— Je suis à vous tout de suite, Votre Grandeur.

Offantur parut, reposé, alerte, tout le contraire de son maître dont la face adipeuse arborait un teint bilieux.

— Vous désirez, Zhdopanda ? s'enquit-il d'un ton égal.

Dans ses yeux, pourtant, luisait un éclat de dédain. Mais cela, Orbanaschol ne pouvait le remarquer parce qu'il avait fermé les siens.

— Je me sens mal, Offantur, geignit-il.

Le valet opina du chef sans s'émouvoir et observa froidement :

— C'est normal, Votre Grandeur. Vous auriez dû vous modérer hier soir au banquet, si vous me permettez.

— Je ne permets pas ! répliqua vivement le frère de l'Empereur. Tu critiques le futur souverain de l'Empire, misérable ver ?

Il lâcha un soupir douloureux et se laissa retomber en arrière, car son sursaut d'indignation avait renforcé son mal de tête.

Offantur se détourna avec un sourire méprisant et sortit d'une armoire un petit flacon. Il versa quelques gouttes de son contenu dans un verre puis le remplit d'eau et le porta aux lèvres d'Orbanaschol. Celui-ci but avidement avant de se rallonger et de refermer les paupières. Le remède agissait vite. Les idées du « malade » s'éclaircirent, ses traits se détendirent. Enfin, il se redressa en souriant faiblement.

— Ça va, Offantur, ce n'était pas grave… Naturellement, tu as raison. J'ai encore trop bu, hier, mais il fallait absolument que je noie ma colère. Comment rester calme quand ce Bonaschaga exhibe *un tischtan* alors que je n'ai qu'un malheureux gurbosch ?

Offantur s'épargna une réponse, s'approcha de la fenêtre et pressa un bouton sur l'encadrement. Le double vitrage polarisé laissa entrer la lumière rouge du soleil qui se levait, et l'éclairage artificiel de la chambre s'éteignit.

Ces deux-là se tenaient mutuellement, et chacun le savait. Comment expliquer, sinon, qu'un Arkonide distingué et cultivé tel qu'Offantur supportât les caprices de son maître, et un aristocrate du rang le plus élevé comme Orbanaschol l'arrogance ouverte de son serviteur ?

— As-tu parlé à Psollien ? se renseigna Orbanaschol pendant qu'il se roulait en gémissant hors du lit.

Le valet acquiesça.

— J'ai pu m'entretenir avec lui alors que le banquet occupait tout le monde, Votre Grandeur. Gnozal lui a demandé un weran pour ce matin. C'est favorable à nos plans. Psollien fera en sorte que nous soyons à proximité sans éveiller l'attention. Lui et ses Naats resteront en retrait, donc il n'y aura plus que le vieux Carabin en travers du chemin.

Orbanaschol eut un rire glacé :

— Je n'en occupe, mon plan est déjà prêt. Si mon frère se retrouve seul, il oubliera toute prudence sous l'effet des cristaux hypnotiques, spécialement conçus pour agir sur une personne dotée d'un cerveau second. Nous devons informer Heng pour qu'il soit paré au moment propice.

Il se dandina vers la salle de bains pendant qu'Offantur faisait servir le repas. Puis il sortit l'émetteur et consulta son chronographe. À la tonta convenue, il établit la liaison avec le récepteur que détenait dans sa cabine le commandant du *Perkanor*. Ils n'échangèrent que quelques courtes phrases, dont un non initié ne pourrait rien retirer même s'il était sur ses gardes.

Orbanaschol hocha la tête, satisfait.

— Maintenant, à Sofgart. Je le rencontrerai *par hasard* sur l'aire d'envol des glisseurs. Plus que trois ou quatre tontas et je serai le souverain d'Arkonis !

*
* *

— Commence donc, vieux charlatan, s'impatienta Gnozal VII en s'installant sur la couchette médi-positronique pour subir son examen matinal obligatoire. Toi qui entendrais croître un microbe, as-tu ouï-dire du nouveau dans les couloirs de l'hôtel ?

Fartuloon raccordait les fils à la machine. Il ricana effrontément :

— Cela tient à mes grandes oreilles, Zhdopanthi. Mon père racontait déjà…

L'Empereur leva les yeux au ciel.

— Je connais la chanson par cœur, tu te répètes. Trouve un nouveau truc… Mais pas tout de suite ! coupat-il comme le Carabin ouvrait la bouche pour s'exécuter dans l'instant. Je t'ai demandé autre chose.

Fartuloon inclina la tête d'un air entendu.

— J'ai parlé tantôt avec l'un des médecins. Le premier jour s'est passé plutôt dans le calme, avec seulement trois invités blessés, dont deux peuvent ressortir aujourd'hui-même. L'autre, son kepar l'a « étreint » un peu trop affectueusement : il est alité avec une fracture des plaques osseuses pectorales. La chasse est finie pour lui. C'est Genarron, un juge suprême au Tribunal Militaire sur Arkonis III.

Gnozal fit la grimace.

— Je le connais. Je ne peux pas le sentir. Il prononce beaucoup trop de condamnations à mort à mon goût alors qu'il n'a jamais mis les pieds dans l'espace, et encore moins pour se battre. Dans ces conditions, il ne devrait

220

pas pouvoir faire comparaître un astrosoldat ! Que sait-il de la guerre ? Ignore-t-il à quel point il est facile de commettre une erreur dans une situation critique ? Parfait, nous le remplacerons avantageusement. Sa santé défaillante m'en fournit l'occasion.

— Bonne idée, approuva le vieux Carabin en détachant les sondes médicales.

Ce matin non plus, il ne diagnostiquait rien de particulier dans les ondes cérébrales de Gnozal. Il avait néanmoins veillé à ce que le souverain ne s'abandonnât pas une seconde fois à la contemplation des pierreries de la façade.

Ils quittèrent l'unité médicale pour se rendre au centre de communications. Même en congé sur Erskomir, l'Empereur devait prendre contact au moins une fois par prago avec la Centrale de la Flotte sur Arkonis III pour s'informer de la situation sur le front. Il fut soulagé de s'entendre confirmer qu'aucun danger n'était à craindre dans l'immédiat. La défaite de Labadon semblait avoir porté un coup sévère aux Méthaniens, qui n'étaient plus en mesure de poursuivre leurs attaques. L'Empereur adressa un signe affable aux Thek'pama et sortit.

Dehors, il boxa avec entrain la poitrine de Fartuloon.

— En route vers de nouvelles aventures, vieux charlatan ! Aujourd'hui, un weran ! Tonnerre, c'est que ma réputation est en jeu ! Ce Bonaschaga me bat de plusieurs longueurs, avec son tischtan d'entrée de jeu. Un type remarquable, cet ambassadeur des Marches ! On devrait lui donner une chance sur Arkonis, je pense.

Fartuloon ne prêtait qu'un vague intérêt aux paroles de Gnozal. Une fois de plus, il constatait que les propos et la conduite de son maître s'étaient écartées des normes dès le premier soir sur Erskomir. Ses rapports avec l'Empereur étaient depuis longtemps empreints d'une extraordinaire convivialité mais jamais encore il ne l'avait vu si insouciant, ni entendu s'exprimer avec une telle familiarité.

Et dans cet état d'esprit, il veut aller se frotter à un weran ?

Le domaine de prédilection de ces animaux était les jungles marécageuses de la planète. Toutefois, les femelles venaient pondre sur les plateaux plus secs et y séjournaient pendant une année arkonide, jusqu'à l'éclosion de leurs œufs. Durant cette période, elles étaient extrêmement dangereuses car leur instinct maternel les poussait à défendre leur couvée ou leurs jeunes contre tout être vivant qui s'en approchait un peu trop.

Un weran mesurait jusqu'à vingt mètres de long, pour un mètre et demi dans la plus grande largeur. Les zoologues les classaient parmi les vers ronds. Comme tous les membres de ce groupe, ils ne possédaient ni yeux ni oreilles, mais un odorat très développé. Créatures hypogées, ils creusaient leurs galeries au moyen d'appendices fouisseurs insérés sur un rostre en avant de leur gueule. Ceux-ci constituaient aussi leur arme la plus redoutable : de véritables lames de chitine longues de deux mètres, orientables tous azimuts. Dans les confrontations avec les ursidés comme les kepars, voire avec les sauriens géants, les werans prenaient souvent le dessus. Ils guettaient, tapis dans leurs tunnels, la moindre vibration du sol ; lorsque leur victime était à portée, ils émergeaient subitement, lui cisaillaient le bas du corps et en avalaient les morceaux. Aucune chance d'en réchapper.

Les femelles venues pondre dans la zone sèche n'avaient à ce stade nul besoin de nourriture, mais cela ne les empêchait pas d'attaquer tout ce qui se présentait près de leurs nids. Les œufs mesuraient jusqu'à un demi-mètre, et reposaient dans un creux d'environ six mètres de diamètre pour deux de profondeur. Là, ils incubaient à l'air, réchauffés par le soleil, pendant que la femelle veillait dans un passage souterrain affleurant à proximité immédiate. Elle pouvait y rester à l'affût, immobile, des pragos durant. Mais qu'une trémulation trahît l'approche d'un animal, et elle se réveillait sur-le-champ. Elle se ruait à l'extérieur, mandibules tendues vers l'adversaire qui devait chercher son salut dans une fuite précipitée. Les sauriens volants, pourtant voraces, évitaient de s'en prendre aux nids car les werans sentaient le déplacement d'air de leurs ailes membraneuses et étaient fort capables de les attraper s'ils se posaient près des œufs.

Ces vers constituaient un trophée des plus difficile à arracher à la nature sauvage d'Erskomir. Certes, les nids se repéraient aisément depuis un véhicule aérien car ils se trouvaient toujours dans des endroits dégagés et ensoleillés. La gageure résidait dans l'approche du weran : si le chasseur ne faisait pas preuve de la plus absolue discrétion, l'animal percevait sa présence et bondissait de dessous terre. Et si l'humain – devenu la proie ! – ne fuyait pas au plus vite, le ver l'assaillait sans merci. Seul un coureur aux réactions fulgurantes parvenait à lui échapper. Pour sauver sa vie, il devait couvrir au moins vingt mètres dans le plus bref délai. S'il y réussissait, il était provisoirement sauf car les vers géants ne s'éloignaient jamais de leurs nids à une distance qui dépassât leur propre taille.

Mais un chasseur venait pour tuer, pas pour s'enfuir. Il devait donc se glisser sans bruit, et s'immobiliser si la femelle weran pointait le bout du rostre à la sortie de son terrier. On utilisait le plus souvent l'arc et les flèches, parfois l'arbalète. La distance de tir idéale était de dix mètres, ce qui laissait hélas peu de temps pour décocher le trait. Le projectile devait entrer droit dans la gueule et, au fond de celle-ci, atteindre le ganglion principal qui, chez cette espèce, tenait lieu de cerveau. Si ce centre nerveux était blessé, l'animal se retrouvait paralysé et mourait en une décitonta. Mais un tel coup de maître exigeait une grande dextérité car il s'agissait de toucher, sur un objectif en mouvement très rapide, le seul endroit qui ne fût pas protégé par la couche de chitine. Si l'on manquait la cible, mieux valait fuir à toutes jambes sans chercher une autre occasion de tirer, qui ne s'offrirait pas.

Gnozal VII, chasseur habile, avait ramené un weran à

presque chacun de ses séjours sur Erskomir. Cette fois cependant, Fartuloon doutait qu'il y parvînt sans complications car son état euphorique le poussait à sous-estimer le danger. Pourtant, personne ne pourrait lui venir en aide, pas même le médecin : pour ne pas alerter l'animal, le glisseur se poserait à deux cents mètres au moins de l'antre, et l'escorte resterait à l'écart. Seul l'Empereur irait braver le ver.

L'inquiétude réduisait les lèvres serrées de Fartuloon à un mince trait, alors que les deux hommes se rendaient de l'armurerie au glisseur parqué sur l'aire de départ. Aujourd'hui encore, ils partaient les derniers.

À nouveau, le regard fuyant de leur guide suscita la méfiance du médecin.

Ce Psollien est-il donc l'un des conspirateurs qui ont juré la mort de Gnozal ?

Et à nouveau, il rejeta cette idée qui lui paraissait exagérée. De plus, Psollien tout comme lui-même se tiendrait en retrait pendant que Gnozal irait seul au but. À deux cents mètres, comment pourrait-il influer sur le cours de l'action ? Et si quelque chose tournait mal, l'Empereur disposait encore de son radiant pour se défendre contre le weran. Durant le trajet en glisseur, Fartuloon se calma.

Les craintes qui l'avaient taraudé étaient vaines, car le danger qui menaçait Gnozal allait venir d'ailleurs…

Reconstitution :

Le Vere'athor Amarkavor Heng entra dans le central du *Perkanor* et un appel fusa :

— Breheb-Toor !

Les hommes de service dans le vaste hémicycle bondirent au garde à vous. Le chef d'escadre répondit à leur salut, écouta le rapport de son commandant en second et scruta la rotonde. Tout avait l'air en ordre. Heng leva la main et l'équipe reprit ses activités. Il n'y aurait d'ailleurs pas grand-chose à faire tant que le *Perkanor* serait en orbite autour d'Erskomir, mais tout le monde devait évidemment tenir son poste.

Le commandant adressa un signe de tête approbateur à son second.

— À présent, Karmach, je mène l'inspection quotidienne du vaisseau. Dût-il se produire quelque événement, vous pouvez me joindre à tout moment par intercom. Compris ?

L'orbton ayant acquiescé, Heng quitta la passerelle. Quand le sas se fut refermé derrière lui, son impassibilité se mua en une détermination pressée. L'inspection n'était qu'un prétexte. L'heure approchait, selon son chronographe, et il avait d'urgentes dispositions à prendre. Il sauta dans le premier puits antigrav et monta au pont supérieur, où était installée la centrale de surveillance des chasses. Le moment que lui avait fixé Orbanaschol arrivait et, de là, il devait vérifier que tout se passait comme les cinq conspirateurs l'avaient projeté. Un seul homme assurait la veille, un technicien hautement qualifié qui avait la faculté d'observer simultanément les vingt moniteurs. Heng cherchait l'occasion d'écarter ce gêneur pour les centitontas à venir, qui seraient décisives. Elle se présenta plus vite qu'il ne l'eût espéré.

En parcourant la coursive déserte, Heng entendit déjà de loin la voix de l'observateur en grande conversation. Le panneau d'accès au poste était ouvert. Il s'y coula sur la pointe des pieds et jeta un coup d'œil à la dérobée. Il ne découvrit point deux hommes, comme il s'y était attendu. L'arbtan était seul mais il avait allumé l'intercom situé près de son siège et discutait avec un autre soldat, quelque part dans le navire. Cela constituait un grave manquement à ses devoirs car l'observateur avait pour consigne de surveiller les sites de chasse, sans se laisser distraire en aucune circonstance. En cas d'incident, la vie d'un chasseur pouvait dépendre de sa vitesse de réaction.

— Dommage que cet ambassadeur ne nous joue pas

une deuxième scène de bravoure, disait-il à cet instant. Aujourd'hui, il se contente d'un kepar mais hier, tu aurais dû voir l'affaire ! Mon gars, c'était vraiment du grand art. Quand je pense au roman-feuilleton qu'a fait le gros Orbanaschol avec son gurbosch à moitié mort ! Je vais te dire...

— Vous n'allez rien dire du tout, arbtan ! tonna Heng en entrant dans le local.

Le technicien en fut paralysé de stupeur et d'effroi. Il resta roide dans son fauteuil et leva des yeux affolés vers son commandant. Son interlocuteur, au contraire, réagit immédiatement et coupa la communication visuelle avant que Heng puisse l'identifier, mais celui-ci n'en avait cure. Sa colère s'abattit sur l'arbtan fautif.

— Debout ! houspilla-t-il l'homme, qui s'exécuta en tremblant.

« Une faute de la plus extrême gravité », énonça le commandant d'une voix basse mais lourde de menaces. « A tenu une conversation privée au lieu de veiller à la sécurité de l'Empereur et des Nobles Chasseurs ». Vous êtes dégradé sur-le-champ et placé aux arrêts de rigueur, en attendant votre punition par le conseil de guerre. Présentez-vous à votre supérieur hiérarchique pour prendre les arrêts. À partir de maintenant, je reprends votre poste. Dehors !

— Grâce, Zhdopanda ! gémit le technicien en tombant à genoux.

Un coup de pied bien senti le remit sur ses jambes.

— Grâce ? renvoya avec dédain le commandant. Ce n'est pas *un* crime passible de mort que vous avez commis, mais *deux* ! Vous vous êtes en plus permis de ridiculiser Sa Grandeur Orbanaschol, le frère de l'Empereur. L'unique grâce qui vous sera octroyée sera une mort rapide devant le peloton d'exécution. Disparaissez ! Vite, avant que je vous tue de ma propre main.

L'homme, anéanti, sortit en titubant. Il en oublia aussi le salut réglementaire mais Amarkavor Heng ne se souciait déjà plus de lui. Le temps pressait. Il referma le sas et verrouilla la fermeture positronique afin de ne pas être dérangé. Il s'installa à la place de l'observateur et parcourut du regard les moniteurs. Chaque sonde suivait l'objectif fixé par sa programmation, mais un seul écran intéressait le commandant : celui sur lequel s'affichait le glisseur de l'Empereur.

Le véhicule se reconnaissait sans peine car son toit était marqué du blason aux soleils du khasurn de Gnozal. Il amorçait justement son atterrissage. Dans un trou à peu de distance reposaient des œufs de weran. Heng hocha la tête, satisfait, et un ricanement mauvais tordit ses traits durs. Gnozal n'en avait plus pour longtemps – et devant lui, Heng, s'ouvrirait bientôt la route vers le pouvoir...

***

— Ne prenez aucun risque, Zhdopanthi, enjoignit encore le vieux Carabin, alors que l'Empereur posait pied à terre.

Gnozal lui jeta un regard amusé.

— Ta sollicitude m'émeut presque aux larmes, Fartuloon, mais je crois que je suis assez grand pour prendre soin de moi. Si ce n'était pas le cas, j'aurais déjà succombé lors d'une autre expédition !

— Même un empereur n'est pas infaillible, riposta le médecin qui arborait à nouveau sa vieille cuirasse bosselée.

Son maître mit fin à la discussion :

— Il suffit de ce bavardage inutile, tu me retardes ! Allons, j'ai aussi mon cerveau-second pour m'avertir si besoin. Dans une demi-tonta, l'affaire sera réglée, j'aurai mon weran. Tu paries ?

— À votre guise, Zhdopanthi, grogna Fartuloon.

Gnozal VII lui fit un petit signe, et partit à pas prudents. Ce matin, il portait des bottes avec des semelles au dessin spécial, qui rendaient sa marche quasi inaudible. Le médecin remonta dans le glisseur et ajusta l'optique pour pouvoir observer l'Empereur. Devant le siège du pilote se trouvait un appareil analogue, si bien que le guide lui aussi suivait chaque mouvement du chasseur comme s'il avançait juste derrière lui.

Sur la plate-forme de chargement, les Naats patientaient en avalant un deuxième repas car leurs corps gigantesques, adaptés à une pesanteur de 2,8 gravos, réclamaient d'énormes quantités de nourriture. Fartuloon comme Psollien se taisaient et s'ignoraient mutuellement. Le vieux Carabin parce qu'il se défiait instinctivement du spécialiste et ce dernier parce qu'il se concentrait, nerfs tendus, sur ce qui allait arriver.

Gnozal appréciait la fraîcheur relative de ce matin-là. Il tenait à la main droite un grand arc de fibroplast, tandis qu'à son épaule gauche pendait un carquois avec des flèches de la meilleure arkonite. À sa ceinture était accroché le radiant à impulsions, cran de sûreté débloqué. Bien que le terrain fût ici égal et dégagé à part quelques buissons touffus, il se déplaçait avec une extraordinaire prudence sur l'épaisse couche d'humus semée de branches et de brindilles. Un pas malencontreux, et le craquement du bois mort alerterait la femelle weran. La chasse serait alors finie avant même d'avoir commencé.

Aucun animal ne trahirait Gnozal en détalant devant lui : quelque mystérieux instinct éloignait tous les petits fouisseurs du voisinage d'un weran, bien qu'ils n'aient pas beaucoup à craindre de ces vers géants. Des libellules aux antennes longues comme le bras bourdonnaient, mais elles ne s'intéressaient qu'au nectar que recelaient les grandes fleurs en trompettes ornant les arbustes.

Gnozal VII s'était avancé d'une soixantaine de mètres quand un croassement strident le mit en alerte. Il se figea, suivant du regard un vol de cinq ptérosaures. Leur vue n'était pas très développée et ils ne percevaient que les sujets en mouvement, donc il était en sécurité tant qu'il conservait la plus stricte immobilité. Il attendit que les battements d'ailes se perdent dans le lointain puis il continua son chemin. Le soleil montait dans le ciel et la température augmentait graduellement. Il haussa de quelques points le niveau de climatisation de sa tenue.

Au bout de cent mètres, il distingua la levée de terre autour du nid. Il hocha la tête, satisfait d'avoir conservé la bonne direction. Il s'arrêta encore pour éponger la sueur qui lui coulait sur le front, puis s'avança entre deux bosquets. Il dut redoubler d'attention car ce passage était jonché de branchettes. Mais toute sa prudence ne pouvait lutter contre le destin. Soudain, le sol se mit à osciller comme un tapis élastique puis se déroba sous ses pas, sur toute la largeur de la trouée entre les buissons. Et le piège engloutit sa victime…

L'Empereur réagit avec toute la célérité que lui avait conférée l'activation de son cerveau-second. Il renonça à sauter en arrière, puisque tout s'effondrait autour de lui. Il se laissa tomber en avant, ramenant son grand arc en travers de sa poitrine. Les extrémités de celui-ci accrochèrent le sol qui s'enfonçait. Cela ralentit un peu la chute mais ne l'enraya pas : Gnozal dégringola, accompagné d'une avalanche de branches, de feuilles et de terre. À quelle profondeur ? Il ne pouvait s'en rendre compte, aveuglé par la poussière, néanmoins cela devait atteindre plusieurs mètres. Puis il y eut un choc brutal. Il sentit la boucle de sa ceinture heurter un objet dur et pointu, qui glissa de côté. Une vive douleur fouailla le corps de l'Empereur et il faillit perdre conscience.

Enfin, la chute s'arrêta. Gnozal battit des pieds et des mains pour se dégager. Ses poumons cherchaient désespérément de l'air, mais sa bouche et ses narines étaient encombrées de sable et de débris végétaux. Il se contraignit donc à cesser de vouloir respirer à tout prix. Des cercles rouges dansaient devant ses yeux. Il voulait survivre, et il survivrait ! Dans un suprême effort, il ramena ses jambes sous son corps et tenta de se remettre debout. La masse de terre et d'humus au-dessus de lui, molle et légère, finit par céder sous sa poussée. Brusquement, il en émergea et aperçut la lumière du jour, loin en haut. Gnozal toussa et cracha pour libérer sa bouche puis, tout haletant, emplit avidement ses poumons d'air. Il n'y voyait presque rien et il tituba jusqu'à ce que ses mains tendues rencontrent un support auquel il s'agrippa. Il eut besoin d'un long moment pour récupérer un peu ; il commença ensuite à examiner son environnement.

Son premier regard tomba sur l'objet auquel il se tenait, et ses yeux s'agrandirent. C'était une perche de bois d'une douzaine de centimètres de diamètre, qui le dépassait de plusieurs têtes et se coiffait d'une solide pointe d'arkonite. Il jeta un œil rapide à gauche et à droite : d'autres épieux se dressaient tout autour de lui. Il comprit quelle avait été sa chance, car il était tombé directement sur l'un d'eux et seule la boucle de sa ceinture lui avait évité de s'embrocher !

Un joli petit piège ! commenta ironiquement son secteur logique. *Une fosse construite exactement sur ton chemin vers le nid du weran, et où tu devais rencontrer ta mort. Fartuloon avait-il donc raison ?*

Des bruits venus d'en haut le détournèrent de ces pensées. L'Empereur distinguait à présent les contours de la fosse, dix mètres de long sur cinq de large et autant de profondeur. Au bord, les silhouettes des assistants naats s'agitaient. L'ombre du glisseur survola le rectangle de ciel, puis Fartuloon et Psollien arrivèrent à leur tour. Un instant ils demeurèrent figés, les regards braqués vers le bas. Le médecin respira.

— Les She'Huhan soient loués, l'Empereur est en vie ! (Puis, pensant à organiser le sauvetage :) Les Naats ne peuvent pas descendre là-dedans, ils déclencheraient d'autres éboulements. Un rayon tracteur ! Amenez le projecteur par ici ! Vite !

Psollien restait comme pétrifié. Sous les injonctions de Fartuloon, il s'activa. Peu après, il remontait au rayon tracteur Gnozal VII, avec un bon mètre cube de terre. Le médecin se précipita vers lui.

— Êtes-vous blessé ?

Son maître hocha négativement la tête.

— Rien de grave, mon vieux Carabin, mais il s'en est fallu de peu. Sans ma boucle de ceinturon, l'un de ces pieux m'aurait transpercé et toute ta science n'aurait pu m'aider.

Le chirurgien impérial se retourna et, la main sur la poignée de son sabre, désigna Psollien :

— Voici le coupable. Dois-je l'abattre sur-le-champ ?

— Pitié, Zhdopanthi ! gémit le spécialiste de la chasse en se jetant à genoux devant l'Empereur. Je suis innocent, je vous supplie de me croire. Je n'ai pas fait construire cette fosse, j'ignorais tout de son existence. Elle date sûrement de l'époque de mon prédécesseur, et on l'a oubliée après son décès inopiné. Vous savez qu'on ne peut guère accorder de confiance aux Naats, Votre Grandeur !

— Excuses fallacieuses ! gronda Fartuloon.

Psollien lut dans les yeux du médecin que sa vie ne tenait qu'à un fil, mais Gnozal VII intercéda en sa faveur.

— Mon secteur logique accepte l'explication de Psollien, déclara-t-il. Cette fosse doit vraiment être ancienne, sinon le poids de mon corps n'aurait pu faire s'écrouler le camouflage prévu pour un gros animal. Tu peux voir que les branches de soutènement sont vermoulues. Et ce que Psollien dit des Naats est malheureusement exact : ils n'ont aucune initiative et ne font rien qu'on ne le leur ait formellement ordonné. (Les trois aides naats les entouraient, le visage vide de toute expression, comme pour attester l'opinion que l'on avait d'eux.) Nous n'avons aucune preuve d'une quelconque implication de Psollien dans cet accident, et je me refuse à ce qu'il soit exécuté dans ces circonstances. C'est compris, Fartuloon ?

Le médecin n'était pas d'accord mais il connaissait l'esprit de justice scrupuleuse qui animait son maître. Il grommela une remarque indistincte et se retira d'un pas lourd vers le glisseur, alors que l'Empereur signifiait à leur guide de se relever. Le visage blême, ce dernier bredouilla quelques mots de gratitude, mais Gnozal coupa court :

— Vous veillerez à ce que les Naats rembarquent le projecteur. Nous rentrons à l'hôtel et vous êtes relevé de vos fonctions jusqu'à nouvel ordre. Je ferai examiner ce trou avec soin. Malheur à vous si vous n'êtes pas blanc comme neige dans cette histoire !

Avant de remonter dans l'habitacle, il lança un dernier regard navré au nid du weran. Son trophée lui échappait…

Le glisseur s'éleva et, décrivant un large virage, prit le chemin du retour. Beaucoup plus haut, dans la salle de surveillance du *Perkanor*, Amarkavor Heng grinçait des dents. Quel sentiment de triomphe quand l'Empereur était tombé dans la fosse – et quelle déception quand il en était ressorti indemne !

— Et pourtant il mourra, siffla-t-il, rageur.

*
**

— C'est à peine croyable, disait Fartuloon en contemplant dans sa main la boucle de ceinturon complètement déformée.

Cette petite plaque d'arkonite dorée avait sauvé la vie du souverain. Gnozal VII reposait à nouveau sur la couchette à côté de la médi-positronique, cerné d'une nuée de praticiens impatients d'obtenir les résultats. Mais la machine ne diagnostiqua rien de plus que ne l'avait fait le vieux Carabin : un hématome de la largeur d'une main, un peu enflé, sur le ventre de l'Empereur, et pas d'autre dommage. Pour la science médicale arkonide, ce cas ne présentait aucun problème et la meurtrissure aurait disparu sans laisser de traces dans une décitonta.

— Vous n'aurez aucune séquelle, Zhdopanthi, assura le médecin-chef. Si vous le désirez, vous pouvez repartir à la chasse dès cet après-midi.

Gnozal sourit, sauta en souplesse de la couchette et déclara allègrement :

— C'est exactement ce que je vais faire.

Fartuloon le regarda, interdit. Il ouvrit la bouche mais une sirène d'alerte retentit à l'extérieur. Un glisseur arrivait avec des blessés, et la salle devait être libérée d'urgence. En quittant le centre médical, Gnozal et Fartuloon croisèrent des infirmiers qui poussaient un brancard antigrav. Ils reconnurent la figure ensanglantée du Maréchal de Cristal, Selamon de Quertamagin. Le Carabin réalisa aussitôt qu'il n'y avait plus rien à faire. Il frissonna en s'adressant à son maître :

— C'est vous qui seriez étendu sur cette civière, Zhdopanthi, si les dieux des étoiles ne vous avaient pas protégé. En retournant à la chasse cet après-midi, vous les défiez !

Le visage de Gnozal se ferma.

— Tes mises en garde répétées deviennent lassantes, vieux charlatan, grogna-t-il. Je repartirai cet après-midi, quand bien même tu danserais sur la tête. Un vrai chasseur ne s'incline pas devant le danger. Mais cela, tu ne peux pas le comprendre. Ou tu ne veux pas.

Fartuloon rougit sous la réprimande, mais avant qu'il puisse répliquer, une voix perçante s'éleva dans le couloir.

— Où est l'Empereur ? Où est mon frère ? Je veux savoir comment il va ! Il va peut-être mourir sans que j'aie pu lui parler une dernière fois ! Laissez-moi passer !…

La porte s'ouvrit à la volée et Orbanaschol entra en coup de vent. Ses bajoues flasques tressautaient à chaque pas. Il clignait rapidement des yeux, son visage gras était congestionné de colère contre les médecins. Il sembla heurter un mur de plein fouet lorsqu'il vit son frère.

— Mascudar ?… Tu… Tu… bégaya-t-il en pâlissant. *Tu es vivant ?!* J'ai appris pour ton accident… J'ai accouru à toutes jambes.

Il conservait à grand-peine sa maîtrise, car il s'attendait à découvrir un cadavre. La déception faillit avoir raison de lui mais, en quelques instants, son fond d'hypocrisie naturelle l'emporta. Il se dandina vers Gnozal, le serra contre lui et versa même de grosses larmes – probablement sincères, causées par l'échec de son plan. Son frère apporta son concours involontaire à cette comédie. Il eut un bref éclat de rire et lui frappa sur les épaules.

— Remets-toi ! Je suis sain et sauf, comme tu le vois. Je suis même tellement en forme que je vais repartir à la chasse. Au grand dam de notre vieux Carabin !

— Tu vas vraiment… ?

Orbanaschol n'en croyait pas ses oreilles. Aussitôt, de nouvelles idées jaillirent dans son esprit.

— Mais oui, acquiesça Gnozal. Je pense aux Rochers des Démons, qui fourmillent de grands lézards cuirassés. Je peux sûrement en ramener un ou deux. Et demain, on m'aura trouvé un autre weran.

— Je vais t'accompagner, proposa son frère avec empressement. Je suis moi aussi rentré bredouille ce matin. J'avais acculé un kepar, mais je l'ai bien sûr laissé filer pour me hâter à ton chevet.

L'Empereur opina du chef.

— Et pourquoi pas ? J'ai préféré suspendre Psollien mais nous deux, avec Fartuloon et ton valet – nous serions quatre et nous pourrions nous passer des Naats, qui sont de toute façon plus encombrants qu'autre chose.

Dans la tête d'Orbanaschol, les pensées se bousculaient littéralement. Cette offre était pour lui un cadeau inespéré car il suffisait d'une légère modification de son plan pour… Il n'était pas très loin quand Gnozal était tombé dans le piège, mais sa couardise l'avait empêché de s'approcher de la scène comme il l'aurait voulu au départ. Maintenant, en revanche, il était disposé à jouer le tout pour le tout sans rien laisser au hasard. Lui-même n'avait pas besoin d'accomplir le geste fatal – à quoi lui servait Offantur ? Et il fallait aussi écarter le vieux Carabin.

Orbanaschol se composa une mine affligée et larmoya presque :

— Hélas, nous ne pourrons pas emmener Offantur. Il s'est foulé la cheville et est incapable de venir dans cet état. Mais nous avons ton Dagoriste attitré avec nous, nous ne risquons rien !

L'Empereur rit franchement.

— Voilà, Fartuloon, quelqu'un qui sait rendre hommage à ta personne et à tes talents. Parfait ! Après le repas de midi, nous nous mettrons en route.

Les deux frères se séparèrent. Gnozal remonta à ses appartements avec son médecin privé. Orbanaschol se hâta vers son glisseur, où l'attendait son premier serviteur. D'un geste, il congédia Burkotsch et les Naats avant d'informer Offantur en quelques mots. Celui-ci entra aussitôt dans la peau de son personnage de blessé, et se dirigea vers l'hôtel en boitillant. Il ne se rendit pourtant pas au centre médical mais accompagna son maître dans sa suite. Après un bref entretien par radio, Sofgart les rejoignit.

Quand Orbanaschol gagna le restaurant, il était de meilleure humeur. Le nouveau plan des conjurés ne présentait cette fois aucune faille.

CHAPITRE IX

FARTULOON, LE CHIRURGIEN IMPÉRIAL

La société arkonide peut être qualifiée d'aristocratie au sens propre du terme : les membres des grands khasurns – les *Gnozal, Ragnaari, Zoltral, Quertamagin, Orcast, Monotos, Orbanaschol, Tutmor, Tereomir, Anlaan, Metzat, Thetaran, Arthamin, Ariga*, et d'autres encore – contrôlent les fonctions-clés de la politique, de l'économie et de l'armée. Il s'agit pour partie de véritables entités familiales de plusieurs centaines de milliers d'individus.

À l'exception des périodes dominées par un pouvoir absolutiste ou dictatorial, c'est une monarchie parlementaire qui régit le Taï Ark'Tussan. L'Empereur y joue un rôle prééminent en tant que chef de l'État et du gouvernement mais aussi en tant que *Begam* – commandeur général de la Flotte. La puissance qu'acquiert le souverain dépend essentiellement du contre-pouvoir qu'exercent ses collaborateurs directs du *Conseil des Douze*, ainsi que le *Grand Conseil* et le *Parlement* librement élu par le peuple.

Avec l'Empereur, le *Berlen Than* représente un organe exécutif prépondérant du *Taï Than* – comparable à une assemblée gouvernementale dans d'autres systèmes politiques – où se préparent et se discutent les décisions importantes. Le débat se poursuit dans le cercle élargi du *Grand Conseil* avec ses 128 membres ex officio, dont les Secrétaires Impériaux. L'Empereur a le droit de veto, toutefois ses objections peuvent être rejetées. En cas de mise en minorité flagrante, il peut même voir prononcer sa destitution.

C'est là une description du fonctionnement normal. Mais un Empereur peut aussi s'arroger un pouvoir dictatorial, par la nomination de ses favoris aux postes-clés, par l'intrigue et la corruption, voire la promulgation de « lois d'exception ».

Comme l'impose la constitution, les membres du Conseil possèdent tous une solide formation scientifique mais proviennent d'horizons variés : la Flotte, le Palais de Cristal, la diplomatie, les services secrets, l'économie et l'administration. En outre, ils représentent les khasurns les plus importants et, avec l'Empereur comme président, ils constituent le plus haut organe exécutif de l'Empire à travers les différentes Commissions du Conseil, à l'instar du Conseil Médical ou du Thektran – l'état-major central de la flotte arkonide. L'année arkonide se divise en dix périodes de trente-six pragos ; deux fois par période se tient une session au cours de laquelle l'Empereur doit rendre des comptes et discuter des questions et problèmes alors que les membres du Conseil soumettent en retour des propositions, requêtes et rapports. Les trois premiers pragos de chaque période sont de plus consacrés aux débats du Grand Conseil et du Berlen Than. Les décisions concernant les lignes générales de la politique impériale se votent à la majorité simple. Les projets de loi sont finalement entérinés par le Thi Than.

Dans ce contexte, il convient de préciser que le caractère héréditaire de la monarchie est tempéré par des fondements constitutionnels : le fils aîné de l'Empereur – le Prince de Cristal – est son successeur désigné mais, en cas de décès du souverain sans héritier, c'est au Grand Conseil qu'il revient d'élire le futur Empereur, parmi les rangs des familles de la noblesse.

De même, si l'Empereur accorde les titres de propriété, octroie droits commerciaux et autodétermination partielle, il faut prendre en considération la taille immense de l'Empire Arkonide. De sorte que les différents niveaux du pouvoir impérial – l'Empereur, le Taï et le Thi Than, le

Thektran, le Praesidium Judiciaire de Celkar et la Direction de l'Information – se distinguent de l'administration propre aux planètes autonomes, aux fiefs de la noblesse – lesquels englobent parfois jusqu'à cent systèmes solaires – et aux habitats autarciques comme ceux des clans des nomades de l'espace. Même avec la meilleure assistance positronique, personne ne peut maîtriser les ramifications de l'Empire dans leurs ultimes détails.

*
** *

L'atmosphère du repas de midi était partagée entre la joie de voir l'Empereur sain et sauf, et le chagrin pour la fin tragique du Maréchal de Cristal, Selamon de Quertamagin, que tous tenaient en haute estime. Mais tous les hôtes étaient des chasseurs dans l'âme et rien ne les retiendrait de s'adonner à leur passion : ils y retournèrent l'après-midi, d'autant que la matinée n'avait été propice à personne.

— Tu n'as pas l'air très enthousiaste, Fartuloon, remarqua Gnozal VII alors que tous deux se préparaient pour la sortie aux Rochers des Démons.

Le médecin afficha une grimace expressive mais préféra ne pas répondre. S'il n'approuvait certes pas l'intention de son maître, il aurait au moins le loisir de tenir à l'œil Orbanaschol, à qui il n'accordait toujours aucune confiance.

Suis-je donc le seul à avoir capté, dans le regard du gros, son effroi à la vue de son frère rescapé ?

Il fallut aux trois hommes plus d'une tonta pour atteindre les Rochers des Démons, distants de deux cents kilomètres. Ils s'étendaient au pied d'une vaste chaîne volcanique, dont les éruptions crachaient perpétuellement de sombres nuages dans le ciel d'Erskomir. Ces blocs cyclopéens, eux-mêmes d'origine magmatique, étaient dispersés irrégulièrement et de teinte noire. De ce fait, ils emmagasinaient efficacement la chaleur du soleil et attiraient les animaux à sang froid : quantités de lézards cuirassés y avaient élu domicile. Plus petits que les tischtans, ils leur ressemblaient par l'allure et la voracité. Mais ils ne constituaient pas un gibier difficile pour un chasseur entraîné, car leur carapace cornée n'était pas très épaisse.

Fartuloon posa le glisseur à la limite du dédale rocheux, sur un petit plateau où il n'y avait nulle trace de sauriens. L'Empereur et son frère observèrent un moment les alentours puis Gnozal hocha la tête, satisfait.

— Là-bas, à environ un kilomètre, toute une famille s'est rassemblée pour paresser au soleil. L'arrière-grand-père me tente. On ne rencontre pas souvent un spécimen de cette puissance ! Nous y allons, Orbanaschol ?

Celui-ci jeta un coup d'œil à sa bague-chronographe, puis acquiesça.

— D'accord, frère. Je vais prendre une arbalète, les carreaux frappent mieux.

— Absurde, critiqua l'Empereur. L'unique arme appropriée est l'arc. Tu auras plus vite encoché une nouvelle flèche. Le temps de rebander ton arbalète, et tu perds de précieuses millitontas. Ces bêtes sont rapides comme l'éclair, ne l'oublie pas !

Orbanaschol ricanait intérieurement, mais son visage demeurait sérieux. Il savait que Sofgart, le Maître Intendant, avait laissé tout le monde partir de l'hôtel devant lui, Ainsi, il ne se trouverait personne pour s'étonner de voir en sa compagnie Offantur, soi-disant handicapé par une foulure. Et bien sûr, il n'avait pas manqué d'informer le quatrième compère, Heng, sur le *Perkanor*. Les mailles du filet se resserraient autour de l'Empereur.

Orbanaschol devait encore gagner du temps jusqu'à l'arrivée de Sofgart. C'est pourquoi il s'obstinait à vouloir emporter une arbalète, alors que Gnozal essayait de le faire changer d'avis sans se douter de quoi que ce fût.

Fartuloon écoutait leur discussion et se faisait une piètre opinion des talents de chasseur d'Orbanaschol. Il avait presque cessé d'y prêter attention lorsqu'un signal d'appel retentit à bord du glisseur. Peu de gens se seraient risqués à déranger le souverain en plein milieu d'une chasse. Pour que cela se produisît, l'affaire devait être grave et le médecin se hâta d'activer le récepteur. L'appel était lancé sur la fréquence de détresse.

— ... secours d'urgence, s'il vous plaît, caqueta le haut-parleur. Mon maître de chasse a été tué par un tischtan... Les Naats se sont enfuis... La bête attaque le glisseur ! À l'aide, pour l'amour des She'Huhan !

Gnozal réagit sans retard.

— Ici l'Empereur. Qui appelle ? Donnez-nous votre nom et votre position, pour que nous venions à votre secours.

Ils entendirent des chocs violents, suivis du sifflement d'un radiant à impulsions et d'un cri étouffé. Il y eut un moment de silence, puis une voix épuisée reprit :

— Ici Sofgart, Zhdopanthi ! J'ai réussi à abattre le monstre avec l'arme de mon guide. Je ne suis que légèrement blessé. Vous n'avez pas besoin de vous occuper de moi, je tiendrai bien jusqu'à l'arrivée de quelqu'un d'autre. Par contre je ne peux pas repartir, mon véhicule est endommagé.

— Ne dites pas de bêtises, répliqua énergiquement l'Empereur. Il peut se passer un certain temps et le cadavre du monstre va attirer des charognards. Communiquez votre position, je vous envoie chercher, c'est clair ?

Une respiration saccadée, un nouveau gémissement, puis Sofgart revint en ligne. Il protesta encore en affirmant qu'il ne risquait plus rien, mais transmit néanmoins ses coordonnées.

Gnozal VII repéra l'endroit sur la carte numérique.

— Il est à peine à vingt-cinq kilomètres de nous, constata-t-il. Fartuloon, c'est une tâche pour toi. Pendant que nous irons chercher nos trophées, tu voleras au secours de Sofgart. Cela ne te prendra pas longtemps, tu peux nous laisser sans problème.

— Pas question, Zhdopanthi ! objecta le Carabin. J'assume la fonction de maître de chasse et s'il vous arrivait quelque chose durant mon absence, je…

Gnozal s'énerva et le coupa. Orbanaschol, qui connaissait le tempérament de son frère, se garda de s'en mêler.

— Pas de discours, vieux charlatan ! Nous sommes assez grands pour veiller sur nous-mêmes pendant deux décitontas. Au besoin, je peux liquider toute la bande de lézards au radiant. Dépêche-toi, sinon je te congédie de ton poste de médecin personnel – sans parler de ton titre de Gos'Laktrote !

Fartuloon ne prit pas la menace plus au sérieux que les innombrables fois où il l'avait déjà entendue. Il se défiait d'Orbanaschol, mais il le savait trop lâche pour oser quoi que ce fût qui le mouillât directement. Offantur, avec son handicap, était hors jeu – du moins le croyait-il – et Sofgart était plongé dans les ennuis jusqu'au coup. Les principaux suspects se trouvaient donc impuissants et il ne voyait effectivement aucun danger pour son maître. Il capitula donc. L'Empereur et son frère emmenèrent leurs armes, le médecin referma l'habitacle et décolla pour se diriger vers la position indiquée par Sofgart.

Au même instant, en route vers l'endroit où se trouvait leur victime, ledit Sofgart et Offantur trébuchaient sur les blocs de roche volcanique à peine à cinq cents mètres de là. Auparavant, ils avaient débarqué leur guide et ses aides naats à mi-chemin, en un lieu inaccessible. Ces derniers avaient été drogués et, si on le leur avait demandé, ils se seraient jetés dans les bras de la Mort. Mais on les y avait pour ainsi dire déjà expédiés car de là où on les avait abandonnés, jamais ils ne retrouveraient le chemin vers la zone habitée d'Erskomir.

Cela n'émouvait pas outre mesure les deux conspirateurs et, une fois Gnozal VII liquidé, personne ne s'inquiéterait du sort de leur quatre autres victimes. Car l'Empereur allait mourir, ils n'avaient plus aucun doute. Sofgart avait réussi à l'abuser et à éloigner Fartuloon. En tant que médecin, ce dernier allait tenter tout ce qui était possible pour aider le prétendu blessé. Jusqu'à ce qu'il comprenne que lui et son maître avaient été bernés. Et à ce moment, il serait beaucoup trop tard…

Amarkavor Heng bouillait d'impatience depuis qu'il avait reçu le signal d'Orbanaschol. Accomplir ses obligations routinières lui réclamait toute la maîtrise dont il était capable. Heureusement, il n'était pas vraiment indispensable à bord actuellement, puisque ses orbtons supervisaient le gros du travail. Aussi, personne ne s'étonna de le voir rejoindre la centrale de surveillance. Sur une brève injonction, le technicien de service, au courant du sort de son prédécesseur, quitta la salle sans demander son reste. Tremblant d'excitation, le Vere'athor se jeta dans le fauteuil-contour, l'œil rivé sur l'écran qui montrait le glisseur dont l'Empereur venait de débarquer. Heng régla la retransmission de la sonde au grossissement maximal, alors que Gnozal et son frère s'éloignaient en direction des lézards et que leur véhicule redécollait pour mettre le cap au nord.

— Ça a marché, jubila-t-il. Plus que quelques centitontas…

Le vieux Carabin sera l'unique témoin gênant. Il faudra absolument l'éliminer, bien sûr, pensait Orbanaschol.

Personne d'autre n'avait capté le message de Sofgart, diffusé avec une puissance si faible qu'il n'avait pu être reçu que dans les environs immédiats. Les conspirateurs avaient tout envisagé. Orbanaschol lui-même avait combiné la plupart des détails. Pourtant, il se sentait très mal à l'aise en avançant lentement derrière son frère vers les premiers gros rochers, à quelques centaines de mètres. Il s'arrêtait sans cesse pour essuyer la sueur sur son front et son cou – c'était bien la peur qui le faisait transpirer aujourd'hui, car la tenue climatisée avait été remise à ses mesures la veille.

Gnozal lui jeta un regard courroucé.

— Allons, viens donc ! Nous nous séparerons pour prendre les lézards en tenaille. En cas de problème, tu n'as qu'à grimper sur le premier rocher, ils ne te suivront pas.

Orbanaschol opina mollement du chef et pressa le pas. Il était sûr que ses complices avaient maintenant gagné leur place, un défilé entre deux murs de rocs volcaniques d'une vingtaine de mètres de haut. C'était là que l'Empereur trouverait la mort. La végétation basse, semblable à des prêles, se raréfiait et le rocher affleurait. Des arachnes cuirassées et des reptiles bizarrement conformés, qui se chauffaient au contact de la pierre noire, s'éclipsèrent vivement. Orbanaschol frémit de dégoût mais il parvint à se contrôler et suivit son frère. Il jeta un coup d'œil furtif vers la gauche, là où Offantur et Sofgart étaient embusqués, surplombant le passage le plus étroit. Absolument rien ne trahissait leur présence. Ils n'utiliseraient leurs radiants en aucun cas. Gnozal devait succomber à un accident, c'était la seule circonstance qui porterait son frère au pouvoir sans contestation.

Plus ils approchaient de l'étranglement, plus Orbanaschol sentait croître sa nervosité. Il aurait voulu rester en arrière ; or, il devait marcher près de Gnozal car, officiellement, il serait le seul témoin de la mort de l'Empereur. Sofgart et Offantur, eux, disparaîtraient des lieux dès leur mission accomplie. Amarkavor Heng confirmerait ses dires, lui que nul ne suspectait et qui tenait cependant un rôle capital dans leur mise en scène.

L'instant décisif ! Le chemin montait en pente douce, semé de cailloux et de graviers. À la saison des pluies, une rivière coulait dans cette gorge étroite. À présent, elle était à sec et son lit saupoudré d'une fine couche de cendres, que les volcans vomissaient partout alentour. Les Rochers des Démons devaient leur nom à leurs formes tourmentées et à leur couleur noire, mais il n'y avait normalement ici aucun danger particulier. Gnozal VII se déplaçait d'un pas léger et sûr. Son attention se concentrait sur la dizaine de mètres d'espace libre devant lui, où les lézards cuirassés le guettaient sûrement. L'attaque le prit totalement au dépourvu. Il sursauta quand, du côté de la paroi de gauche, retentit un grondement sourd. En un réflexe de défense, il fit un bond en arrière et leva son arc, flèche encochée, car il se croyait menacé par un animal. Il réalisa qu'il se trompait en voyant dévaler vers lui trois énormes quartiers de roc.

Il battit précipitamment en retraite, mais trop tard. L'un des rochers le heurta à l'épaule gauche, lui brisa l'articulation et le jeta au sol. Une douleur brûlante fulgura dans tout le corps de l'Empereur ; il ne perdit pourtant pas conscience et se roula péniblement de côté. Un nouveau grondement annonçait la chute d'autres blocs. Ceux-ci le manquèrent car il avait réussi à se traîner contre la paroi opposée. S'aidant de son bras valide, il se redressa en haletant. Ses jambes le soutenaient à peine et, dans son champ de vision, des voiles rouges tournoyaient. Mais lorsqu'il leva les yeux, il distingua nettement une tête et un torse, un homme qui poussait une autre énorme pierre vers le bord du ravin. Le soleil baignait son visage de sa lumière rougeâtre, et Gnozal reconnut Sofgart.

Fartuloon avait raison ! lui souffla son secteur logique. *La fosse ne se trouvait pas par hasard sur ton chemin vers la tanière du weran. Voici le deuxième attentat. On a piégé Fartuloon : Sofgart est ici, pour te tuer !*

Soudain, tout fut clair dans l'esprit de Gnozal.

Orbanaschol ! C'est lui qui a manigancé tout ça ! Où est-il, ce traître, cet assassin ?

Il n'eut pas le temps de le chercher dans son dos. Sofgart allait lâcher son bloc. Une rage furieuse s'empara de l'Empereur. Il arracha son radiant et fit feu sur le meurtrier. Un cri retentit dans les hauteurs, mais Gnozal ne s'attarda pas pour juger de l'effet de son tir. Il s'écarta lourdement alors que la pierre roulait et rebondissait pour s'écraser à moins d'un mètre de lui. Il avait échappé à ce danger-là. Il tressaillit sous la souffrance infernale qui embrasait son côté gauche et chut à genoux. Mais il lutta contre l'évanouissement, car il devait encore compter avec Orbanaschol. Il connaissait sa lâcheté, évidemment ; s'en prendre à un blessé sans défense correspondait hélas parfaitement au caractère de son demi-frère.

— Fartuloon ! gémit-il. Où es-tu donc ?…

Des éclairs, des cercles multicolores dansaient devant lui, ses oreilles sifflaient, il était au bord de l'inconscience. Gnozal n'entendit pas tomber la pierre jetée par Offantur. Elle n'était pas énorme, mais elle l'atteignit à la tête et lui broya le crâne. Le dernier souffle de vie quitta le corps de l'Empereur.

*
* *

Heng distinguait les deux exécuteurs debout au bord du ravin. Ses poings se crispèrent quand les blocs dégringolèrent, ratant leur cible. Il rentra instinctivement la tête dans les épaules en voyant Gnozal tirer et Sofgart s'effondrer comme mort. Tout cela serait-il en vain ?

Puis Offantur jeta la dernière pierre, et le destin du souverain fut scellé. La main de Heng s'abattit sur la touche de l'intercom.

— Un malheur terrible nous frappe ! annonça-t-il en feignant la consternation. L'Empereur vient d'être tué par un éboulement aux Rochers des Démons !

Un instant de silence, comme pour laisser chacun mesurer toute l'horreur du drame.

— À l'équipe du hangar : parez le *Leka* numéro un pour appareillage d'urgence ! Je me rends immédiatement sur les lieux de l'accident.

Peu après, l'engin discoïdal bondissait dans l'espace et piquait vers la planète. Dans la salle de surveillance du croiseur, un technicien blême s'écroula dans son siège. Il était profondément choqué par la nouvelle, comme tous les hommes à bord du *Perkanor*, qui aimaient et admiraient leur souverain. Le moniteur du milieu montrait la forme à moitié ensevelie de l'Empereur, sur lequel son frère se penchait en essayant de le dégager. À part eux, personne.

Où se trouve le glisseur de Sa Grandeur Impériale ? Et le vieux Carabin ?

Chez Romikur, la curiosité prit le dessus sur le chagrin. Peu avant l'arrivée de Heng, il avait activé l'enregistreur pour visualiser plus tard le combat de l'Empereur contre les animaux sauvages d'Erskomir. L'appareil tournait encore et Romikur voulait savoir. Il appuya sur la touche d'arrêt, revint en arrière et visionna la scène. Incrédule, les mains tremblantes, il fixait l'écran.

Gnozal VII a été assassiné ! Mais le Vere'athor Heng a parlé d'un accident... Cela ne peut signifier qu'une chose : il fait partie du complot. Et Orbanaschol, le frère éploré, va sans nul doute saisir de sa main rapace la couronne d'Empereur !

À l'instant, il sut ce qu'il avait à faire. Si l'on découvrait qu'il possédait un enregistrement compromettant, il était mort. Il n'avait qu'une seule chance : supprimer cette preuve. D'une main soudain raffermie, le technicien ôta le cristal mémoriel, le glissa dans sa poche et le remplaça par un exemplaire vierge. Il avait prévu de le détruire plus tard... En vérité, il allait s'en garder et sans cesse différer ce geste, car il s'agissait d'un document à l'importance inestimable.

Romikur était toujours en possession du cristal quelques mois plus tard, quand il fut démobilisé suite à une blessure en service commandé. Après bien des détours, l'enregistrement échoua entre les mains des hommes de Fartuloon qui veillaient sur le jeune Prince de Cristal. Il leur révéla la terrible vérité…

*
* *

Le Vere'athor Heng ne devinait rien de cet avenir alors que son aviso discoïdal plongeait à vitesse maximale vers la chaîne volcanique, son écran protecteur zébrant l'atmosphère d'une traînée d'air surchauffé. Le pilote atterrit tout près du lieu de l'« accident », et Heng s'avança pour présenter ses condoléances au frère du mort. Personne ne nota les regards de connivence qu'ils échangeaient. Peu après, les émetteurs relayaient vers la base d'Erskomir et la flottille de surveillance l'affligeante nouvelle. Sur tous les écrans s'affichèrent les traits durs d'Amarkavor Heng, qui rapportait les terribles événements. En conclusion, il annonça que dès à présent le frère du défunt Empereur assurait la régence, et qu'il s'exprimerait prochainement. Pour l'heure, la douleur et la consternation l'empêchaient de prononcer toute déclaration.

Orbanaschol en dit pourtant beaucoup lorsqu'il se trouva seul avec le commandant, pendant que des soldats enlevaient le corps de Gnozal VII.

— Heng, nous devons tout faire pour consolider notre position. La confusion va régner, et il nous faut la mettre à profit. Je n'aurai pas le temps de m'occuper de tout, vous vous en chargerez à ma place. Voici la ligne de conduite pour nos hommes de la flotte et du Tu-Gol-Cel, ainsi que la liste de tous les indésirables à retirer de la circulation. Nous ne pouvons pas nous permettre d'appliquer des mesures trop rigoureuses, mais nous devons verrouiller certaines positions-clés. Il n'y a qu'une exception à éliminer à tout prix, mais sans soulever la moindre vague :

Fartuloon, le vieux Carabin ! Inutile de vous expliquer pourquoi.

Heng s'inclina profondément.

— À vos ordres, *Zhdopanthi !*

*
* *

Fartuloon tremblait de rage et d'inquiétude. Il ne lui avait pas fallu longtemps pour constater qu'à la position donnée par Sofgart, la jungle très dense empêchait tout glisseur d'atterrir. Il jura furieusement tout au long du chemin en sens inverse, mais son intuition lui soufflait qu'il arriverait trop tard.

Il n'était plus qu'à deux kilomètres des Rochers des Démons lorsque les récepteurs du glisseur retransmirent l'allocution de Heng. Chaque mot broya le cœur du vieux Carabin d'une poigne glacée. Si seulement il osait paraître sur la scène de cette honteuse trahison ! Mais il ne pouvait se le permettre, car il serait arrêté sous un quelconque prétexte. Or, il avait encore beaucoup d'autres choses à accomplir pour exécuter les volontés de son maître défunt.

Dès les premiers mots de Heng, Fartuloon avait changé de cap et revenait à toute vitesse vers l'astroport. Orbanaschol et ses hommes de main se trouvaient encore aux Rochers des Démons. Il bénéficiait donc d'un bref laps de temps à occuper de façon plus qu'utile. Cette courte période de flottement lui permettrait d'emmener en sûreté le jeune Prince de Cristal avant qu'il ne tombe entre les mains d'Orbanaschol.

Il volait à bord du glisseur de l'Empereur, aussi lui ouvrit-on sans discuter une fenêtre dans l'écran protecteur. Le médecin laissa l'hôtel sur la gauche et se posa sur l'astroport, devant le *Tondon*. Il se rua à l'intérieur. Le factionnaire du sas se disposait à arrêter l'intrus mais, reconnaissant Fartuloon, il demanda en bégayant d'émotion :

— C'est… C'est vrai, Zhdopanda ?

Lèvres pincées, le médecin inclina la tête d'un air navré.

— Le commandant est au central ?

— Oui, Zhdopanda.

Le Carabin se précipita dans le puits antigrav principal et se laissa entraîner par le flux ascensionnel. Il portait toujours son épée dagorienne, son casque et sa cuirasse bosselée, mais c'était sans importance. La plus grande hâte s'imposait. Le commandant Teschkon se tenait avec son second et le pilote devant le large écran. Amarkavor Heng avait activé de nouvelles sondes, qui retransmettaient sous plusieurs angles le lent trajet du brancard antigrav vers son aviso. Un moment, le visage de l'Empereur parut en gros plan, et tous les hommes sentirent leur cœur se serrer.

Quand entra dans le champ Orbanaschol, qui suivait la civière avec l'apparence de la plus profonde affliction, Teschkon ordonna au pilote d'une voix rauque :

— Éteignez-moi ça ! Ce gros-là est bien le dernier que j'ai envie de voir. Quand je pense que c'est lui que nous allons devoir trimbaler à l'avenir...

Il se détourna et aperçut alors le médecin. Il vint à lui à grandes enjambées.

— Comment cela a-t-il pu arriver, Fartuloon ? interrogea-t-il d'une voix chargée de reproches. Vous n'étiez donc pas avec lui ?

Fartuloon posa l'index sur sa bouche. Le commandant comprit aussitôt.

— Nous serons dans ma cabine, annonça-t-il à son second.

Teschkon et le vieux Carabin quittèrent le central. Le médecin attira l'officier dans un recoin.

— Pas de questions, Teschkon. Parfois, il est préférable de ne pas savoir. Je peux juste vous dire que l'Empereur n'a pas été victime d'un accident.

— C'est bien ce que je pensais, gronda le commandant. Comment pouvez-vous garder le silence, Fartuloon ? Vous, encore plus que quiconque ? Nous devons faire quelque chose, tout le monde doit savoir...

— Nous ne ferons rien du tout, Teschkon, coupa brutalement le Carabin. Cette affaire nous dépasse, elle a été planifiée dans ses moindres détails et nous serions arrêtés plus vite que nous ne pourrions parler. Les chaloupes du *Tondon* sont-elles parées à appareiller ? Je vais devoir vous en *voler* une. Vous comprenez ?

L'officier supérieur avait saisi.

— Allez-y avec la *Ton-II*. Elle a un approvisionnement complet et est prête au départ. Qu'allez-vous faire, Fartuloon ?

— Ne cherchez pas à le savoir, commandant, lui conseilla-t-il. On ne pourra pas vous tenir grief de ce que vous ignorez. Vous n'avez pas la moindre idée de la direction que j'ai pu choisir, c'est clair ?

Teschkon approuva avec réticence et Fartuloon le quitta à la hâte. Chaque millitonta comptait, car l'aviso s'éloignerait bientôt des Rochers des Démons pour ramener les restes de l'Empereur à bord du *Tondon*. À ce moment, Fartuloon voulait être en route depuis longtemps – mais pas seul. Sur le pont résidentiel du couple impérial régnait un silence presque inquiétant. Il ne croisa personne, et cela lui convenait. Il atteignit ainsi en toute discrétion la suite de l'épouse – *la veuve*, rectifia-t-il le cœur serré – de Gnozal VII. Yagthara était assise à une table basse et regardait devant elle, dans le vide. Sa sœur Merikana lui tenait compagnie. Elles réagirent à peine lorsqu'il exprima sa compassion en quelques mots sobres. Mais quand il formula sa requête, l'Impératrice refusa avec véhémence.

— Non ! hurla-t-elle. Mascudar est mort et maintenant, vous voulez me ravir mon enfant ? Jamais !

Le médecin fut surpris de voir Merikana appuyer ses projets. Elle s'efforça de convaincre sa sœur :

— Crois-moi, Yagthara, c'est la meilleure solution. Orbanaschol est maintenant régent, Mascaren ne pourra être qu'une épine sous son pied. Avec Fartuloon, ton fils sera en sécurité, et ne risquera pas d'être victime d'un autre *accident*.

Yagthara perçut l'insistance de sa sœur sur le dernier mot, et ses yeux se dessillèrent soudain. Elle scruta le médecin, qui confirma d'un hochement de tête les propos de Merikana. Celle-ci sortit de la pièce et revint rapidement en tenant le petit Prince de Cristal par la main.

— Ah, tu es de retour, oncle Fartuloon ! C'est bien, s'exclama joyeusement le bambin. Je dois tout le temps rester en cage dans ce stupide vaisseau et je ne peux pas aller dehors. Tu vas me conduire auprès de mon père ?

Les mots ne purent franchir la gorge nouée de Fartuloon qui dut se contenter de faire un signe de tête. Merikana parla pour lui.

— Oui, l'oncle Fartuloon t'emmène voir ton père. Donne vite un baiser à ta mère, vous devez vous dépêcher.

Le médecin se détourna pour ne pas lire la douleur sur le visage d'Yagthara quand elle enlaça une dernière fois son fils. Mais elle avait compris que la situation était très grave – et elle connaissait Orbanaschol. Oui, elle ne le connaissait que trop bien…

Fartuloon, Merikana et Mascaren-Atlan descendirent par l'ascenseur antigrav jusqu'au niveau des hangars. Le médecin admirait la jeune femme, qui agissait avec une détermination sans faille. Apparemment, Teschkon avait donné ordre à l'équipage de quitter ce secteur de l'astronef, car les lieux étaient déserts. Ils atteignirent sans encombre la chaloupe de soixante mètres de diamètre, dont le sas polaire était ouvert. Fartuloon fut stupéfait quand il vit Merikana le franchir à la suite du Prince.

— Vous avez l'intention de nous accompagner, Ma Dame ? s'étonna-t-il.

La jeune femme acquiesça avec un léger sourire.

— Bien sûr, affirma-t-elle. Vous êtes certainement un excellent médecin, mais pour ce qui est de l'éducation d'un petit enfant, je ne mise pas un skalito sur vous ! En outre, ma sœur sera moins inquiète si elle me sait avec le Gos'athor. Et on réfléchira avant de tirer sur le vaisseau si l'on me sait à bord.

Fartuloon ne put qu'admirer encore sa volonté. Il déploya une activité fébrile. En quelques gestes experts, il lança les générateurs et enclencha le pilotage manuel. Une brève impulsion, et les portes du hangar glissèrent de côté. Les étançons télescopiques se rétractèrent dans leurs logements puis la *Ton-II*, guidée par un rail magnétique, s'engagea dans le sas. Le passage jusqu'au vantail extérieur sembla durer une éternité. La chaloupe s'éloigna enfin du *Tondon*, sustentée par ses champs anti-g.

Le moment critique approchait. La tour de contrôle allait-elle lui ouvrir une fenêtre de sortie ? Ou bien Orbanaschol et ses sbires avaient-ils déjà interdit tout appareillage ? Fartuloon ne se risqua pas à contacter par canal vidéo la surveillance de l'astroport. Il se contenta de diffuser le code de l'Empereur pour l'ouverture de l'écran. Des instants d'anxiété s'écoulèrent.

Si le champ ne s'ouvre pas, ma fuite avec le Prince de Cristal est finie avant d'avoir commencé…

— Qu'attends-tu, oncle Fartuloon ? demanda le garçonnet, rompant le silence tendu. Vas-y, sinon père sera fâché parce que nous sommes en retard !

Sur le pupitre de commandes, un témoin violet s'alluma – le passage était libre ! Fartuloon poussa les blocs-propulsion, le vaisseau bondit et, avec une accélération croissante, laissa loin derrière lui les jungles d'Erskomir. La chaloupe était frappée des armes de l'Empereur, nettement visibles, et émettait un code de priorité absolue qui sembla faire effet malgré la mort de Gnozal VII. Manifestement, la flottille de surveillance n'avait pas encore reçu de nouvelles instructions, car les croiseurs laissèrent passer le petit engin sans broncher.

Fartuloon donna toute la puissance et, dès qu'ils furent à distance suffisante d'Erskomir, plongea dans l'hyperespace. Ils avaient beaucoup perdu ; mais au moins la vie du Prince de Cristal, héritier du trône d'Arkonis, était-elle sauve.

**

Peu après la fuite de Fartuloon, l'aviso discoïdal *Leka*, avec la dépouille mortelle de l'Empereur, effectua son appontage. Le transfert solennel à bord du *Tondon* dura une demi-tonta. Une équipe d'holovidéo retransmit la cérémonie aux quatre coins du Grand Empire. Le Régent Orbanaschol, sanglé dans son uniforme de commandeur de la flotte, prononça rapidement une première oraison funèbre.

Après ce pensum, il eut enfin le loisir de s'occuper du déroulement de ses plans. Il ne tarda pas à céder à l'une de ses habituelles crises de rage : il avait tout prévu, tout, sauf cette réaction ultra-rapide du vieux Carabin ! Celui-ci avait réussi à le rouler, et Mascaren était maintenant hors de portée.

En cet instant, le fratricide se jura de faire éliminer son neveu dès qu'il parviendrait à le retrouver.

ÉPILOGUE

Wof Marl Starco et Riarne Riv-Lenk :

EXPANSION ET DÉCADENCE
DE L'EMPIRE ARKONIDE

(Curiosité bibliophilique originellement traduite de l'arkonide en intergalacte et publiée en l'an 2114 après J.-C. puis adaptée par Cyr Aescunnar, planète Géa, et intégrée aux ANNALES DE L'HUMANITÉ en 3565 après J.-C.)

Il y a environ cinquante mille ans : à l'issue de la guerre acharnée qui les opposa aux Halutiens, les Lémuriens de la Première Humanité qui régnaient alors sur la plus grande partie de la Voie Lactée fuirent en majorité vers la Nébuleuse d'Andromède grâce à une formidable chaîne de transmetteurs stellaires. Ceux qui survécurent dans la Galaxie-patrie donnèrent plus tard naissance aux peuples de la Seconde Humanité tels que les Terriens ou les Akonides du Système Bleu. Au cours du dix-neuvième millénaire avant Jésus-Christ (selon la chronologie encore en vigueur sur Sol III), des émigrants akonides atteignirent l'amas globulaire Messier 13 (constellation d'Hercule), à 34 000 années-lumière de la Terre, au centre duquel vingt-sept planètes orbitaient autour d'une géante blanche. Arkonis, troisième des satellites naturels de cette étoile, allait devenir le monde originel des Arkonides. Un peu plus tard, l'amas globulaire reçut le nom de Thantur-Lok, ce qui signifie l'objectif ou le but de Thantur.

De la préhistoire arkonide, bien avant la fondation du

*Grand Empire, ne subsistent plus que de vagues légendes :
par exemple celle de Caycon et Raïmanya, « le couple
dont l'amour enfantait des mondes ». Sur Perpandron,
Raïmanya donna le jour à un fils qui fut baptisé Akon-
Akon, « l'être vigilant », et dont l'embryon avait été mani-
pulé à dessein par des généticiens akonides. Ce héros
devait assurer la victoire des Akonides dans la grande
guerre fratricide qui les opposait à leurs descendants
arkonides : infiltré au cœur du domaine stellaire occupé
par ceux-ci, il avait pour mission de les assujettir à sa
volonté en usant de sa puissance hypnosuggestive.*

*Au cours de cette tentative, cependant, les rapports de
force à l'échelle galactique furent sensiblement modifiés.
Les Arkonides parcouraient de vastes secteurs de la
Galaxie, colonisant nombre de mondes et asseyant l'hégé-
monie de leur empire. Les Akonides n'eurent d'autre choix
que de se retirer, enclosant leur système central dans une
immense bulle énergétique infrangible, le Barrage Bleu,
qui les isolerait totalement et pour longtemps du reste de
la Voie Lactée.*

*Vers le dix-neuvième millénaire avant J.-C., le Grand
Empire arkonide entra dans la période de son apogée. Les
deux planètes les plus proches d'Arkonis furent déplacées
et amenées sur son orbite. Disposés aux sommets d'un triangle équilatéral, Arkonis I, le Monde de Cristal (dévolu à
l'habitat résidentiel), Arkonis II, le Monde du Commerce
(point central des échanges économiques et de l'industrie)
et Arkonis III, le Monde de la Guerre (siège des arsenaux
et base des escadres militaires) s'entourèrent de plus d'un
anneau défensif constitué par des forts spatiaux lourdement armés. Cette période se caractérise aussi par des
intrigues permanentes agitant le système gouvernemental
de type féodal, par la Guerre des Méthaniens et par de
bizarres cabales dont les meneurs appartenaient à la cour
proche de l'Empereur.*

*Le Prince de Cristal Mascaren da Gnozal, fils de l'em-
pereur Gnozal VII et de l'impératrice Yagthara, naquit le*

35 dryhan de l'an 10479 da Ark (soit 8045 avant J.-C.) en tant que futur successeur légitime du souverain du Grand Empire. Ce fut seulement après qu'il reçut, par la volonté de sa mère, le surnom d'Atlan. Quatre années arkonides plus tard, juste après le meurtre de Gnozal VII par son frère Orbanaschol III, Fartuloon, le chirurgien impérial, sauva le petit prince et fit en sorte qu'il puisse continuer à vivre incognito sous l'identité d'Atlan. Pour cela, il prit soin d'effacer toutes les données individuelles concernant Mascaren des banques mémorielles du cerveau positronique du Monde de Cristal. Prodiguant à l'enfant puis à l'adolescent une éducation aussi intensive que complète, Fartuloon connut son heure de triomphe modeste lorsqu'Atlan (sous l'identité d'emprunt de Macolon), soumis à l'Ark Summia sur le monde-épreuve de Largamenia, passa brillamment le troisième niveau et fut reçu.

Au cours des premières années sur Gortavor, la planète d'exil choisie par Fartuloon, ce fut Merikana, la sœur cadette de l'impératrice Yagthara, qui se chargea d'élever le petit Atlan. Il n'existe aucune trace de ce que fut son destin ultérieur. Lorsqu'en 10496 da Ark Sofgart l'aveugle fit son apparition sur Gortavor, Merikana ne vivait déjà plus sur ce monde depuis quelque temps.

Traqué aussi impitoyablement qu'infructueusement par les mercenaires d'Orbanaschol, Atlan se mit lui aussi à pourchasser les meurtriers de son père – avec toute l'obstination que confère la soif de vengeance et de justice…

Grâce à l'aide d'éminents officiers de la flotte de guerre arkonide, Fartuloon avait réussi à me placer en sûreté. L'un de ces hommes était Tormanac da Bostich, commandeur suprême de l'amas globulaire de Cerkol – ou *flocon de neige*, en arkonide. Il avait impitoyablement fait abattre les navires poursuivants du Tu-Gol-Cel. On ne pourrait néanmoins jamais l'accuser d'action ou de manipulation contraire aux intérêts de l'État. S'il n'avait été aussi puissant et aimé, nul doute qu'il eût payé de sa vie. Mais même un être tel qu'Orbanaschol, dans le chaos qui régnait alors, n'avait pas osé se dresser contre un amiral de la flotte aussi adulé par le peuple arkonide.

À cause de ses deux jambes artificielles, des prothèses qui ne l'avaient pourtant jamais gêné lors de ses opérations sur les lignes de front, Tormanac avait été écarté du service actif et affecté sur le monde-épreuve de Largamenia. Mon oncle avait à peine su deviner le millième des conséquences que pouvait avoir une telle nomination. Un homme tel que Tormanac n'abandonnait jamais ! C'était lui qui avait arrangé ma fuite hors de la clinique. Les techniciens de la centrale des transmetteurs comptaient parmi ses gens de confiance.

Les indices en possession de Fartuloon montraient que le frère cadet de mon père, le futur empereur Orbanaschol III, n'avait pas personnellement commis le meurtre. Il était toutefois certain que c'était bien sur son ordre que Gnozal VII avait été tué. Le moment avait pour cela été fort bien choisi puisque moi, Prince de Cristal et fils unique du souverain défunt, j'étais alors mineur. Mon oncle avait saisi au vol l'occasion idoine pour convaincre les membres du Grand Conseil, élus par le peuple, de le nommer régent du Taï Ark'Tussan en arguant du fait que mon père l'eût voulu dans ce sens, pour mon bien et pour celui de l'Empire.

Orbanaschol attendit tout juste quelques périodes, après le début de sa régence, pour s'arroger le pouvoir absolu. Le Taï Than fut dissous en raison de prétendus agissements condamnables qui révélaient son incurie. Les pantins d'Orbanaschol prirent les places ainsi rendues vacantes au sein du Parlement et mon oncle fut officiellement désigné comme Empereur. Dès cet instant, ma vie n'eut plus aucune valeur. Orbanaschol III, car tel était le nom sous lequel mon oncle Veloz entrerait dans l'Histoire, avait cependant sous-estimé la subtilité et les talents de Fartuloon tout comme la prévoyance de mon père.

Naturellement, tous les conjurés sans exception avaient fait carrière. Sofgart avait eu la chance que le trait radiant ne l'atteigne pas directement mais touche le morceau de roc qu'il s'apprêtait à lancer. Il fut tout de même sérieusement brûlé au visage et perdit la vue, si bien qu'il lui fallut ensuite recourir à des prothèses oculaires. Orbanaschol le nomma meneur des redoutés Kralasènes et il finit par retrouver ma trace. Offantur, celui qui avait jeté la dernière pierre, devint le chef du Tu-Gol-Cel qui, sous sa férule, se développa au point d'incarner peu à peu une force aussi puissante et négative que les dogues de l'Empereur – l'autre nom des Kralasènes. Psollien fut promu Tato d'Erskomir tandis que Heng se voyait hissé au plus haut rang des officiers. En tant qu'amiral d'Empire ou Mascant, il était craint pour sacrifier en vain ses vaisseaux car son habileté tactique n'était en rien comparable à son orgueil immodéré. Orbanaschol ne pouvait cependant pas se permettre de le dégrader : chacun tenait pour ainsi dire l'autre dans sa main.

Le cours futur de mon existence avait été déterminé par Fartuloon. Sur Largamenia, j'avais prouvé de quelle qualité exceptionnelle avait été son enseignement. J'en étais maintenant à devoir conquérir la position qui me revenait. Ce qui, par nécessité, impliquait la chute de l'Empereur en exercice. Ce dessein était d'un bien fondé incontestable, frappé au coin du bon sens. Mais mon cerveau-second m'avait ironiquement susurré à l'oreille qu'Orbanaschol ne serait pas complètement d'accord avec le fait d'être destitué. Mon mentor le savait lui aussi. La mesure la plus urgente qui s'imposait à nous était maintenant d'informer des événements l'ensemble du peuple arkonide, réparti sur quelques dizaines de milliers de planètes colonisées.

Suite à mon succès au passage du troisième niveau de l'Ark Summia, j'avais acquis un statut entièrement nouveau. Auparavant, j'avais dû me comporter avec retenue.

Sans l'Ark Summia, mes chances eussent été voisines de zéro. Avec l'activation de mon secteur logique, j'avais été officiellement reconnu. C'était un préambule indispensable. Désormais, je pouvais me présenter et agir en tant que Prince de Cristal. L'empereur criminel avait raté d'un cheveu l'occasion la plus belle, même s'il avait su que ma capture aurait été plus aisée et plus rapide sur un des cinq mondes-épreuves de l'Ark Summia. Grâce à Tanictrop, j'avais pu endosser l'identité d'un officier tombé au front. À présent, je pouvais me dépouiller de cette personnalité.

*
* *

Je me redressai sur ma couche et m'examinai dans le miroir. Fartuloon et deux des hommes que je ne connaissais précédemment pas, des chirurgiens et biochimistes accomplis, m'avaient opéré pour me restituer mon vrai visage. J'étais redevenu cet Atlan sous les traits duquel jamais je n'aurais été admis à postuler à l'Ark Summia. La douleur causée par les incisions était passée ; toutes ces entailles s'étaient cicatrisées en l'espace de quelques tontas sous l'effet du plasma biosynthétique. J'étais à nouveau moi-même. Mais qui, en réalité ? L'Atlan qui avait vécu son enfance et son adolescence sur le monde marginal de Gortavor ou Mascaren, le Gos'athor désigné et issu du khasurn de Gnozal ? Je me rappelai le vœu de ma mère et décidai d'être Atlan, le Prince de Cristal – Atlan, du nom d'un des douze héros mythiques.

Quelques centitontas plus tôt, une seconde information navrante nous était parvenue. L'amiral Tormanac da Bostich avait été emprisonné, et ce par le chef du Tu-Gol-Cel en personne, le Mascant Offantur. Ce criminel n'avait eu aucune honte à accuser le si populaire commandeur de la flotte de m'avoir laissé filer. Autant j'éprouvais un mépris abyssal à l'égard de mon oncle et lui souhaitais la mort qu'il méritait, autant je vouais à Offantur une haine inextinguible. Offantur était une bête sous son apparence humaine. Orbanaschol n'eût jamais pu trouver meilleur et plus opiniâtre exécuteur des basses œuvres que le chef de sa police politique secrète ! Fartuloon avait pu me convaincre, sur la base d'enregistrements qui étaient entrés en sa possession, que l'ancien premier serviteur de mon oncle avait bien été l'assassin de mon père au cours de l'expédition de chasse.

Offantur était arrivé à peine un prago après ma sortie de la clinique paraphysique de Largamenia. Il avait immédiatement ordonné un blocus planétaire total. Le trafic par transmetteurs de matière avait été suspendu. Les unités de la flotte de surveillance du secteur d'Orbys-Nukara – qui embrassait l'ensemble de l'amas de Cerkol, donc Largamenia – avaient été placées en état d'alerte. Offantur était assez intelligent pour penser que tout cela allait se heurter à la colère et à l'agitation populaires – sans parler du reste ! L'holovidéo arkonide, en raison des festivités liées à l'événement, avait dépêché au moins trente équipes de reportage sur le monde-épreuve. Non seulement des responsables de prises de vues et d'importants bataillons de techniciens, mais aussi les envoyés spéciaux les plus célèbres du Taï Ark'Tussan. Ces femmes et ces hommes se forgeaient évidemment leurs propres opinions sur l'actualité. *Cela peut me servir à la perfection ! Le chef des services secrets ne va vraiment pas faire plaisir à son Empereur !*

Fartuloon entra. Il portait un tout récent spatiandre de combat de la flotte arkonide – et, par-dessus, sa vieille cuirasse toute bosselée.

— Prêt, Atlan ? Tu veux vraiment risquer cela ?

Je balayai d'un geste sa question. Tirako me passa également un spatiandre dont les attaches magnétiques étaient déverrouillées.

— La planète ressemble à une fourmilière dans laquelle on aurait donné un coup de pied, dis-je. Vingt mille agents du Tu-Gol-Cel ont débarqué, au moins mille unités de l'escadre d'Orbys-Nukara encerclent Largamenia. Sinon, pourquoi crois-tu que j'aurais renoncé à un départ dans l'instant ?

Je prêtai attention à mon cerveau-second, guettant une impulsion de sa part. Je m'habituais peu à peu à cette drôle de voix intérieure, mais là elle demeura muette.

— Mes raisons sont évidentes, ajoutai-je. Jamais les prochaines périodes ne nous offriront une occasion aussi splendide de rencontrer, tous au même endroit, les envoyés spéciaux les plus en vogue de l'Empire. Je dois aller leur parler !

— Requête acceptée ! Ta justification est superbe, les dangers que tu encours le sont aussi. Durant le temps où tu passais les épreuves de l'Ark Summia, j'ai à peine pu regrouper cent personnes de confiance sur Largamenia. Pas question, même en cas d'urgence, de pouvoir te couvrir par un feu nourri.

— Nous n'en aurons pas besoin ! Nous surgissons, nous alignons nos preuves et nous disparaissons à nouveau. Si ton prétendu avant-poste est aussi sûr et secret que tu l'affirmes, nous pourrons ensuite nous y cacher assez longtemps et rester tranquilles jusqu'à ce que, de l'autre côté, les gens perdent patience !

Plissant les yeux, Fartuloon m'examina.

— C'est bon, puisque Sa Grandeur le veut ainsi ! Malheur, jusqu'à présent c'était moi qui donnais les ordres !

— Ton tour reviendra, le consolai-je. Ne crois pas que je méprise désormais le trésor d'expériences que tu as accumulé. Mes motifs doivent cependant être plus que lumineux.

— Et ils le sont ! Allons-y donc, je ne serai rassuré qu'une fois rentrés ici sains et saufs.

Tirako boucla les attaches magnétiques de mon spatiandre. À titre d'essai, je fis fonctionner l'unité énergétique individuelle. Tous les témoins affichèrent des valeurs nominales.

— Nous rentrerons, je te le garantis. Veille uniquement à ce qu'on ne nous repère pas.

Il acquiesça. Le chef de la seule station de détection qui puisse arriver à nous localiser était de son côté – non, *du mien* ! Quel bonheur de pouvoir à présent m'exprimer ainsi !

Une demi-tonta plus tard, le transmetteur nous dématérialisa. Nous surgîmes dans les caves voûtées situées sous la résidence d'un homme de confiance. Je ne le connaissais pas, mais il était tout le contraire de Morenth. Peu après, Tirako Gamno et Arctamon sortirent de l'appareil, bientôt suivis d'individus lourdement armés. Ils me saluèrent avec un immense respect. Je les remerciai de leur appui et les écoutai énumérer leurs préoccupations personnelles. Fartuloon m'en avait avisé : des choses de ce genre relevaient des devoirs coutumiers d'un Prince de Cristal et futur empereur.

À la tombée de la nuit, les préparatifs étaient terminés. Mestacian, le marchand qui était de notre bord et possédait ces très vieilles caves voûtées, revint alors d'un vol de reconnaissance.

— La population de Tiftorum est sur le point de se soulever, Gos'athor ! annonça-t-il. Le Tu-Gol-Cel s'autorise des exactions qu'on n'accepte pas sur un monde comme celui-ci, aussi éloigné des Trois-Planètes.

— Appelez-moi Atlan, je vous en prie, mon ami !

L'homme d'âge mûr éclata de rire.

— Je me permettrai volontiers cette liberté ! Merci, Atlan, partout vous allez trouver de l'aide. Mes gens ont répandu des rumeurs à propos d'événements étranges et les envoyés spéciaux ont l'attention en éveil. Ils posent des questions de plus en plus pressantes, il y a déjà un moment qu'ils ont senti que des choses pas très nettes se tramaient par ici. Nous avons plusieurs fois entendu murmurer votre nom et votre rang supérieur.

— Vous avez essuyé des pertes ?

— Non, nous avons été prudents. Les feuillets imprimés retraçant l'histoire d'Atlan et révélant la vérité sur la mort de Gnozal VII ont été distribués. À cent mille exemplaires ! Nous les avons lâchés depuis nos glisseurs, comme de la neige. J'ai ouï dire que nombre d'entre eux avaient atterri à la centrale de presse. Offantur doit écumer de rage !

— Espérons qu'il en claque ! gronda Fartuloon. Atlan, il est temps !

Nous enfilâmes les vêtements amples prévus par-dessus nos spatiandres et nous mîmes en route. Avec la nuit, la vieille ville de Tiftorum avait retrouvé sa vie caractéristique. Nous renonçâmes à utiliser des véhicules aériens et empruntâmes les bandes de transport propres aux déplacements sur courtes distances. Non loin de l'ancien *Patrium*, une arène historique datant d'au moins dix mille ans, nous rencontrâmes le premier des gardes postés en faction par Mestacian.

— Tout est calme, Votre Grandeur, déclara l'homme d'une voix étouffée. À part moi, il y en a cinquante autres qui veillent. En cas d'urgence, trois glisseurs rapides sont prêts à divers endroits stratégiques. L'un d'eux est même doté d'un mini-transmetteur embarqué. S'il vous fallait y recourir, le dernier de ceux qui vous accompagneront activerait la charge explosive intégrée. Le détonateur à retardement est réglé sur quelques millitontas. En aucun cas cette machine ne doit tomber entre les griffes du Tu-Gol-Cel !

— Mais on risque de déclarer sa perte !

— Nous avons tout prévu. Si vous l'utilisez, son propriétaire déposera à l'instant même une plainte officielle pour vol.

Nous continuâmes. Tirako et Arctamon me suivaient, légèrement en arrière et de côté. Les crans de sûreté de leurs radiants super-lourds étaient libérés. Quant à moi, j'avais toujours mon Luccott-coudière. La vaste enceinte circulaire de l'antique arène était comme morte. C'était pourtant là que nous devions rencontrer quelques-uns des représentants de l'holovidéo arkonide. Mestacian avait affirmé qu'ils étaient dignes de confiance. J'ajustai devant les yeux les lunettes infrarouge et balayai les environs du regard. Pour moi, la nuit était aussi claire que le jour.

Peu après, je repérai un groupe de huit à dix personnes qui s'étaient placées à couvert sous une corniche à moitié brisée. Ils avaient apporté des caméras-robots à retransmission en temps réel. S'il était possible de relayer ce qu'elles enregistreraient sur le réseau de diffusion de Largamenia puis, par le biais des antennes directionnelles de la grande station hypercom planétaire, jusqu'à la plus proche base spatiale des services de télécommunications de l'Empire, alors je pourrais escompter une victoire sans partage.

Fartuloon s'avança. J'entendis des voix assourdies, puis mon mentor m'adressa un signe. Quelques instants plus tard, je me tenais face aux envoyés spéciaux. Ils jouaient gros en acceptant de se montrer par ici. Mon père adoptif leur avait déjà fourni les explications préliminaires indispensables. L'un des commentateurs, tout excité, parlait dans son microphone.

— Ce sont vos têtes que vous risquez, nobles dames et Zhdopan, attaquai-je directement. La dictature brutale de mon oncle, Orbanaschol le Troisième, ne tolère point de telles libertés. Le commentateur officiel n'apparaîtra certes pas à l'image, néanmoins le Tu-Gol-Cel n'aura aucun mal à identifier sa voix. Si vous êtes d'accord, je vous conduirai ensuite en sécurité.

Ces mots, des milliards d'Arkonides les entendaient. Quelqu'un m'avait murmuré à l'oreille que l'émission alors diffusée en direct depuis l'École Faehrl avait été instantanément interrompue par les techniciens en charge de l'opération. J'avais dû surgir sur les écrans de façon stupéfiante pour les spectateurs, et aussi pour le Tu-Gol-Cel !

— Ce n'est pas nécessaire, Atlan, répondit l'envoyé spécial. Je me fie à mon immunité. Nul n'osera m'incarcérer ou me condamner en raison de mes agissements qui n'obéissent qu'à la plus froide objectivité. Puis-je vous poser diverses questions, Atlan ?

— Oui, mais pas plus d'une décitonta. Après, le Tu-Gol-Cel va rappliquer car on aura localisé sans peine le lieu de votre émission. Emportez tout de suite en sûreté les preuves matérielles que mon maître et sauveur, l'ancien médecin personnel de mon père, vient de vous remettre !

— C'est déjà fait, Votre Grandeur ! Vous comprendrez cependant que nous doutions de vos assertions. Certes, le Prince de Cristal a autrefois disparu sans laisser de traces, nous le savons tous, néanmoins…

L'homme continua de parler. L'impatience me gagnait peu à peu. Déjà, d'un signe, Fartuloon avait fait approcher le glisseur mis à disposition par notre agent de liaison. Tirako opéra de son propre chef mais de façon réfléchie, activant le mini-transmetteur embarqué. La caméra prit l'engin volant dans son angle de visée. J'annonçai qu'à mon grand regret elle devait s'en écarter pour le reste de l'entretien. Je me présentai puis répondis à toutes les questions en respectant très factuellement la vérité. Fartuloon étaya mes explications par des images tridimensionnelles datant de ma prime jeunesse. Peu à peu, je sentis les envoyés spéciaux de plus en plus désarçonnés. La voix du commentateur se noua à plusieurs reprises.

Alors qu'il formulait une nouvelle interrogation, une décharge énergétique feula au loin. Le signal convenu ! Je fis mes adieux en toute hâte et bondis à bord du glisseur. Un instant plus tard, je me dématérialisai pour resurgir à l'intérieur de l'avant-poste, bientôt suivi de Fartuloon, de Tirako et d'Arctamon. Le mini-transmetteur avait déjà explosé. Nous allâmes tous les quatre nous planter face au grand écran de la salle de repos.

Simultanément avec les troupes du Tu-Gol-Cel, leur chef, Offantur, était apparu à l'image. On avait déjà entrepris de le questionner. Il dénonça mes révélations comme étant un tissu de mensonges et m'accusa d'être un imposteur. Les preuves, quant à elles, étaient des faux. À mon grand soulagement, il n'osa pas faire appréhender les courageux envoyés spéciaux et se contenta de leur adresser un avertissement bien senti. Cette remarque, à elle seule, était déjà une énorme maladresse tactique : les gens de l'holovidéo arkonide allaient protester encore plus farouchement contre cette atteinte à leurs libertés dûment définies par la loi.

Je me mis à sourire. *Les circonstances ne sont pas aussi simples qu'Offantur les imagine – mieux, elles ne sont plus aussi simples !* Je m'étais montré en public, j'avais dévoilé le cours antérieur de mon existence, l'émission se poursuivait encore pour plusieurs tontas avec la présentation de documents d'archives et des retours sur des questions déjà posées. Les commentaires n'en finiraient pas de si tôt.

— La boule du destin roule, roule… déclara soudain Fartuloon. Mes amis, c'est maintenant que commence le véritable combat : à la vie, à la mort, pour Atlan et Arkonis !

Je gagnai mes quartiers. La tirade de mon mentor m'avait paru sonner de façon un peu trop mélodramatique. Et pourtant, elle résumait en peu de mots toute la réalité.

Nous étions le 24 prago de messon de l'an 10487 *da Ark*. Pour moi, ce jour marquait le début d'une nouvelle existence.

FIN

PETIT GLOSSAIRE ARKONIDE

Arbaraïth : légendaire contrée aux obélisques de cristal, menacée par des créatures bestiales ; elle disparaît le jour de l'Ascension du héros Tran-Atlan. Souvent mentionnée comme la vraie patrie originelle des Arkonides.

arbtan : homme d'équipage (astrosoldat ou sous-officier).

Arkanta : titre de la grande prêtresse d'Hocatarr, le Monde des Morts ; elle est aussi invoquée sous les noms de Sainteté et Vénérée Grande Mère.

Arkonides : peuple qui s'est développé sur la troisième planète de l'étoile Arkonis et descend d'émigrants akonides qui ont quitté leur patrie, le Système Bleu (Arbaraïth ?), environ dix-huit mille ans avant J.-C. À noter que les Akonides ont pour ancêtres les Lémuriens de la *Première Humanité* terrienne. Les Arkonides ont fondé dans l'amas globulaire de Thantur-Lok leur propre sphère d'influence interstellaire appelée le Grand Empire. De haute taille (1,80 à 2 mètres), le crâne toutefois un peu plus allongé, ils ont une morphologie identique à celle des humains originaires de la Terre. L'adaptation aux conditions d'environnement de leur nouvel habitat a conduit, chez les colons des premiers temps, à l'acquisition de caractéristiques albinoïdes comme par exemple les cheveux de teinte blond très clair ou presque blanche (gris argent dans des cas isolés), la peau très pâle et les pupilles rouges ou rouge doré ainsi que les sécrétions lacrymales abondantes en cas d'émotions vives. Néanmoins, l'idée reçue selon laquelle tous les Arkonides sont des albinos est relativement erronée : si la carnation pâle est avant tout l'apanage de l'aristocratie et de la noblesse qui la cultivent avec soin, des épidermes plus colorés se rencontrent fréquemment. La blancheur des cheveux est considérée, quant à elle, comme la plus apte à réfléchir au mieux la forte intensité des rayons solaires d'Arkonis. La principale différence anatomique avec les

Terriens se situe d'une part au niveau du torse (les Arkonides n'ont pas de côtes mais des plaques thoraciques), d'autre part au niveau de l'encéphale qui est doté d'un secteur supplémentaire (la mémoire éidétique ou photographique).

Parmi les peuples de la Voie Lactée qui maîtrisent le voyage dans l'espace, ceux qui descendent des Arkonides sont véritablement légion. Les principaux sont les Francs-Passeurs (dont dérivent les Lourds et les Arras), les Ekhonides, les Zalitains, les Solténiens, les Utikiens, les Azgoniens et les Eysaliens.

Arkonis I : planète résidentielle des Arkonides, aussi appelée le Monde de Cristal ou Gos'Ranton. Diamètre 12 980 km, pesanteur 1,05 g. Elle offre l'apparence d'un seul et immense parc naturel. On n'y trouve ni ville ni agglomération au sens usuel mais seulement des constructions très dispersées, plus ou moins élégantes et élancées, dont le type architectural caractéristique est la forme en entonnoir ou en champignon. Les mers, forêts et montagnes d'Arkonis I ont été remodelées selon les goûts d'un peuple épris d'esthétique et de culture. De majestueuses voies de circulation parcourent la surface planétaire, les liaisons rapides s'effectuent par un réseau tubulaire souterrain de transport. Le Taï Than ou Grand Conseil y siège sur la Colline des Sages (Thek-Laktran). On y trouve également le Palais de Cristal, résidence de l'Empereur.

Arkonis II : monde de l'économie et du commerce, aussi appelé Mehan'Ranton, plus petit qu'Arkonis I. Pesanteur 0,7 g. La planète est entièrement industrialisée et dotée d'énormes complexes souterrains de production. À sa surface, on trouve de grandes cités et les sièges des entreprises les plus importantes de la partie explorée de la Galaxie. Environ quatre cents peuples étrangers y ont des comptoirs commerciaux, toutes les races connues s'y rencontrent, les célèbres artères bordées de magasins et de silos d'entreposage sont parcourues depuis des millénaires par une foule hétéroclite et bigarrée.

Arkonis III : monde-arsenal du Grand Empire arkonide, aussi appelé Gor'Ranton. Diamètre 13 520 km, pesanteur 1,3 g. Arkonis III, gigantesque port d'attache des escadres de combat de l'Empire, abrite toute l'industrie lourde de construction et de radoub ainsi que toutes les installations de soutien logistique de la flotte de guerre. Les centres de recherche et développement s'étendent tels d'immenses villes entrecoupées d'astroports et de leurs dépôts géants annexes. On y trouve aussi les quartiers résidentiels des équipages et tout ce qui est nécessaire à leur subsistance de même qu'à leurs loisirs. À sa surface, entièrement recouverte d'une couche de plastobéton, d'arkonite et de matériaux synthétiques, seules les mers subsistent de la nature originelle et nombre de visiteurs décrivent Arkonis III comme un véritable cauchemar écologique. D'énormes convertisseurs sont nécessaires pour régénérer l'atmosphère et entretenir des conditions de vie supportables.

Arkonis : grosse étoile blanche située presque au centre exact de l'amas globulaire Thantur-Lok. Son système comporte 27 planètes dont les deuxième, troisième et quatrième (rebaptisées Arkonis I, II et III) ont été artificiellement placées sur la même orbite à 620 millions de kilomètres du soleil et la décrivent à la même vitesse, disposées selon les sommets d'un triangle équilatéral. Cette singularité est dénommée Tiga'Ranton, les Trois-Planètes.

arkonite : aussi appelé acier d'Arkonis, alliage obtenu par densification structurale de l'acier ordinaire et essentiellement employé pour la construction de navires spatiaux. L'arkonite, en comparaison avec un acier hautes performances usuel, possède un point de fusion plus élevé, une résistance à la rupture très supérieure et des caractéristiques mécaniques notablement améliorées.

arkonoïde : à morphologie extérieure de type arkonide.

Ark Summia : nom de l'épreuve initiatique élitaire en usage dans le Grand Empire, divisée en trois niveaux ou degrés. Les deux premiers portent avant tout sur des examens théoriques et se concluent par l'accession au titre de Laktrote (maître) puis Taï Laktrote (grand maître). La commission de Faehrl (Petit Cercle) n'autorise la participation aux épreuves finales (aptitude à la détermination personnelle, mise en pratique dans des conditions extrêmes du savoir acquis) qu'à de rares Hertasones de chaque promotion, dont ceux qui franchissent le troisième degré sont encore moins nombreux. Celui-ci consiste en l'éveil du cerveau-second dans les cliniques d'activation paraphysique des Écoles de Faehrl. Au sein du Grand Empire, il n'existe que cinq mondes-épreuves pour l'Ark Summia : le plus ancien est Iprasa, le plus important Largamenia, les autres sont Goshbar, Soral et Alassa.

athor : désigne en général un chef, une personne habilitée à donner des ordres ou à commander de par sa position hiérarchique. Se décline suivant le préfixe (voir Has'athor, amiral).

Begam : rang le plus élevé pour un officier. Seul l'Empereur se situe au-dessus. Voir Taï Moas.

Berlen Than : littéralement, Conseil des Douze. Assemblée gouvernementale du Grand Conseil ou Taï Than.

bmerasath : pierre semi-précieuse à l'éclat bleu, fréquemment de taille considérable, que l'on trouve uniquement sur quelques rares planètes. La table de conférences du Conseil des Douze (Berlen Than), au Palais de Cristal, a été taillée dans une bmeserath.

breheb-toor ! : attention, silence ! (interjection)

calendrier arkonide : une année sidérale arkonide correspond à la révolution complète des Trois-Planètes autour de leur soleil, soit donc 365,22 jours arkonides (pragos) durant chacun exactement 28,37 heures terriennes. L'année calendaire comportant par convention 365 pragos, une année bissextile augmentée de 11 pragos s'intercale tous les 50 ans. Chacun de ces 11 jours supplémentaires porte le nom d'un des douze héros arkonides mythiques, l'ensemble est baptisé Pragos de Vretatou en l'honneur du douzième héros. L'année arkonide se divise en dix mois appelés périodes, de chacun 36 pragos ; les cinq derniers pragos, les Katanes de Capit, précèdent le passage au nouvel an et sont des jours de fête dont l'origine remonte à des rites ancestraux liés à la célébration des divinités de la fécondité, un sens qui s'est peu à peu perdu avec le temps. Les dix périodes sont, dans l'ordre : l'eyilon, la hara, le tarman, le dryhan, le messon, le tedar, l'ansoor, la prikur, la coroma, le tartor. Correspondances : 0,846 année arkonide = 1 année terrienne ; 1 année arkonide = 1,182 année terrienne.

Celkar : monde de justice du Grand Empire ; une des 5 planètes de l'étoile Monhor, située à 102,14 années-lumière d'Arkonis.

Cerkol : littéralement, flocon de neige. Désigne l'amas globulaire voisin de Thantur-Lok, à environ 4 820 années-lumière d'Arkonis (diamètre 85 années-lumière, 330 000 masses solaires) aussi appelé secteur de surveillance Orbys-Nukara. L'amas compte peu de planètes, parmi lesquelles les principales sont Largamenia et Goshbar (mondes-épreuves de l'Ark Summia), Bak Jimbany et Tuglan. Les catalogues astronomiques terriens recensent Cerkon sous le nom de M 92 ou NGC 6341.

cerveau-second : région spécifique de l'encéphale arkonide éveillée par un processus d'activation hyperénergétique à base quintidimensionnelle intervenant lors du passage du troisième degré de l'Ark Summia. Le cerveau-second permet d'analyser les phénomènes et événements extérieurs par le biais d'une évaluation logique inconsciente qui compense une expérience acquise encore trop réduite. C'est pourquoi on l'appelle aussi secteur logique. Lui est associée la constitution d'une mémoire rigoureusement photographique ou éidétique. Les Arkonides disposant d'un cerveau-second activé sont supérieurs aux individus « normaux » : ils conceptualisent et comprennent les situations puis en déduisent les conséquences et suites de façon plus rapide et plus rigoureuse. En tant que scientifiques, ils obtiennent ainsi des résultats sensiblement meilleurs. Dans une certaine mesure, le cerveau-second développe une conscience propre indépendante, même si elle est en relation permanente avec celle de son possesseur : on parle à ce propos d'une « scission de conscience » volontairement provoquée et contrôlée. La communication entre les deux *egos* s'établit par contact mental et induit, chez le sujet, l'impression qu'un être invisible lui parle à l'oreille. La particularité du cerveau-second est qu'il livre ses commentaires de sa propre initiative et ne se laisse jamais « déconnecter ». Plus l'âge avance, plus s'accroît le risque de voir des stimuli extérieurs solliciter la mémoire éidétique et faire naître des associations d'idées qui aboutissent à une « prise de parole » par le cerveau-second, incontrôlable et redoutée. Toutes les informations correspondantes jadis enregistrées sont à nouveau ravivées au détail près et la situation présente est passée au crible de ce référentiel, commentaires à l'appui.

Chrektors : peuple de morphologie arkonoïde. Le corps d'un Chrektor est de petite taille (en moyenne 1,35 mètre) et transparent à l'exception du squelette, des organes internes ainsi que d'une partie des fibres musculaires. Le sang est également transparent. Le métabolisme spécifique de cette race induit d'une part un refroidissement corporel très rapide et une lenteur confinant peu à peu à la paralysie lorsque la température ambiante descend en dessous de 20 °C (risque de coma à 0 °C), d'autre part une augmentation de la vivacité de réaction et un danger de surchauffe interne en environnement chaud. Les Chrektors sont habités par la crainte perpétuelle de se figer à l'état cristallin ou de fondre. Ils se refusent en général à porter des vêtements et n'ont pas d'attributs sexuels primaires ou secondaires discernables (ils sont supposés unisexués). On redoute à juste titre leur faculté de pomper instantanément la chaleur à l'aide de leurs mains en forme de griffes, par un processus paranormal qui suffit à « geler » en quelques secondes l'organisme vivant qu'ils saisissent. La planète-patrie des Chrektors est inconnue. Dans le Grand Empire, on les rencontre exclusivement en solitaires qui peuvent atteindre un âge très avancé et n'ont pas de nom propre. Ils acceptent d'être appelés par celui qu'on veut bien leur donner, ainsi l'ami d'Atlan baptisé Griffe-de-Glace.

chronner : unité monétaire de l'Empire arkonide. Un chronner vaut dix merkons ou encore cent skalitos.

da : préposition de temps, signifiant de ou depuis ; préfixe de noblesse ; préfixe indiquant le tout, la totalité.

da Ark : dans la datation arkonide, indique l'année zéro d'Arkonis (fondation du Grand Empire). L'an 10497 *da Ark* correspond à 8023 av. J.-C. en datation terrienne.

Dagor : traduit en général par « combat total ». Il s'agit de l'art martial arkonide, pratiqué sans aucune arme ou avec la simple épée dagorienne, prétendument créé par le héros légendaire Tran-Atlan (voir Arbaraïth).

Dagora : terme désignant la philosophie du Dagor, conception spirituelle et existentielle de la chevalerie arkonide.

Dagorcaï : présentation d'un ensemble d'épreuves du Dagor, analogue à une *Kata*.

Dagoristes : membres de la chevalerie arkonide et adeptes de la Dagora ou philosophie du Dagor.

Dagor-Zhy : forme de méditation. Littéralement : combat pour le feu suprasensoriel de la détermination absolue.

De-Keon'athor : amiral de seconde classe ou vice-amiral. L'insigne caractéristique est le tiga'sheonis (trois soleils).

Dor'athor : commandant de navire de quatrième classe (jusqu'à 200 mètres de diamètre). En général, l'insigne caractéristique est le tiga'naatoris (trois lunes).

Echodim : formule arkonide concluant une prière.

Erskomir : seconde des 4 planètes de l'étoile Erskom, située à 12 années-lumière d'Arkonis. Ce monde-jungle aux formes de vie primitives voit mourir accidentellement l'empereur Gnozal VII.

essoya : roturier arkonide. Nom dérivé de celui d'un fruit feuillu non parvenu à maturité, donc de couleur verte.

Faehrl (École) : école d'élite dont l'enseignement permet de gravir les trois degrés de l'Ark Summia et qui, pour les Hertasones ayant réussi toute l'initiation, prodigue au final le traitement d'activation du cerveau-second.

fama : la vie, en arkonide.

Famal Gosner ! : formule de salut analogue à « Portez-vous bien ! »

garrabo : jeu impérial de stratégie, analogue arkonide du jeu d'échecs terrien. Très répandu et apprécié, il est même enseigné dans les académies galactonautiques. Concepts dérivés : coup de garrabo, figure de garrabo.

gor : lutte, combat, guerre.

Gor'Ranton : le Monde de la Guerre, désignation d'Arkonis III.

Gortavor : littéralement, le combat de Tavor. Seconde des 8 planètes de l'étoile de Gortavor, ainsi baptisée en mémoire de l'explorateur Tavor qui catalogua ce système solaire en l'an 9326 *da Ark* et périt au contact du réseau de câbles argentés s'étendant au-dessus du Désert aux Arachnes. Gortavor ne possède pas de satellite naturel. Diamètre 16 467 km, pesanteur 1,03 g, durée de révolution 617,77 jours de chacun 11,41 tontas (16,2 heures terriennes), inclinaison de l'axe polaire 14°, moyenne des températures 31 °C. Le continent principal est dénommé Taïgor.

Gortavor (étoile de) : étoile de type G1V située dans la partie principale de la Voie Lactée, à 25 753 années-lumière d'Arkonis. Elle possède 8 planètes (dont 4 géantes glacées) dotées au total de 34 lunes, ainsi qu'une ceinture d'astéroïdes qui orbite entre Gortavor I et II.

gos : immaculé, sans tache, pur au sens cristallin.

Gos'athor : le Prince de Cristal.

Gos'Khasurn : littéralement, calice de cristal. Désigne le Palais de Cristal.

Gos'Laktrote : littéralement, maître de cristal. En charge de la sécurité de l'Empereur, le Gos'Laktrote est aussi appelé maître surveillant des suites privées du Zhdopanthi.

Gos'Ranton : le Monde de Cristal, désignation d'Arkonis I.

Grand Conseil : voir Taï Than.

Grand Peuple (ou Ancien Peuple) : voir Lémuriens.

Griffe-de-Glace : voir Chrektors.

Has'athor : amiral ; par extension, amiral de quatrième classe (rang le plus bas). L'insigne caractéristique est le sheonis (un soleil).

Hertaso (pluriel Hertasones) : candidat à l'initiation de l'Ark Summia.

–i : suffixe de coordination et de liaison, correspondant à « et », dérivé de la conjonction *ian* qui s'utilise à la place de la virgule.

–ii : redoublement du suffixe **–i** de coordination et de liaison, utilisé en général comme marque du pluriel pour les noms de personnes (exemple : *Zhy-Famii*, pluriel de *Zhy-Fam*).

Île Solitaire : dénomination arkonide de la Voie Lactée.

Iprasa : littéralement, errance, vagabondage. Nom donné à la planète Arkonis VI.

Kanth-Yrrh : technique de défense dagorienne qui se base sur la force de l'adversaire.

katsugo : 1 – épée d'exercice, faite de bois ; 2 – combat à l'épée dans lequel se mesurent les chevaliers arkonides ou Dagoristes, comparable au *kendo* japonais.

Kaymuurtes : combats quasi sacrés à caractère éliminatoire qui se déroulent tous les trois ans arkonides dans des arènes spécifiques.

Keon'athor : amiral de troisième classe ou amiral de la flotte. L'insigne caractéristique est le len'sheonis (deux soleils).

Kergone : êtres intelligents pseudo-amphibiens de la planète Kergon, à morphologie vaguement arkonoïde. Leurs corps recouverts d'écailles sombres rappellent de loin ceux de tortues géantes.

khasurn : littéralement, calice. Le terme désigne le lotus géant arkonide. Sens dérivé : l'ensemble de la noblesse arkonide ou un groupe lui appartenant (clan, maison, famille).

Khasurn-Laktrote : littéralement, maître du calice. Personnage auquel la noblesse a conféré les pleins pouvoirs pour tous les sujets la concernant, le Khasurn-Laktrote est notamment en charge de l'attribution des titres et quartiers. De par sa fonction, il assure aussi le rôle de porte-parole des nobles siégeant au Taï Than.

Kur : gouverneur ou administrateur d'un secteur de l'Empire (plusieurs systèmes solaires).

lakan : escadre formée de dix navires.

Laktrote : désignation d'un individu reconnu supérieur, maître (voir Ark Summia) ou sage. Nom dérivé : Laktran (voir Thek-Laktran, la Colline des Sages). Selon les cas, peut aussi s'appliquer à un docteur ou un professeur.

Larga : étoile de type K0V proche du centre de l'amas globulaire Cerkol, à 4 837 années-lumière d'Arkonis. Larga possède 5 planètes (dont 2 géantes glacées) dotées au total de 16 lunes, ainsi qu'une ceinture d'astéroïdes qui orbite entre Larga IV et V.

Largamenia : seconde planète de l'étoile Larga. Diamètre 12 145 km, pesanteur 1,05 g, durée de révolution 314,18 jours de chacun 15,49 tontas (soit 22 heures terrienne), inclinaison de l'axe polaire 26°, moyenne des températures 13 °C. La première pierre de la colonie de Tifto a été posée en l'an 2550 *da Ark* par l'empereur Quertamagin IV. Naissance de la capitale, Tiftorum, vers 3460 *da Ark* puis fondation en 4050 *da Ark* de la troisième École Faehrl (après Iprasa et Goshbar). Au cours des millénaires suivants, Largamenia devient le plus important des cinq mondes-épreuves de l'Ark Summia.

Lémuriens : peuple dit de la *Première Humanité*, originaire de la Terre jadis baptisée Lémur, chassé en majorité vers la nébuleuse d'Andromède vers 50000 avant J.-C. Le « Grand Peuple » ou « Ancien Peuple » n'est connu qu'à travers des légendes ou grâce à quelques artefacts.

len : deux, en arkonide.

lerc : unité de l'échelle de mesure du degré d'intelligence.

Lok : le but, l'objectif, en arkonide.

Luccott : terme arkonide désignant un radiant à impulsions de forte puissance.

Maahks : la dénomination « Méthaniens » donnée par les Arkonides aux Maahks et à leurs races apparentées est erronée. Ces êtres dont la taille peut atteindre 2,20 mètres et la carrure 1,50 mètre respirent avant tout de l'hydrogène (avec une très faible proportion de méthane) et rejettent de l'ammoniac qui reste à l'état gazeux dans les conditions de température (70 à 100 °C) et de pression régnant sur les planètes peuplées par les Maahks. Ceux-ci sont nés et se sont développés dans la Nébuleuse d'Andromède il y a plus de 50 000 ans, avant d'en être expulsés par les Lémuriens chassés de la Voie Lactée et – ironie du destin – de venir s'implanter dans celle-ci. Leur expansion à l'intérieur de notre Galaxie les conduit plus tard à des contacts conflictuels réitérés avec les Arkonides, comme à l'époque de la jeunesse d'Atlan. Les historiens désigneront ultérieurement l'alternance de phases froides et chaudes de ces affrontements sous le nom générique de « Guerre des Méthaniens ».

maître intendant : membre du Berlen Than en charge des finances, de l'économie, des impôts, de la surveillance d'un secteur de l'Empire et de sa logistique civile.

Mannax : un des deux codes rassemblant les règles des Dagoristes en matière de combats et de duels.

Manolians : êtres intelligents de la planète Manol, nains dotés de quatre bras et d'un épiderme de couleur verte.

Maréchal de Cristal : correspond approximativement à la position de maréchal du palais, plus haut fonctionnaire à la cour impériale donc, de par sa position, supérieur hiérarchique de tous les maîtres de cérémonie. Il assure aussi l'éducation du Prince de Cristal du moment (voir Gos'athor).

Mascant : amiral de première classe, amiral d'Empire (rang le plus élevé). Insigne caractéristique : tiga'sheonis (trois soleils) avec distinction spéciale.

mehan : commerce.

Mehandor : commerçant, marchand. Désignation arkonide des nomades Francs-Passeurs (ou Marchands Galactiques).

Mehan'Ranton : le Monde du Commerce, désignation d'Arkonis II.

merkon : dixième de chronner (unité monétaire).

Méthaniens : voir Maahks.

Mirkandol : littéralement, « le lieu de la rencontre ».

moas : un, en arkonide.

Naat : cinquième planète d'Arkonis.

Naator : le plus gros des satellites naturels d'Arkonis V est considéré comme la « première lune » du système d'Arkonis, du fait que ni les Trois-Planètes ni Zhym'ranton, le monde de type mercurien le plus proche de l'étoile tutélaire, n'en possèdent.

naatoris : insigne militaire le plus bas, littéralement « porteur de lune » (dérivé de Naator). Suivi hiérarchiquement de len'naatoris et de tiga'naatoris.

Naats : êtres à morphologie arkonoïde vivant principalement sur Naat, Naator et les autres lunes d'Arkonis V. D'une taille de trois mètres, dotés de jambes courtes aussi massives que des colonnes, les Naats ont des bras démesurément longs et des têtes sphériques portant trois yeux, une bouche très étroite ainsi qu'un nez réduit à sa plus simple expression. L'épiderme est brun très foncé, imberbe. En général, les Naats marchent à quatre pattes. Depuis des millénaires, les membres de ce peuple auxiliaire des Arkonides sont souvent à peine plus estimés que des esclaves mais constituent les plus précieux effectifs de la garde personnelle de l'Empereur. Malgré leur haut degré d'intelligence, les Naats sont considérés comme de simples bêtes stupides par bon nombre d'aristocrates arrogants.

Omir-Gos ou Omirgos : condensation matérielle de l'entité consciente du Zhy, un cristal Omirgos se reconnaît à ses 1 024 facettes et à sa luminescence dorée. Fartuloon, « le dernier Calurien », père adoptif et mentor du jeune Atlan, utilise ouvertement diverses formes dérivées d'Omirgos pour des applications purement techniques ou paramécaniques, comme par exemple le moyen de fuir la planète Gortavor.

orbton : désignation pour les officiers à partir de simple naatoris.

Pal'athor : commandant de navire de seconde classe (jusqu'à 500 mètres de diamètre). En général, l'insigne caractéristique est le len'rantonis (deux planètes).

période : mois arkonide. Une période comporte 36 pragos (voir calendrier arkonide).

prago : jour arkonide. Un prago se divise en 20 tontas.

ranton : planète, monde.

rantonis : insigne militaire médian, littéralement « porteur de planète » (dérivé de ranton). Suivi hiérarchiquement de len'rantonis et tiga'rantonis.

Satron : formule abrégée pour « Same Arkon trona », littéralement, « Écoutez parler Arkonis ». Désigne la langue véhiculaire du Grand Empire qui comporte trois variantes spécifiques : le Satron de base ou intergalacte classique, le Satron-I ou intergalacte standard (en usage depuis 6050 avant J.-C., année de la cession du monopole commercial de l'Empire aux Francs-Passeurs), l'Arkona-I ou langue de cour (essentiellement employée sur Arkonis I).

secteur logique : voir cerveau-second.

Sekt'athor : commandant de navire de troisième classe (jusqu'à trois cents mètres de diamètre). En général, l'insigne caractéristique est le rantonis (une planète).

Sentenza : organisation arkonide analogue à l'ancienne mafia terrienne.

she : arkonide pour étoile, soleil.

She'Huhan : divinités des étoiles (12 dieux et 12 déesses).

sheonis : insigne militaire supérieur, littéralement « porteur de soleil » (dérivé de she). Suivi hiérarchiquement de len'sheonis et tiga'sheonis.

Siima-Ley : techniques de prise dans l'art martial de Dagor.

skalito : centième de chronner (unité monétaire).

Skorgon : littéralement, « celui qui se cache sous un voile ».

Spentsch : second code rassemblant les règles des Dagoristes en matière de combats et de duels.

taï : grand.

Taï Ark'Tussan : Grand Empire Arkonide, usuellement dénommé Grand Empire. Comprend, outre les amas globulaires Thantur-Lok et Cerkol, de vastes secteurs de la galaxie appelée l'Île Solitaire (la Voie Lactée). Le nombre de planètes colonisées par les Arkonides est de plusieurs dizaines de milliers.

Taïgor : littéralement, Grand Combat. Continent principal de la planète Gortavor.

Taï-Laktrote : Grand Maître.

Taï Moas : littéralement Grand Premier, au sens de Première Éminence de l'Empire, désigne l'Empereur en tant que commandeur ou Begam suprême des flottes spatiales. Taï Moas, tout comme Zhdopanthi, est exclusivement réservé à l'Empereur.

Taï Than : Grand Conseil comptant au total 128 membres. Il comprend des sous-conseils comme le Conseil des Douze, le Conseil des Médecins.

Taï Zhy Fam : Grande Mère du Feu.

Tato : gouverneur planétaire (pouvant administrer jusqu'à un système solaire entier).

Than : Conseil.

Thantan : rang le plus haut pour un officier de la Garde, juste en dessous de l'amiral. Insigne caractéristique : tiga'rantonis (trois planètes). Dans la flotte spatiale, le titre correspondant est le Vere'athor.

Thantur-Lok : littéralement, « l'objectif, le but de Thantur », baptisé d'après le nom de Thantur (à l'origine Talur), amiral de la flotte spatiale. Cet amas globulaire sphérique de 99 années-lumière de diamètre comporte environ 100 000 étoiles. Sa désignation dans les catalogues astronomiques terriens est M 13 ou NGC 6205 (dans la constellation d'Hercule).

Tharg'athor : commandant de navire de sixième classe (moins de cent mètres de diamètre). En général, l'insigne caractéristique est le naatoris (une lune).

thark : discobole de forme étoilée, spécifique aux Dagoristes.

Thek : colline, sommet. Noms dérivés : Thek-Laktran, Thek'athor.

Thek'athor : amiral d'état-major, littéralement « commandeur au sommet ». Insigne caractéristique : tiga'sheonis (trois soleils).

Thek-Laktran : la Colline des Sages.

Thek'pama : fonctionnaire d'état-major central, en poste au Thektran.

Thektran : état-major central de la flotte spatiale arkonide, sur Arkonis III.

thi : très haut, suprême. Par exemple Thi-Laktrote (Maître Suprême), Zhdopanthi (Très Haut, Très Noble, désigne l'Empereur).

Thi-Laktrote : Maître Suprême.

Thi Than : Conseil Suprême, sorte de parlement populaire élu au suffrage universel (à la différence du Taï Than).

thos : littéralement, glace. Dérivation phonémique de gos.

Thos'athor : littéralement, chef de glace. Sens exact : jeune noble à potentialités latentes (d'où l'analogie avec la glace). Par extension, désigne les aspirants à des grades d'officiers.

Tiga'Ranton : les Trois-Planètes. Désigne l'ensemble synchrone formé par Arkonis I, II et III. **tiga** : trois, en arkonide.

tonta : nom féminin désignant l'unité de temps arkonide. Une tonta vaut 1,42 heure terrienne standard (85,2 minutes, soit 5112 secondes). Elle se divise en déci-, centi-, millitontas. Rappelons qu'une millitonta représente donc 5,112 secondes terriennes.

Tu-Gol-Cel (TGC) : acronyme arkonide pour **Tussan Goldan Celis**, « les Yeux Invisibles de l'Empereur ». Désigne la police politique secrète de l'Empereur.

Tu-Ra-Cel (TRC) : acronyme arkonide pour **Tussan Ranton Celis**, « les Yeux Planétaires de l'Empire ». Désigne la police secrète de l'Empereur.

Tussan : empire (stellaire), royaume (stellaire), en arkonide.

Verc'athor : commandant de navire de cinquième classe (jusqu'à cent mètres de diamètre). En général, l'insigne caractéristique est le len'naatoris (deux lunes).

Vere'athor : commandant de navire de première classe. En général, l'insigne caractéristique est le tiga'rantonis (trois planètes).

Voolynésans : êtres plasmoïdiques intelligents peuplant la planète Voolynès, capables dans une certaine mesure de générer des pseudopodes pouvant prendre les conformations les plus diverses.

Zhdopan : littéralement, Haut(e), Noble. L'épithète vocative exprime la considération que l'on doit à tous les nobles et personnages moyennement haut placés. Par extension, s'applique à tous les nobles de troisième classe (équivalent terrien : baron).

Zhdopanda : littéralement, Très Haut(e), Très Noble. L'épithète vocative exprime la considération que l'on doit à tous les nobles et personnages très haut placés. Par extension, s'applique à tous les nobles de première classe (équivalents terriens : duc et prince).

Zhdopandel : littéralement, Haut(e), Noble. L'épithète vocative exprime la considération que l'on doit à tous les nobles et personnages haut placés. Par extension, s'applique à tous les nobles de troisième classe (équivalent terrien : comte).

Zhdopanthi : Son Altesse suprême, Sa Noblesse suprême, désigne l'Empereur.

Zhoyt : planète sur laquelle Atlan, Fartuloon et Griffe-de-Glace surgissent après avoir fui Gortavor grâce à un cristal Omirgos. Zhoyt se situe à 10 367 années-lumière de Gortavor et à 21 872 années-lumière d'Arkonis. C'est sur ce monde qu'Atlan, sous l'identité de Macolon, sera préparé pour prendre part aux épreuves de l'Ark Summia sur Largamenia.

Zhy : concept central de la philosophie dagorienne, comparable au *satori* dans le *zen* terrien. Désigne la lumière transcendentale, le feu suprasensoriel de la détermination absolue.

Zhy-Fam : vestale au sens général ; selon le contexte, Mère du Feu ou Fille du Feu.

Zhym : le feu.

Zhym'Ranton : le Monde du Feu, première planète de l'étoile Arkonis (ne pas confondre avec Arkonis I).

L'AUTEUR

Né en 1961 à Andernach an Rhein, Rainer Castor se passionne très tôt pour la Science-Fiction avec un intérêt particulier pour les séries PERRY RHODAN et ATLAN. Vers le milieu des années 80, il devient le collaborateur de Hans Kneifel, l'auteur de l'équipe PERRY RHODAN qui s'est spécialisé dans les aventures de l'immortel Arkonide Atlan à travers l'Histoire de la Terre. Rainer Castor publie son premier roman de poche PERRY RHODAN en 1996, puis il intègre le groupe de rédaction de la série et fournit son premier épisode en 1999. Il écrit en parallèle d'autres types d'ouvrages, dont des romans historiques.

Rainer Castor se caractérise autant par ses connaissances scientifiques que par son expertise au sujet des Arkonides, de leur civilisation, de leur culture et de leur lointain passé – comme en témoigne le glossaire spécifique en fin de ce volume. Rien d'étonnant à ce qu'il ait donc pris en charge avec enthousiasme le remaniement des « Aventures de Jeunesse d'Atlan », parues entre 1973 et 1977 dans le cadre de la série-sœur de PERRY RHODAN, ce qui nous vaut depuis octobre 2000 la nouvelle édition servant de base à la présente collection.

L'ILLUSTRATEUR

Né en 1956 à Paris, Alain Chevalier « tombe dans la marmite de la S.F. » vers l'âge de neuf ans avec les B.D. d'Edgar P. Jacobs et les romans du Fleuve Noir Anticipation, puis découvre un peu plus tard PERRY RHODAN dont il devient un passionné et un collectionneur. Responsable commercial jusqu'en 1992, il passe ensuite à la conception-rédaction publicitaire puis à la production audiovisuelle. En parallèle, ayant très tôt commencé par la construction de maquettes de vaisseaux spatiaux avec des matériaux de récupération et par la rédaction de petits scénarii de mise en scène de ces engins pour des fanzines, il en vient peu à peu à l'illustration S.F. en amateur, pour les mêmes fanzines, et franchit à présent le stade décisif avec la réalisation des couvertures pour la nouvelle série ATLAN – concrétisation d'un vieux rêve et consécration d'un talent remarquable !

PLONGEZ À TRAVERS L'ESPACE ET LE TEMPS !

DÉCOUVREZ UN AUTRE UNIVERS-CULTE DE LA SCIENCE-FICTION !

Retrouvez Atlan d'Arkonis dans un lointain futur aux côtés de **PERRY RHODAN**, héros de la plus grande saga de Science-Fiction du monde !

Vous y vivrez le futur d'une humanité unie, ses confrontations à d'autres peuples stellaires et à des puissances d'ordre supérieur, ses incursions jusqu'à des galaxies inconnues par-delà des gouffres d'espace et de temps ! Action et mystère, dépaysement et aventure, humour et exotisme mais aussi réflexion sur la place de l'Homme dans le cosmos – toutes les facettes de **PERRY RHODAN** vont vous captiver !

PERRY RHODAN,
une série des Éditions FLEUVE NOIR

Renseignements complémentaires :
Fan Club BASIS
c/o Claude LAMY
16, Grande Rue
58400 La Charité-sur-Loire

Site Internet : http://www.perry-rhodan.fr.st

Achevé d'imprimer sur les presses de

BUSSIÈRE
GROUPE CPI

à Saint-Amand-Montrond (Cher)
en juin 2002

FLEUVE NOIR
12, avenue d'Italie
75627 Paris Cedex 13
Tél. : 01-44-16-05-00

— N° d'imp. : 23015. —
Dépôt légal : juin 2002.

Imprimé en France